이동일 퓨전 판타지 소설
FUSION FANTASTIC STORY

Record of
Ryusen Cride
류센
크라이드
전기

류센 크라이드 전기 3

이동일 퓨전 판타지 소설

초판 1쇄 찍은 날 § 2008년 9월 17일
초판 1쇄 펴낸 날 § 2008년 9월 22일

지은이 § 이동일
펴낸이 § 서경석

편집장 § 문혜영
편집책임 § 정서진
편집 § 유경화 · 최하나

펴낸곳 § 도서출판 청어람
등록번호 § 제1081-1-89호
등록일자 § 1999. 5. 31
어람번호 § 제1-0991호

주소 § 경기도 부천시 원미구 심곡동 163-2 서경B/D 3F (우) 420-010
전화 § 032-656-4452 팩스 § 032-656-4453
http://www.chungeoram.com
E-mail § eoram99@chollian.net

ⓒ 이동일, 2008

ISBN 978-89-251-1474-3 04810
ISBN 978-89-251-1401-9 (세트)

Record of Ryusen Cride

류센 크라이드 전기

이동일 퓨전 판타지 소설

FUSION FANTASTIC STORY

3

언데드(UNDEAD)

Record of Ryusen Cride

Contents

Chapter 17
인형의 도시 (1)

"그래, 그 어둠이라는 놈이 어디 있는 거
야?"

발키리스가 물었다. 그 말에 울고 있던 류센도 눈물을 닦으
며 귀를 쫑긋거렸다. 만약 크라이드 제국 영토 안에 있다면
당장 수많은 기사들을 끌고 와서 박살 내줄 생각이었다.

레니시안이 조용한 음성으로 말했다.

"신탁을 해석하면 서쪽 어딘가에 있다고 합니다."

"서쪽?"

"네, 발키리스님."

발키리스는 인상을 찌푸렸고, 듣고 있던 류센도 고개를 갸
웃거렸다.

“서쪽 어디? 서쪽 나라? 서쪽 바다? 서쪽 산? 아님 서쪽에
유명한 술집? 서쪽 어디란 말이죠?”

류센의 의문은 당연한 것이었다. 그냥 서쪽이라고 하면 어
디에 있는지 어떻게 알겠는가. 류센은 설명을 요구하는 눈빛
을 레니시안에게 보냈다.

그 눈빛을 받은 레니시안은 떨떠름한 표정이었다. 여전히
인상을 구기고 있는 발키리스가 그녀를 대신해 설명했다.

“내가 이래서 신들을 싫어해. 좀 정확하게 얘기해 주면 어
디 덧나나? 꼭 배배 꼬아서 신탁을 내린다니깐. 그러면 뭐 자
기가 신비스럽고 멋있어 보이나 보지?”

불만이 가득한 발키리스의 말투. 레니시안이 정색하며 말
했다.

“발키리스님, 아무리 위대한 종족이라 하시더라도 신들은
모욕하면 안 됩니다.”

“쳇! 알아. 하지만 한두 번도 아니고 짜증나잖아.”

그들의 대화에서 류센은 이해할 수 있었다. 딱히 종교적으
로 공부를 깊이 하진 않았지만 신탁은 신들의 악취미라고 들
은 바가 있었다.

어디에 가면 그것이 있다, 가 아니라 이리 꼬고 저리 묶고

빙빙 돌려서 신탁을 내려주는 신들.

신탁이 내려와도 당시에는 해석을 못하고 나중에 무슨 변고가 생기고 나서야 그 신탁이 이것을 말하는 것이었구나, 라고 생각할 정도로 신탁 해석은 어려운 것이었다.

레니시안 역시 꽤나 고생을 했지만 정확한 의미를 알 수 있는 건 도저히 불가능했고 겨우 뜻만 해석할 수 있었다.

"저희도 다각도로 연구해 해석한 결과, 아마도 신탁에서 나온 서쪽은 몬스터의 땅을 지칭하는 듯합니다."

레니시안이 자신들이 분석한 결과를 말해주었다. 발키리스는 진중한 표정으로 고개를 끄덕였다.

"하긴 서쪽 하면 딱 떠오르는 게 몬스터의 땅밖에 없지."

몬스터의 땅, 몬스터 왕국, 저주받은 대지 등 여러 기분 나쁜 단어들로 점철된 곳. 고블린, 오크, 오우거, 트롤 등 인간 세상에서는 보기 힘든 몬스터들이 넘쳐 나는 땅이었다.

동쪽은 엘프를 비롯한 이종족들이 모여 있다면 서쪽은 몬스터들이 모여 있었다. 몬스터 역시 원래의 터전을 인간에게 잃고 쫓겨났다. 하지만 쫓겨난 몬스터도 인간들은 가만두질 않았다.

인간들이 여러 차례 정복하기 위해 수많은 군대를 보냈지만 단 한 번도 점령하지 못했다. 죽이고 죽여도 끊임없이 쏟아지는 몬스터들. 게다가 우거진 밀림과 뜨거운 사막은 병사들의 체력을 갉아먹었다.

이루 셀 수 없이 많은 병사와 기사들이 죽고 나서야 정복을 포기했다.

벼랑 끝까지 몰린 몬스터들의 죽음도 두려워하지 않는 공격에 인간들은 기가 질린 것이다.

게다가 몬스터의 땅은 인간이 생활하기에는 기후가 너무 척박했다. 특히 그곳에는 인간들이 공포라고 부르는 드래곤의 존재까지 있는 걸로 판명되면서 모든 왕국은 정복의 욕심을 버리게 되었다.

류센이 머릿속으로 몬스터 땅의 정보를 생각하는 동안 발키리스와 레니시안의 대화는 계속되었다.

"하지만 확신할 수 없습니다. 저희가 신탁의 내용을 정확하게 분석했는지 의문이 듭니다."

"왜 그렇지?"

"발키리스님도 아시다시피 그곳에는 위대한 종족들의 레어가 여러 개 있지 않습니까? 신탁이 내려올 정도면 어둠의 힘이 강하다는 뜻인데, 그분들이 눈치 채지 못했다고 생각할 수가 없습니다."

"음, 그도 그렇군."

"하지만 아무리 분석해 보아도 서쪽이라고 해석이 나오니 저로서도 이상할 노릇이군요."

"흠, 아직 어둠의 힘이 깨어나지 않은 건가?"

"지금으로서는 그렇게밖에 생각할 수 없습니다."

계속되는 대화. 레니시안은 자신이 생각하는 것을 모두 말해주었다. 그녀는 자신의 생각이 조금이라도 일행에게 도움이 되길 바라고 있었다. 발키리스 역시 진지하긴 마찬가지였다. 레니시안은 엘프족 최고 장로이다. 그런 그녀가 거짓을 말할 리 없었다. 드래곤조차 상대할 수 없는 엄청난 어둠이 다가온다는 사실에 마음가짐을 달리하였다.

그러나 옆에서 듣고 있는 류센은 슬슬 지루해졌다. 처음에는 자신이 용사라는 생각에 진지한 마음을 가졌지만, 레니시안과 발키리스의 대화가 점점 어려워지면서 고대 문명까지 얘기가 넘어가자 도무지 이해할 수 없는 대화에 금세 흥미를 잃었다.

'솔직히 말도 안 돼. 드래곤들조차 상대하기 힘든 놈을 내가 어떻게 이겨?

그들의 대화에서 빠져나온 류센. 찻잔을 만지작거리며 자신만의 생각에 빠졌다. 아무리 생각해 보아도 신탁의 내용을 믿을 수가 없었다. 비록 제국의 왕자이고 젊은 나이에 비해 검술 실력이 탁월하긴 하지만 그걸로 끝.

인간들 사이에서는 천재라는 소리를 들을지 몰라도 드래곤에 비하면 아무것도 아닌 능력이었다.

'그래, 신탁을 잘못 해석한 거야. 내가 대륙을 구할 영웅?

하! 웃기시네.'

애초에 신탁이란 게 해석하기 나름이라는 생각에 류센은 마음을 놓았다.

긴장감이 사라지자 류센의 눈이 비로소 정상(?)으로 돌아갔다. 다소곳이 앉아 있는 레시아가 눈에 들어왔다.

'흐흐흐! 정말 예쁘구나.'

천사가 이럴까? 레시아는 아름다우면서도 신비함을 보여주었다. 류센은 슬쩍 엉덩이를 들어 그녀의 곁으로 다가갔다.

진중한 표정으로 레니시안과 발키리스의 대화를 경청하는 레시아. 바로 옆에 누가 앉았는지도 모르는지 진지한 모습이었다.

류센의 눈꼬리가 반달 모양으로 변하면서 입가가 헤벌쭉 벌어졌다. 가까이에서 보는 레시아의 모습은 미(美) 그 자체였다. 그녀의 몸에서 풍겨져 나오는 향기를 맡기 위해 코를 벌렁거렸다.

"지금 뭐 하시는 거죠?"

그제야 자신 옆에 누가 있다는 걸 눈치 챈 레시아. 반달 모양의 눈꼬리, 벌렁거리는 코, 그리고 침을 흘릴 것 같은 류센의 모습에 흠칫했다. 왠지 뺨을 한 대 날려주고 싶은 마음을 참느라 여간 힘든 게 아니었다.

"아? 음 그게, 흠흠, 레시아님은 어떻게 생각하십니까?"

순간적으로 표정을 바꾸며 정색하는 류센. 그 말에 레시아는 방금 전 일을 깊이 따지지 않았다. 원래 엘프족 자체가 성(性)에 대한 지식을 잘 알지 못했기 때문이다. 끈적한 느낌에 기분은 나빴지만 깊이 생각하지 않았다.

"저 또한 마찬가지입니다. 반드시 악의 무리를 무찔러 우리 엘프족을 지키고 싶어요."

다부진 표정과 앙증맞은 손으로 주먹을 꽉 쥐며 투지를 불태우는 레시아. 하지만 류센의 눈에는 그저 귀여운 소녀가 투정을 부리는 듯 보일 뿐이었다.

"어? 잠깐. 레시아님도 그 어둠인가 뭔가와 싸우신단 말씀입니까?"

"왜요? 안 되나요? 설마 제가 여자라고 무시하는 건……."

레시아의 눈빛이 차갑게 변했다. 대경한 류센은 두 손을 마구 흔들며 고개를 흔들었다.

"그, 그럴 리가요. 절대로 그렇지 않습니다. 하하하, 오히려 우리 일행에 들어오신 것을 환영합니다."

류센의 입이 함지박만 하게 벌어졌다. 어떻게든 레시아와 시간을 보내고 싶었는데 아예 호박이 넝쿨째 굴러온 격이다.

"으흐흐, 진심으로 환영합니다. 앞으로 궁금한 것이 있으면 언제든지 물어보세요. 저는 특히 밤에 시간이 많답니다."

"환영해 주시는 건 감사한데… 손은 좀 놓아주시지요."

레시아는 자신에게 달라붙으려는 류센을 밀어내기 위해 안간힘을 썼다.

그 모습을 지켜보고 있는 발키리스와 레니시안. 발키리스는 한숨을 푹 내쉬며 중얼거렸다.

"신탁을 제대로 해석한 게 맞아?"

"호호호, 신의 말씀은 언제나 옳습니다."

"망할!"

발키리스는 거친 음성을 토해냈고, 레니시안은 의미심장한 눈길로 류센을 바라보았다.

류센은 고민에 빠졌다. 그가 고민에 빠진 이유는 지금까지 소외되었던 인물 때문이다.

"야! 그게 말이 되냐?"

"제발요……."

티엔이 간절한 표정으로 말했다. 류센은 땅이 꺼져라 한숨을 내쉬었다.

레시아의 합류로 어둠을 잠재울 파티가 구성되었다. 하지만 이 파티에 예외가 있었다. 그건 바로 티엔.

티엔은 그저 평범한 소녀에 불과했다.

신탁을 받은 류센과 강력한 힘을 가진 드래곤 발키리스. 힘 하나만큼은 타의 추종을 불허하는 락크. 엘프족 최고의 궁수이자 정령술사이며 마법까지 쓸 수 있는 천재 엘프 레시아.

그들과 다르게 티엔은 파티에 머무르기에는 실력이 너무나 부족했다.

"이게 애들 장난인 줄 알아? 죽을지도 모른다구!"

류센이 버럭 화를 냈다. 지금까지 여행은 그야말로 장난 수준. 하지만 이제부터 시작할 여행은 목숨을 담보로 하는 위험천만한 길이었다. 티엔이 싫어서가 아닌 그녀 자신을 위해서 하는 말이었다.

"그래도 가고 싶어요. 저 지금까지 잘해왔잖아요. 같이 뱀파이어도 잡고……."

"티엔, 넌 그저 황도를 벗어나 다른 곳에서 평범하게 살고 싶다고 했잖아. 엘프라도는 힘들겠지만 근처에 괜찮은 마을이나 도시에 정착해서 살면 되잖아. 돈이라면 얼마든지 줄 테니 그만 해. 너 진짜 죽을지도 모른다고!"

"……."

티엔은 묵묵히 고개를 숙였다. 여기서 포기하면 자신은 편한 여생을 보낼지도 모른다. 하지만 그러고 싶지가 않았다. 즐거웠다, 류센과 함께했던 나날들이. 도둑질을 하며 하루하루 가슴 졸인 채 살아왔던 지난날들에 비해 자신은 살아 있었다. 타인에게 강제된 삶이 아닌 스스로의 의지로 살고 싶었다.

류센과의 여행 이후 진정한 자신의 모습을 보았다. 웃고 울고 화내고 기뻐하며, 죽을 뻔한 적도 있었지만 그래도 좋았다. 진심으로 웃고 진심으로 울고 진심으로 화내며 기뻐하는 자신. 억압된 삶 속에서 가면을 쓴 채 살아왔던 지난날에 비해 훨씬 활력이 넘치는 삶이었다.

"주, 죽어도 좋아요……."

"뭐? 하! 얘가 아주 사람 목숨을 우습게 아네?"

"어, 어차피 류센님과 다른 분들이 그 어둠을 이기지 못하면 대륙은 멸망하잖아요. 어디에 숨어도 마찬가질 테고… 저도 가고 싶어요! 데려가 주세요. 제가 식사 당번 다 할게요. 설거지도 제가 다 할 테니 제발요……."

류센은 움찔했다. 눈물이 가득 고인 눈동자로 자신을 바라보는 티엔을 보니 마음이 약해졌다. 사실 신탁을 믿지 못하고 있는 류센은 이번 일을 그리 위험하게 보지 않았다. 그저 귀찮은 애를 이쯤에서 떼어놓고 레시아와 잘해보고 싶은 마음에 화난 척한 것뿐이었다.

'데려갈까? 어차피 하녀처럼 생각하고 데려온 아이니……. 흠, 근데 신탁의 내용이 사실이면 어떡하지?'

류센은 결정을 내리지 못하고 갈팡질팡했다. 다른 일행은 아무래도 좋다는 듯 방관적인 자세로 지켜보고 있었다.

"그녀를 데려가세요."

레시니안이 잔잔한 미소를 그리며 말했다. 류센은 눈이 동그래진 채로 바라보았다.

"신탁에서 말한 영웅은 인간이었습니다. 지금 이 상황에서 가장 유력한 인간이 바로 류센님입니다. 하지만 아닐 수도 있지요. 어쩌면 그녀가 신탁에서 나온 인간일지도 모릅니다."

"헉! 그, 그런가요?"

듣고 보니 일리가 있는 말이었다. 드래곤도 상대치 못할 엄청난 존재 앞에서는 류센이나 티엔이나 다를 바가 없었다.

"험험, 그럼 티엔도 같이 가야지, 뭐."

방금 전 화낸 것이 미안했는지 류센은 겸연쩍은 표정으로 헛기침을 흘렸다.

"감사해요. 저 여러분께 방해 안 되도록 할게요."

티엔이 토끼마냥 팔짝팔짝 뛰며 기뻐했다. 이어 류센을 비롯한 일행에게 다가가 손을 맞잡고 흔들었다.

그렇게 대륙을 위기에서 구해낼 용사 파티가 결성되었다.

"나는… 내 의견은……."

"시끄러! 너까지 까불래?"

류센은 혼자 중얼거리는 락크의 귀를 붙잡고 걸음을 옮겼다.

엘프라도는 동쪽 끝, 몬스터의 땅은 서쪽 끝. 끝과 끝. 한마디로 엄청난 거리라는 소리다. 서로 반대쪽 가장 먼 곳에 있기 때문에 걸어서 가려면 얼마나 많은 시간이 소모될지 몰랐다. 어쩌면 도착하기도 전에 일이 터질지도 모를 일이었다.

답답한 상황이지만 류센의 표정에는 조금의 걱정도 찾아볼 수가 없었다.

"하지만 우리에겐 세상에서 가장 빠른 말[馬]이 있지."

"음, 역시 신탁의 내용은 잘못된 게 분명해. 넌 그냥 이 자리에서 죽여주지."

발키리스가 조용히 중얼거리며 손에 헬파이어를 소환시켰다. 지옥의 염화라는 헬파이어가 소환되자, 주변 온도는 급상승했고 일행은 대경한 채 물러났다.

"어허, 넌 어딜 가려고 하냐?"

"아하하하! 발키리스, 농담이야. 조크 몰라? 인간 세상에선 흔한 일이지. 너도 인간에 대해 알고 싶다면 이 정도 농담은 필수야."

"미안하지만 난 인간에 대해 별로 알고 싶지 않은데? 그냥 죽지 그래?"

발키리스의 눈동자에 살기가 어렸다. 그에 반해 류센의 표정이 점점 사색으로 변해가는 건 당연한 이치.

일행이 목숨을 걸고 뜯어말리지 않았다면, 또한 류센이 손이 발이 되도록 빌지 않는 한 아마 명년 오늘이 류센의 제삿날이 되었을 것이다.

"후! 난 위대한 레드 일족. 다음에도 이런 일이 벌어진다면 그땐 국물도 없을 줄 알아!"

"네네, 알아서 모시겠습니다요."

생사기로를 오가면서도 여전히 장난을 멈추지 않는 류센. 발키리스는 뒷골이 당길 정도로 화가 났지만 느물거리는 류센의 얼굴을 보니 오히려 맥이 빠졌다. 도대체 어찌 된 인간이 드래곤 앞에서 이렇게 장난을 칠 수가 있는지 머리 뚜껑을 열어 확인해 보고 싶은 심정이었다.

"으이구, 내가 말을 말아야지."

"헤헤헤……."

류센은 헤픈 웃음을 흘렸다. 발키리스는 질린 듯 고개를 흔들며 워프 마법을 실현시켰다.

파아앗!

새하얀 빛이 일행을 감싸고 그 빛이 사라지며 류센 등 역시도 사라졌다.

오직 레니시안만이 남아 두 손을 모은 채 기도를 하고 있을 따름이었다.

캄부리츠는 인간 세상에서 가장 서쪽에 위치한 성이다. 물론 캄부리츠가 대륙의 가장 서쪽을 말하는 것은 아니다. 하지만 그 너머로는 절대 인간들이 발을 들어놓지 않기 때문에 서쪽의 끝이라고 불리는 것이다.

캄부리츠 너머로는 공포의 몬스터 땅이 존재하고 있었다. 욕심 많은 인간들을 포기하게 만든 땅. 오히려 인간들에게 공포를 심어준 땅.

인간들은 그 공포가 자신들의 세상으로 넘어오지 않게 하기 위해 성을 세웠다.

깊고 넓은 해자에 육중한 철문을 만들었고, 수십 미터의 높이에 단단한 성벽도 세웠다. 그러고도 모자라 일당백의 전사들을 모아 그 성을 지키게 했다.

모든 인간의 기술과 힘이 총동원되어 만들어진 거대한 성. 그 성의 이름이 바로 캄부리츠다.

인간의 역량이 집결되어 만들어진 캄부리츠는 인간들을 배신하지 않았다.

수백 년 전에 만들어졌음에도 단 한 번도 몬스터를 넘어오게 하지 않았다.

철벽의 캄부리츠!

아직도 캄부리츠는 그 임무를 충실히 수행하고 있었다.

파아앗!

새하얀 섬광이 터지면서 일단의 무리가 나타났다. 바로 류센 일행이었다.

"엥? 여긴 어디?"

"인간들이 살고 있는 곳 중 가장 서쪽 끝에 위치한 곳이
다."

발키리스의 말에 류센은 주변을 둘러보았다. 하지만 보이
는 것이라곤 높다란 성벽뿐. 그러나 곧 류센의 두 눈이 휘둥
그레졌다.

"설마 여긴 캄부리츠?!"

"그래. 수백 년간 몬스터의 침공을 막아온 캄부리츠 성이
다."

발키리스의 설명이 아니어도 류센은 아주 잘 알고 있었다.
말 그대로 몬스터를 물리치며 인간들을 지킨 든든한 성. 여러
책에서도 이 캄부리츠 성은 자주 나오곤 했다. 더욱이 캄부리
츠는 크라이드 제국 가장 서쪽에 위치한 성으로 수많은 몬스
터의 침공에서도 단 한 번도 흔들리지 않았다.

"이야! 말로만 듣던 그 전설의 성에 오게 되다니, 이거 대단
한데?"

류센이 짐짓 감탄한 어조로 말했지만 목소리가 가늘게 떨
렸다. 이 성만 지나면 그 무서운 몬스터들이 득실거린다고 생
각하니 오금이 다 저렸다.

"훗! 무섭냐? 그럼 집에 돌아가던가."

"무, 무섭긴 누가 무섭다고 그래?"

발키리스의 비아냥거림에 류센은 버럭 소리를 질렀다. 하지만 발키리스의 비웃음은 여전했다. 류센은 씩씩거리며 걸어갔다.

"흥! 너희들은 이제 아무것도 안 해도 돼. 내가 다 알아서 처리하지. 난 신탁에서 말한 영웅이니까. 우하하하!"

그 모습에 일행은 그저 쓴웃음만 흘리며 류센을 따라갔다.

레시아가 조용히 발키리스의 옆으로 다가갔다.

"굳이 인간들에게 우리를 보여줄 필요가 있습니까?"

그녀는 엘프. 인간을 극도로 싫어하는 이종족이다. 류센을 보고 조금 달리 생각하게 되었지만 그래도 여전히 증오했다.

"나는 상관없지."

"네?"

발키리스의 말에 레시아가 의아한 듯 바라보았다.

"몬스터 땅은 넓다. 그곳에는 끝없이 펼쳐진 밀림도 있고 광활한 사막도 있지. 류센을 비롯한 인간들, 그리고 엘프인 너까지 과연 얼마나 버틸 수 있을까? 신탁은 그냥 서쪽이라고 했지, 정확한 위치까지 알 수가 없다. 그래서 일단 여기에 자리를 잡고 정보를 모아야지."

"아! 그, 그렇군요. 제가 생각이 짧았습니다."

레시아는 감복한 듯 허리를 숙였다. 드래곤인 발키리스와는 다르게 인간과 엘프는 추위와 더위에 약했다. 더욱이 기본적인 의식주를 해결해야만 살아갈 수 있었다. 아무런 대책도 없이 무작정 몬스터 땅에 들어섰다간 큰 곤욕을 치를 게 분명했다.

'내가 너무 쉽게 생각했구나. 이런 간단한 것도 생각하지 못하다니… 급할수록 돌아가라고 했다. 침착하자, 레시아.'

레시아는 마음속으로 다짐했다. 사실 그녀뿐만이 아니라 다른 이들도 그리 진지한 생각은 하지 못했다. 왕자인 류센은 말할 것도 없고, 락크와 티엔도 마찬가지. 엘프라도를 처음 벗어나 본 레시아가 이런 것까지 생각할 겨를이 없었다.

마왕 강림이라는 엄청난 재난을 앞두고서도 위기감을 느끼지 못한 것이다. 모두들 여태껏 편안한 삶을 누려왔으니 위험을 피부로 실감하지 못했다.

'내가 신경을 써야겠군……'

발키리스는 희희덕거리는 류센을 보며 속으로 중얼거렸다. 애초 신탁의 내용을 믿지 못했다. 약하디약한 인간이 마왕을 막는다는 건 웃기지도 않는 헛소리라 생각했다.

류센이 다가간 곳은 성문이었다. 발키리스가 다른 인간들에게 들키지 않기 위해 조금 떨어진 곳으로 좌표를 잡았기 때문이다.

캄부리츠도 다른 곳과 다를 바 없이 일단의 병사들이 성문 앞을 지키고 있었다. 지나가는 여행자나 상인들의 검문을 위해서지만. 일반적인 성에 비해 다른 점이 있다면 이곳을 오는 사람들이 극히 적다는 것이다. 아예 없다고 봐도 무방했다.

그도 그럴 것이, 캄부리츠 너머로는 몬스터의 땅이다. 여행자가 올 턱이 없다. 그리고 이곳의 거주자는 대부분이 병사이거나 기사이기 때문에 상인도 거의 오지 않는다. 이따금씩 제국에서 보내주는 군수 물자를 실은 마차만이 오갈 뿐이었다.

그래서일까? 성문을 지키는 병사들의 표정에서는 지루함이 역력했다.

몇몇 병사들은 꾸벅꾸벅 졸기까지 했다.

류센은 군기가 빠질 대로 빠진 병사들의 모습에 고개를 갸웃거렸다. 사람들의 왕래가 없다 하더라도 성벽 너머 몬스터들이 언제 쳐들어올지 모르는데 임무를 소홀히 한단 말인가. 게다가 군기가 센 제국 병사로서는 있을 수가 없는 일.

'일당백의 전사들만 있다고 들었는데 꼭 그렇지도 않군.'

류센은 당장 자신의 신분을 밝히고 병사들을 호되게 야단치고 싶었지만, 다른 일행의 눈도 있고 해서 간신히 참았다. 가까이에 있는 병사를 흔들어 깨웠다. 눈을 껌뻑이며 잠에서 깨어난 병사가 곧 류센을 발견하고 기겁한 채 말했다.

"당신들은 누구요?"

　허둥지둥 깨어난 병사는 류센 일행을 보고 의심쩍은 시선을 보냈다. 이곳은 아무나 올 수 있는 곳이 아니었기 때문이다. 류센은 마땅히 변명거리를 찾지 못해 뒷머리를 긁적였다. 제국 왕자에 엘프족 후계자, 레드 드래곤까지 있다고 하면 병사가 과연 믿을까?

　"중요한 임무가 있어서 캄부리츠를 오게 되었습니다."

　일행 제일 뒤편에 있던 레시아가 불쑥 앞으로 나섰다. 병사는 그녀를 보고 크게 놀랐다.

　"엘프!"

　뾰족한 귀는 엘프 특유의 특징. 아름다운 외모를 보면 여지없는 엘프였다.

　레시아는 살짝 미소를 지으며 부드러운 어조로 말했다.

　"저는 엘프라도에 살고 있는 엘프 레시아입니다. 엘프족 최고 장로님의 명령을 받아 이곳을 방문하게 되었습니다."

　"무, 무슨 일로……?"

　병사의 얼굴이 빨개졌다. 하긴 엘프 최고 미녀의 미소이니 건장한 남자가 버틸 재간이 있을 리가 없었다.

　"말했잖아요, 중요한 임무가 있어서 왔다고."

　"그 중요한 임무가 뭡니까?"

　"비밀입니다."

　하긴 신탁이 어쩌고 떠들어봤자 믿는다는 보장도 없었다.

아무튼 병사는 고민에 빠졌다. 다른 곳 같았으면 그냥 들여보내 줄 수도 있겠지만 여기는 캄부리츠였다.

레시아가 병사에게 다가가 그의 손을 살포시 잡았다.

"엘프는 거짓말을 하지 않습니다. 아주 중요한 일이에요. 많은 사람의 목숨이 달린 문제입니다."

"드, 들어가십시오!"

병사는 혈관이 터지지 않을까 걱정이 될 정도로 얼굴이 시뻘게졌다. 아마 자신의 손에 닿은 레시아의 손 때문에 그런 것 같았다.

'헐! 레시아도 보통이 아니네.'

류센은 혀를 내둘렀다. 의도된 행동인지는 모르겠지만 레시아는 확실히 미인계로서 병사를 굴복시켰다.

그렇게 캄부리츠로 들어오게 된 류센 일행. 처음으로 인간이 사는 곳을 본 레시아는 특유에 도도함도 잊은 채 구경하느라 두리번거리기에 바빴다. 티엔이 그녀 옆에 찰싹 붙어 이것저것 알려주었다. 락크도 입을 헤벌리며 주변 풍물을 구경했다.

하지만 류센은 별다른 표정이 없었다. 발키리스도 마찬가지였지만, 그는 드래곤이고 원래 인간을 자기 눈 아래로 보는 종족이다 보니 이해할 수 있었다.

한데 류센은 어울리지 않게 진지한 모습을 보여주었다.

"야, 너 왜 그래?"

발키리스가 참다못해 류센을 건드렸다. 진지한 모습을 바로 옆에서 보고 있자니 몸에 소름이 돋을 정도였다.

"응? 아니야, 아무것도."

류센은 괜찮다며 손을 흔들었다. 그리곤 언제나처럼 느끼한 미소를 지으며 레시아에게 다가갔다. 그 모습에 이제야 안도의 한숨을 쉬는 발키리스.

시시덕거리며 레시아와 대화를 나누고 있지만 류센의 마음 한구석은 왠지 모르게 께름칙한 느낌을 지울 수가 없었다.

주변에 보이는 풍경을 이해할 수가 없었다.

거리 군데군데 노점을 깔고 장사하는 상인들, 물건을 깎기 위해 언성을 높이는 아주머니들, 그 주변을 뛰어노는 아이들, 술에 취해 비틀거리는 병사들.

여느 도시와 마찬가지로 활기차고 평화로운 풍경이었다.

그것이 문제였다. 여기는 여느 도시가 아니었다. 성벽 너머는 몬스터들이 득실거리는 곳. 군사적인 목적으로 만들어진 요새, 바로 캄부리츠였다.

상인들이 있을 턱이 없고, 아이들이 뛰어논다는 건 상상할 수가 없다. 게다가 군기 높기로 대륙에 정평이 난 캄부리츠 병사들이 술에 취해 거리를 돌아다닌다는 건 도무지 이해할 수가 없었다. 그것도 해가 중천에 걸린 한낮에.

'뭔가 이상해.'

류센은 의문을 접을 수가 없었다. 발키리스와 레시아는 인간에 대해 잘 모르고 티엔과 락크는 캄부리츠에 대해 자세히 모른다. 여느 도시와 다를 바 없는 분위기에도 전혀 의심을 하지 않는다.

하지만 류센은 이곳에 대해 잘 알고 있었다. 비록 처음 와 봤지만 어느 누구보다 잘 알고 있었다. 제국 왕자로 교육받을 당시 캄부리츠에 대해 공부한 적이 있었다. 그때 들은 캄부리츠는 이렇지 않았다.

철저히 훈련된 병사들, 충성심 높은 기사들과 장군들, 몬스터를 막아 가족과 제국을 지키기 위한 전사들만 모였다고 들었다.

상인, 아이, 여자 등 일반적인 요소를 모조리 빼버리고 오로지 몬스터와 싸우기 위해 만들어진 요새가 바로 캄부리츠였다.

하지만 류센은 자신의 생각에 확신할 수가 없었다. 공부를 그리 충실히 한 편도 아니었고, 원래 소문은 믿을 게 못 된다고 하지 않는가. 어쩌면 자신이 궁을 떠난 동안 무슨 다른 조치가 취해졌을지도 몰랐다.

'에이! 무슨 일이 있겠어? 다들 즐거워 보이는데…….'

류센은 긍정적으로 생각을 바꿨다. 지나가는 사람들 모두 즐거워 보이고 자신의 일행도 한껏 들떠 있었다. 확신도 없는 일로 좋은 분위기를 망치고 싶지 않았다.

그렇게 생각한 류센이 이젠 작심하고 레시아에게 마수(?)를 뻗치려고 작업에 들어갔다.

그 순간,

"몬스터다!"

"오크들의 습격이다!"

땡땡땡!!

멀리서 비명 같은 고함 소리가 울려 퍼졌다. 말을 탄 병사들이 손에 든 종을 마구 흔들며 습격을 알렸다.

순간 활기찼던 거리의 분위기가 바뀌었다. 상인들은 모두 자신의 물건들을 싸기 시작했고 아이들은 어미의 손에 이끌려 걸음을 재촉했다. 술에 취해 비틀거리던 병사들이 갑자기 두 발로 또박또박 걷더니 이내 뛰어가기 시작했다.

왁자지껄했던 거리에 일순간 긴장감이 가득 들어찼다.

"오크들인가? 구경 가볼까?"

발키리스는 비릿한 미소를 지었다. 인간과 오크의 전투를 상상하니 피가 후끈 달아올랐다.

"농담하지 마세요."

티엔이 울상을 지은 채 말렸다. 몬스터라곤 책으로 본 것이 전부인 그녀는 상상만 해도 끔찍했다. 그때 자신의 곁으로 류센이 스쳐 지나갔다.

"어디 가는 거예요?"

"확인할 게 있어서."

"예? 그게 무슨……."

"좋아, 나도 간다!"

어리둥절해하는 티엔을 내버려 두고 류센과 발키리스는 전장을 향해 빠르게 달려갔다.

Chapter 18
인형의 도시 (2)

벌써 전투는 막바지에 접어들었다. 언제나 그렇듯 캄부리츠의 압도적인 승리를 눈앞에 두고 있었다. 애초 백여 마리의 오크가 쳐들어왔기 때문에 빠르게 무찌를 수가 있었다.

"쳇! 벌써 끝났나? 한바탕하려고 했더니……."

발키리스가 아쉬운 듯 투덜거렸다. 그러다 문득 고개를 돌렸다. 옆에 류센이 조용히 전투 장면을 바라보고 있었다.

"이 자식이 아까부터 뭘 잘못 먹었나? 왜 갑자기 폼을 잡고 그래?"

발키리스는 류센을 만난 지 얼마 되지 않지만, 류센이란 인간을 잘 안다고 생각했다. 언제나 장난스럽고 겁없는 모습, 항상 여자 생각만 하고 유치한 행동을 하는 괴상한 인간.

그렇기에 이렇게 진지한 모습으로 침묵하는 류센의 모습이 껄끄러웠다.

"야, 너 왜 그래?"

"…저길 봐."

여전히 심각한 표정을 고수하며 중얼거리는 류센. 발키리스는 의문을 잠시 접어두고 류센이 가리킨 곳을 바라보았다.

류센과 발키리스가 바라보는 곳에 어느 한 병사가 환희에 찬 표정으로 고함을 지르고 있었다. 하지만 그 병사의 오른팔은 잘려 나갔고 거기에서는 피가 쉴 새 없이 흘러내리고 있었다.

그 병사 외에 여기저기 다친 병사들도 마찬가지였다. 모두 승리에 기뻐하는 모습들이었다. 주변에 동료들의 시신이 가득한 가운데서도.

발키리스는 딱히 이상한 점을 찾지 못했다. 주변에 시신이 가득하지만 승리감에 도취되어 기뻐하는 인간들의 모습이 뭐가 잘못되었단 말인가.

"저게 왜?"

"팔이 잘려 나갔어."

"흠, 그래. 하지만 전투에서 이겨 기뻐하는 모습이 이상하단 말이야?”

“그래.”

류센의 대답에 발키리스는 수긍할 수가 없었다.

“원래 인간들은 저런 거야. 자신이 아파도, 동료들이 죽어도 이겼다는 생각에 그런 고통들을 느끼지 못하지.”

“그런 것들은 가식이야. 슬픔과 고통을 잊기 위한 자기 위안일 뿐이야. 한데 저들은… 저들은 진심으로 기뻐하고 있어. 저길 봐. 동료의 시체를 그냥 밟고 지나가.”

발키리스는 그제야 이상함을 느꼈다. 팔이 떨어져 나갔음에도 간단한 지혈조차 하지 않는다. 죽어버린 동료의 시체를 그냥 밟고 지나가 버린다. 기괴하다. 저들은 마치 몬스터처럼 그저 싸움에서 이긴 걸 순수하게 기뻐할 따름이었다. 자신이 다치든 동료가 죽든 전혀 신경 쓰지 않는다. 인간이 인간처럼 행동하지 않는다.

“마치 저 병사들에게는 …이 없는 것 같아.”

“뭐? 뭐가 없다고?”

“마음. 약하디약한 인간이 한데 뭉칠 수 있게 만든 힘, 바로 정(情)이 느껴지지 않아.”

“마음이라고?”

스스로를 위대한 종족이라 자부하는 드래곤. 발키리스는 마음이란 단어를 쉽게 이해할 수 없었다.

시간은 흘러 오늘도 여지없이 밤이 찾아왔다. 류센 일행은 한 여관에 여장을 풀고 휴식을 취했다.

류센은 자신이 본 것을 아무에게도 말하지 않았다. 발키리스 역시 류센이 말하기 전까진 자신도 말할 생각이 없었다.

류센은 낮에 보았던 병사들의 모습을 이해할 수가 없었다. 원래 전쟁이란 동료의 시체를 넘고 넘어 적진으로 향하는 것이지만 이건 아니었다.

게다가 주변에 몬스터가 득실거리는 이곳에 여자와 어린아이라니. 하지만 의심이 든다고 아무나 붙잡고 막무가내로 물어볼 수도 없는 노릇이다. 방금 전 방을 안내해 준 여관의 여급도, 짐을 날라준 어린 소년도, 주방에서 일하던 중년 여인도 모두 멀쩡한 인간이었다.

'그냥 병사들만 이상한 것인가?

그럴 가능성도 있었다. 오랜 전투로 정신이 이상해졌을 수도 있다. 그러나 류센은 쉽게 단정할 수 없었다. 비정상적인 병사들의 행동. 이곳에 존재하면 안 되는 여자와 어린아이들. 갈수록 머릿속이 복잡해져 갔다.

모든 의문점을 한 번에 해소할 방법이 있긴 했다. 그건 자신이 신분을 밝히면 될 일. 숨겨두었던 황가의 문장을 꺼내면 이곳 성주와도 대면이 가능했다.

‘에잉! 그것만은 안 되지.’

여태껏 일행에게 비밀로 해왔고, 자신 역시 궁을 나온 이후 왕자라고 생각해 본 적이 없었다.

“아아, 몰라! 머리 아파. 뭔 일 있겠어? 드래곤도 있는데. 쩝, 잠이나 자자.”

간만에 제대로 된 고민을 했더니 머리가 지끈거렸다. 류센은 아무도 없는 방에서 혼자 발광하다가 잠에 빠져 버렸다.

끼익끼익.

나무로 만든 바닥은 이래서 문제다. 처음에는 괜찮지만 시간이 흘러 나무가 썩게 되면 걸음을 옮길 때마다 기분 나쁜 소리가 들린다. 밤에 이런 소리가 들린다면 왠지 몸이 오싹거리기도 했다.

“시엘 누나, 그러다 다 깨겠다.”

열 살 남짓한 어린 소년이 불안한 듯 주변을 두리번거렸다. 하지만 주변은 여전히 조용하기만 했다.

“하하! 걱정 마, 루크. 오우거도 먹으면 금세 잠들어 버릴 정도로 수면제를 넣었으니까.”

시엘은 동생의 모습이 재밌는 듯 웃음을 흘렸다. 자신만만한 누나의 태도에 루크는 안도의 한숨을 내쉬었다.

“그 사람들, 귀족 같던데… 개인당 하나씩 방을 잡았잖아.

옷도 고급스럽고."

"그중에는 엘프도 있고."

"으, 웅……."

루크의 음성은 약간이지만 분명 떨고 있었다. 부모님이 시키고 누나가 재촉하니까 하는 거지만 분명 잘못된 일이라는 생각이 들었다.

시엘이 다가와 루크를 껴안았다. 불안에 떨고 있는 동생의 마음이 느껴졌다. 동생을 달래듯 조용한 음성으로 말했다.

"아무런 걱정도 하지 마. 넌 그냥 시키는 대로만 하면 돼. 너도 오늘 르케도스님을 만나게 되면 우리처럼 될 테니."

한 일 년 전이었던가. 갑자기 부모님이 변했다. 살고 있던 고향을 버리고 이곳으로 이사를 오게 되었다. 고향의 친구들과 헤어지기 싫었지만 부모님은 완강했다. 막무가내로 이사를 오게 되었다. 그때 누나도 많이 울었다. 고향으로 돌아가자고 몇 번이나 졸랐다.

하지만 이곳에 와서 몇 달이 지나자 누나도 변했다. 돌아가자는 얘기를 꺼내지 않았다.

왠지 모르게 누나가 무서웠다. 부모님도 무서웠다. 예전과 똑같이 다정다감하지만 이따금씩 이상한 분위기를 풍길 때마다 너무나 무서웠다.

도시의 많은 사람들 역시 다 똑같았다. 자신과 같은 사람이지만 왠지 사람처럼 느껴지지가 않았다. 몸이 차가웠기 때문이다. 그 따스했던 부모님과 누나의 몸 역시 얼음장처럼 차가웠다.

루크는 무서웠다. 괜히 혼자 떨어진 것 같은 느낌이었다. 그래서 자신도 부모님과 누나처럼, 다른 사람들처럼 그렇게 되었으면 좋겠다고 생각했다. 자신이 변하게 되면 부모님과 누나와 함께 있을 수 있을 거란 생각을 했다.

"응, 나 괜찮아. 누나가 시키는 대로 할게."

"그래, 그래야 착한 내 동생이지."

시엘은 루크의 머리를 쓰다듬었다. 루크는 미소를 지었다. 좋든 싫든 아무래도 상관없었다. 부모님과 누나만 있으면 되었다. 아직 어린 루크는 선악(善惡)을 구분할 능력이 없었다.

"역시 무슨 일이 있긴 있단 말인가?"

"꺅! 누, 누구?"

어둠을 뚫고 들려온 한줄기 음성. 깜짝 놀란 시엘이 고개를 돌렸다.

"후후, 놀랐나?"

음성의 주인공은 발키리스였다. 특유의 여유작작한 표정으로 나타났다.

"어떻게……?"

"어떻게 수면제를 먹었음에도 깨어 있는지 궁금해?"

시엘은 앙칼진 눈빛으로 천천히 고개를 끄덕였다. 사실 발키리스도 수면제를 먹었지만 드래곤인 자신에겐 통하지가 않았을 뿐이다.

"그전에 언제 수면제를 뿌렸지?"

"…저녁 식사에……."

"소드 익스퍼트인 류센까지 잠든 걸 보면 상당히 많은 양이었을 텐데……."

"식사 전체에 골고루 뿌렸기 때문에 눈치 채지 못할 거라 생각했지."

"흐음, 그렇군."

일행에는 돈 아낄 줄 모르는 류센과 대식가 락크가 있었기 때문에 음식을 많이 시켰다. 아무튼 발키리스는 고개를 끄덕였다.

"이젠 당신이 대답할 차례다. 어떻게 깨어날 수 있었지?"

시엘의 표정이 점점 변하기 시작했다. 눈빛이 맹수처럼 매섭게 빛났다.

하지만 발키리스에게 긴장감을 심어주기엔 역부족이었다. 여전히 여유만만한 모습을 보여주고 있었다.

"미안하지만 아직 난 궁금증이 다 해소되지 않았거든. 말해라. 르케도스라는 놈은 누구냐?"

발키리스의 눈동자에도 서서히 살기가 어리기 시작했다.

여자든 어린아이든 아무런 상관이 없었다. 드래곤인 발키리스가 그런 나약한 감정이 있을 턱이 없었다.

시엘은 흠칫했다. 르케도스라는 이름은 이미 알 만한 사람은 다 알지만 저 사람은 몰라야 한다.

스릉.

시엘의 품속에서 시퍼런 단검이 모습을 드러냈다. 가만히 지켜보기만 하던 루크의 표정이 급격히 변했다. 두려움이 역력한 얼굴로 누나를 바라보았다.

"누, 누나……."

"저리 비켯!"

시엘은 루크를 밀치며 빠르게 솟구쳤다. 어린 소녀와는 전혀 어울리지 않는 빠른 몸놀림, 그리고 그보다 빠른 단검.

"역시 보통 인간이 아니었구나!"

발키리스는 허리를 돌려 시엘의 단검을 피했다. 하지만 마음 한구석에 남아 있던 방심 탓에 완벽히 피하지는 못했다.

찌이이익!

단검 끝에 옷이 걸려 길게 찢어졌다. 발키리스의 표정이 급변했다. 고작 이 정도 공격도 피하지 못한 자신에게 화가 났다.

"큭큭큭! 어린 인간 계집애가 감히 이 몸에게 덤비다니…죽음으로 그 죄를 갚아라!"

　발키리스의 손끝에서 매직 미사일이 발출되었다. 1서클짜리 공격 마법이지만 드래곤이 펼치니 그 위력과 속도는 1서클을 훨씬 상회하고도 남았다.

　퍼엉!

　매직 미사일은 시엘의 배를 뚫고 들어가 창자를 헤집고 등으로 삐져나왔다. 그러고도 힘이 남아 지붕을 뚫고 하늘로 솟구쳤다.

　"커억!"

　단말마의 비명을 지르며 쓰러지는 시엘. 루크가 눈을 부릅뜨고 누나에게 달려갔다.

　"누나, 누나! 죽지 마!"

　"크크크, 살았을 리가 없다. 이 몸을 건드린 죄는 죽음만이 있을 뿐이다."

　루크의 비통 어린 음성에도 발키리스는 비릿한 웃음만 흘릴 따름이었다.

　"크흐흑! 누나의 원수!"

　어디서 그런 용기가 생긴 것일까. 누나의 죽음으로 이성을 잃은 루크가 시엘이 떨어뜨린 단검을 주웠다.

　"호? 원수를 갚겠단 말이냐? 어디 한번 해보……."

　거만한 어조로 루크를 향해 비아냥거리던 발키리스가 말을 멈췄다. 도무지 믿지 못할 현상을 보는 듯 그의 눈이 점점 커졌다.

“이, 이런 일이 어떻게…… .”

갑작스런 발키리스의 변화는 루크의 분노를 잠시 잠재울 수 있었다. 루크는 의아한 시선으로 그를 보다 문득 이상한 느낌에 뒤를 돌아보았다.

“…누, 누나!”

시엘이 있었다. 배가 뻥 뚫린 모습 그대로 발키리스를 노려보고 있었다.

아무리 무서울 게 없는 발키리스라도 간담이 서늘한 광경이었다.

시엘의 구멍 뚫린 배 사이로 창자가 흘러나왔고 검붉은 피가 뚝뚝 떨어졌다.

“꿀꺽! 말도 안 돼…… .”

발키리스는 침을 한 번 삼킨 후에야 겨우 말문이 열렸다. 당연히 죽었어야 할 존재가 멀쩡히 살아 있다.

특히나 루크의 충격은 이루 말할 수가 없었다. 친누나인 시엘이 괴물로 변한 모습은 충격을 넘어 공포를 안겨주기에 충분했다.

“누, 누나?”

“캬악!”

인간의 소리라곤 보기 힘든 괴성. 시엘은 마치 상처 입은 야수처럼 괴성을 질렀다. 동생 루크가 보이지도 않는 듯 맹렬한 동작으로 발키리스에게 덤벼들었다. 이미 검 따위는 필요없는 듯 길게 자란 그녀의 손톱은 날카로움으로 번뜩였다.

"언데드인가?"

전광석화와도 같은 공격이지만 발키리스는 평범한 존재가 아니었다. 재빨리 피하며 시엘의 면면을 살펴보았다. 얼굴을 비롯해 피부가 푸르뎅뎅했고 눈동자에는 핏발이 잔뜩 서 있었다. 전형적인 언데드의 모습이었다.

그러나 발키리스는 의구심이 생겼다. 방금 전까지 생생하게 살아 있던 인간이다. 별다른 주술이나 마법에 당하지도 않았는데 갑자기 언데드로 변했다.

"아니면 이미 당한 상태였던가?"

그렇게 생각할 수밖에 없었다. 인간이 죽어서 언데드로 변한다면 이미 세상은 언데드 천국이 되었을 것이다. 무언가 다른 힘이 작용하지 않고서는 이런 일이 벌어지지 않는다.

"젠장, 갑자기 언데드라니…… . 하지만 이 몸이 쉽게 당할 것 같으냐?!"

발키리스는 시엘의 손톱을 피하면서 재빨리 마나를 모았다. 불의 기운을 집중시켜 마법을 발현시켰다.

"파이어 볼!"

사람 머리통만 한 일반적인 파이어 볼과는 다르게 발키리스의 파이어 볼은 웬만한 바위보다 더 컸다. 한 번에 시엘의 몸을 감싸고도 남았다.

"끄에에엑!!"

언데드가 불에 약하다는 사실은 보통 사람도 알고 있는 상식이다. 시엘은 끔찍한 비명을 지르며 발광하다가 곧 재만 남긴 채 사라졌다.

"…누나……."

루크가 넋을 잃은 채 중얼거렸다. 누나의 죽음과 슬픔. 그러나 슬픔이 채 가시기도 전에 부활한 누나. 하지만 괴물이 되어 경악했다. 그리고 괴물로 변해 버린 누나는 또다시 죽임을 당했다. 얼마 되지도 않는 시간에 정말 엄청난 일이 벌어진 것이다. 뭐가 어떻게 되었는지 알 수 없지만 확실한 건 이제 누나가 없다는 사실이다.

루크는 그러한 사실을 떠올리자 슬픔에 복받쳐 눈물을 흘렸다.

"큭큭큭! 감히 저주받은 언데드 따위가 이 몸에게 대들다니… 너 또한 언데드렷다?! 재도 안 남기고 죽여주마!"

슬픔에 빠진 루크를 보며 발키리스는 또다시 파이어 볼을 준비했다. 눈물 흘리며 슬퍼하는 루크의 모습이 오히려 가증스럽게 느껴졌다.

“죽어랏!”

“잠깐만요! 멈추세요!”

막 파이어 볼을 날리려던 손이 움찔했다. 발키리스는 천천히 고개를 돌렸다.

“그 아이는 언데드가 아닙니다.”

딱딱하게 굳은 표정. 하지만 음성에서는 확신이 가득했다. 그러나 발키리스는 그 말을 쉽게 믿을 수가 없었다.

“레시아, 네가 아직 못 봐서 그렇구나. 저 꼬마도 배에 구멍을 뚫어주면 언데드로 변할걸.”

레시아는 한숨을 쉬었다. 일단 급한 불은 껐다. 그녀는 천천히 루크에게 다가가 안아주었다.

“이 아이는 영혼이 있어요.”

“뭐라고?”

“이 소년은 마음이 있다고요.”

고함과 비명 소리가 난무하고 발키리스의 마법으로 여관 여기저기가 박살났다. 그 엄청난 소음에 아무리 깊은 잠에 빠졌더라도 일어나지 않을 도리가 없었다.

일행 중 류센과 레시아가 가장 먼저 잠에서 깨어났다. 다량의 수면제를 복용했지만 둘 다 최상급의 실력자였기에 수면제의 효과는 그리 높지 않았다.

잠에서 깨어난 그들은 싸우는 소리에 재빨리 밖으로 나갔다.

발키리스가 시엘을 재로 만들고 루크에게까지 죽음의 손길을 뻗치려 하고 있었다.

어리둥절한 류센과는 달리 레시아는 루크를 바라보았다. 그 소년의 눈물을 보고 진심을 느꼈다. 그래서 급히 발키리스를 제지하고 달려가 루크를 안아주었다.

"다시 말해봐라. 영혼? 마음? 그게 무슨 소리냐?"

발키리스는 여전히 파이어 볼을 소환한 채로 물었다. 조금이라도 허튼수작을 부린다면 레시아까지 날려 버릴 생각이었다. 언데드는 지위 고하, 종족 불문하고 반드시 소멸시켜야 하는 존재였기 때문이다.

레시아는 그러한 발키리스의 마음을 읽고 호흡을 가다듬었다. 자신이 아무리 엘프족의 후계자라 해도 드래곤에게 밉보이면 죽음을 면치 못할 게 분명했다. 그가 납득할 만한 이유를 말해야만 한다.

레시아가 이유를 설명하려고 입을 여는 순간, 말이 필요없게 되었다.

굳이 말하지 않아도 충분히 설명해 줄 존재가 나타났기 때문이다.

"캬아악!"

여관 주인으로 보이는 중년 남성, 그리고 주방에서 음식을 만들던 중년의 여인이 방금 전 시엘과 똑같이 짐승 같은 괴성을 지르며 장내에 나타났기 때문이다.

"엄마… 아빠……."

레시아의 품에 안긴 루크가 믿을 수 없다는 표정으로 그 두 남녀를 바라보았다.

레시아는 공포에 떨고 있는 루크를 달래듯 살살 등을 어루만지며 말했다.

"보셨죠? 어쩌면 이 아이만이 도시에서 유일하게 살아남은 인간일지도 몰라요."

류센의 도움으로 락크와 티엔 역시도 정신을 차릴 수가 있었다. 하지만 갑작스런 사태에 어리둥절해했다.

한쪽에서는 괴물로 변한 여관 식구들이 살기를 뿜으며 다가오고 있었다. 그러나 발키리스와 레시아는 그 괴물들이 안중에도 없다는 듯 대화에 열중해 있었다.

티엔이 위험을 알리려고 소리치려 했으나, 류센이 그녀를 제지하며 고개를 흔들었다. 저딴 괴물들에게 당할 그들이 아니었기 때문이다.

다시 고개를 돌린 티엔. 평온한 그들의 표정을 보고 한숨 돌릴 수 있었다. 하지만 진지한 모습은 아직 싸움이 끝나지 않았음을 보여주었다.

조용한 분위기에서도 팽팽한 긴장감이 도는 장내.

발키리스가 말했다.

"네가 알고 있는 걸 모두 말해봐라. 갑자기 언데드들이 나타난 이유를 말해보란 말이다."

발키리스의 말에 류센과 티엔은 헛바람을 집어삼켰다. 몬스터라면 모를까, 이미 수백 년도 더 전의 오래된 책에서나 볼 수 있는 전설적인 존재, 언데드. 아마 발키리스가 아닌 다른 이가 말했다면 헛소리로 치부했을 것이다.

"언데드지만 언데드가 아닌 존재. 하지만 인간도 아닌… 저도 뭐라고 딱히 말씀드릴 수가 없습니다."

"젠장! 하긴 나도 처음 보는 놈들인데 네가 알 리가 없지."

발키리스는 레시아의 말에 화를 터뜨렸지만 그건 그녀가 아닌 자신을 향한 분노였다. 처음 보는 형태의 언데드. 수천 년 드래곤의 역사에도 본 적 없는 괴사였다.

"저기 언데드라고 하지만 그게 드래곤이신 발키리스님한테도 위협이 되나요?"

티엔이 조그마한 음성으로 중얼거렸다. 류센 역시 궁금하긴 마찬가지였다. 언데드가 강한 것은 죽여도 죽여도 다시 일어나는 불사의 능력 때문이었다. 하지만 그 정도 능력으로는 드래곤에게 별다른 위협이 되지 못한다.

"흥! 이딴 놈들은 나에게 아무런 위협도 되지 않는다!"

어느새 발키리스의 지척으로 다가온 여관의 두 중년 남녀. 그러나 발키리스는 양손에 특대 파이어 볼을 소환해 그들의 몸통에 작렬시켰다. 그들은 좀 전의 시엘과 마찬가지로 비명을 지르며 발버둥 치다 재만 남긴 채 사라졌다.

"아아아!"

루크는 그 모습에 충격을 먹은 듯 크게 눈을 부릅뜨더니 그대로 기절해 버렸다.

측은한 표정으로 루크를 쓸어 만지는 레시아.

"언데드란 족속은 죽은 이를 가지고 마계의 힘을 이용해 되살려낸 존재. 그래서 산 자에겐 통용되지 않습니다. 하지만 이들은 살아 있었습니다. 방금 전까지 웃고 떠들고 말을 했습니다. 발키리스님이 걱정하는 건 바로 그겁니다. 여기가 아닌 또 다른 곳에서도 이런 일이 벌어질지 모르죠."

레시아의 설명에 류센은 크게 경악을 금치 못했다. 언데드란 말 그대로 죽은 자[死者]. 한데 죽지 않은 자[生者]가 갑자기 언데드로 변했다.

만약 이러한 일이 크라이드 제국의 수도 한복판에서 일어난다면? 혹시 황궁에서 이런 일이 벌어진다면? 상상하기도 싫은 끔찍한 일이 벌어질 것이다.

"어, 어째서 이런 일이……"

크게 충격을 받은 듯 류센의 표정에는 당황함이 역력했다. 티엔 역시 사태의 심각성을 깨달은 듯 침묵으로 일관했다.

"언데드로 변한 인간들에게는 영혼이 없었어요. 다른 사람에게는 모르겠지만 저는 알 수 있어요. 사물의 본질을 꿰뚫어 볼 수 있는 종족, 저는 엘프니까요."

"영혼이라고……."

레시아를 제외한 다른 일행은 자신도 모르게 중얼거렸다. 제대로 된 설명은 아니지만 믿을 수가 있었다. 레시아는 누가 뭐래도 가장 아름답고 뛰어난 엘프족이니까.

"죽은 자가 살아 숨 쉬고 살아 있는 자는 언제 죽을지 모른다……. 드디어 찾았군요. 어둠의 정체를!"

레시아의 말에 류센을 비롯해 모두 고개를 끄덕였다.

Chapter 19
인형의 도시 (3)

일행 모두 침중한 안색이었다. 신탁에 따라 어둠을 잠재우기위해 왔지만 막상 일이 닥치자 듣도 보도 못한 언데드의 출현에 모두들 기겁했다. 자신들이 맡은 임무에 중압감을 새삼 느끼게 되었다.

"자자, 우거지상하고 있을 틈이 없다. 얼른 일을 시작해야지."

발키리스가 무거운 분위기를 떨쳐 내며 일행의 시선을 모았다.

류센이 씁쓸하게 웃었다. 설마 설마 했는데 진짜로 일이 터지고야 말았다. 신탁의 내용대로 흘러가고 있었다. 갑자기 어깨가 무거워졌다.

'내가 어둠을 무찌를 용사라고? 여자 뒤꽁무니나 쫓아다니는 내가? 후후…….'

반신반의한 채 맡게 된 임무. 신탁을 믿지도 않은 채 그저 레시아를 어떻게 해볼 생각으로 따라왔다. 지금의 상황은 류센으로서는 어이가 없을 따름이었다.

"레시아, 그 영혼이라는 것 좀 자세하게 설명해 줄 수 없나?"

발키리스가 말했다. 레시아는 자기 품에 안겨 잠든 루크를 보며 한숨을 쉰 뒤 입을 열었다.

"처음에는 몰랐어요. 아예 느끼지도 못했어요. 저는 인간 세상에 처음 나왔기 때문에 그저 겉모습만 보고 인간을 판단하려고 했죠. 하지만 류센님을 보고 무언가 이상하다고 느꼈어요."

"나를?"

류센이 고개를 갸웃거렸다. 레시아는 살포시 미소를 지은 채 계속 말했다.

"네. 낮에 오크가 쳐들어왔을 때 갑자기 뛰쳐나간 것을 보고 의구심이 생겼어요. 장난이 심한 류센님이 그런 진지한 모습을 보일 줄을 몰랐거든요."

"흠흠!"

류센이 겸연쩍은 듯 헛기침을 터뜨렸다.

"그리고 돌아와서는 아무 말도 없는 것을 보고 무언가 잘못되었다고 느꼈지요. 그때부터 여기 인간들을 자세히 살펴보기 시작했어요."

"그래서?"

"저는 엘프. 거짓을 가려내고 진실만을 볼 수 있는 눈을 가졌지요. 그런데 여기 인간들의 마음은 느껴지지 않았어요. 마치 어둠을 보는 듯 아무것도 보이지가 않았어요."

"왜 그걸 말하지 않았지?"

약간의 질책이 담긴 음성. 발키리스의 음성에서는 분노가 느껴졌다. 레시아는 씁쓸한 음성으로 말했다.

"원래 그런 줄 알았어요. 인간들의 마음은 원래 추악한 욕망으로 가득 찬 종족이니까 마음도 어둡구나, 라고 생각했어요. 여기 있는 류센님과 티엔님, 락크님만 그저 특이한 인간이라고 생각했어요."

인간은 자기밖에 모르는 종족이다. 욕심 많고 항상 마음속에 더러운 감정만이 가득 찬 종족이다. 엘프 레시아는 어릴 적부터 그렇게 배웠고 공허한 어둠을 보고서도 원래 인간들은 그러니까 하고 생각했다. 깊이 생각하지 않은 것이 화근이었다.

‘생각보다 심하군.’

류센은 가슴이 답답해졌다. 인간이 얼마나 이종족들에게 깊은 원한을 심어줬는지 잘 알 수 있는 모습이었다. 같은 인간을 제외한 다른 종족들에게 인간은 해충이나 다름없었다.

“뭐, 좋아. 이미 지나간 일 가지고 왈가왈부할 수는 없지. 일단 그 꼬마를 깨워봐. 물어볼 말이 있다.”

“이 소년에게……?”

“그래. 아마 이번 일을 뒤에서 조종하는 놈이 있는 것 같다. 내가 죽인 시엘이란 소녀가 말했었지. 르케도스라는 놈을 만나면 자기처럼 된다고.”

“르케도스…….”

일행 모두 그 이름을 중얼거렸다. 이번 사건에 가장 중요한 열쇠라는 생각이 들었다.

막 레시아가 루크를 깨우려는 찰나, 발키리스가 쓴웃음을 지으며 투덜거렸다.

“이런, 벌써 공격이 시작되었나?”

“그게 무슨 말이지?”

의아함을 느낀 류센이 발키리스를 바라보았다. 하지만 발키리스가 대답하기 전에 이유가 밝혀졌다.

콰쾅!

여관 문짝이 박살나면서 일단의 무리가 들어왔다.

"히익!"

티엔의 눈이 크게 떠졌다. 재빨리 류센 뒤로 몸을 숨기는 티엔이었다.

"캬아약!"

"끼에엑!"

수십의 언데드들이 문짝을 밟으며 들어왔다. 좁은 여관 홀이라 금세 언데드로 가득 찼다.

"크윽! 언제 이렇게 많이……."

"레시아의 말을 잊었나? 이미 이 도시의 인간들은 전부 언데드라고 봐야 해!"

발키리스가 양손에 파이어 볼을 소환시키며 당황하는 류센에게 호통 쳤다. 류센은 지지 않겠다는 듯 검을 뽑아 오러를 가득 일으켰다. 하지만 금세 손에 힘이 빠지고 말았다.

나타난 언데드들은 언데드라고 보기엔 너무나 인간다웠다. 혈액 순환이 잘되는 듯 불그스레하게 홍조 띤 얼굴. 핏줄이 가득한 눈동자와 기괴한 음성만 아니라면 인간이라고 해도 믿을 정도였다.

"마음 놓지 마! 저것들은 살아 있는 척하는 거라고! 이미 영혼이 빠져나가 죽은 녀석들이야!"

"아, 알았어! 이 자식들 오기만 해봐! 아주 박살을 내줄 테다!"

“후후, 그래. 바로 그 자세야.”

발키리스는 비릿한 미소를 지었다. 그의 코끝에서 진한 혈향이 느껴졌다.

피와 살이 난무하는, 바야흐로 전투의 시작이다.

“크르륵… 자, 잡아라……! 르케도스님에게 바치자……!”

한 언데드가 나와 가래 끓는 목소리로 더듬더듬 말했다. 그 모습에 류센과 발키리스, 레시아가 눈을 반짝였다.

“다들 왜 그런 거죠?”

티엔이 의아한 듯 중얼거렸다. 언데드에 대해 자세히 모르는 그녀. 류센이 심각한 얼굴로 설명해 주었다.

“원래 언데드란 산 자에게 무한한 원한을 가지고 있어. 살아 있는 것을 보면 맹목적으로 덤벼들지. 하지만 저놈들은 안 그래. 오히려 그 르케도스라는 놈에게 우릴 잡아 바치려 하고 있어.”

“그 르케도스라는 자가 신탁에 나온 어둠일까요?”

“글쎄? 확실히 알 수는 없지.”

서로 가볍게 얘기하며 조금씩 자리를 잡는 류센 일행. 정면엔 발키리스가 특대 파이어 볼을 돌리며 든든하게 버티고 있고, 오른쪽엔 류센이, 왼쪽엔 락크가 단단히 자리를 잡았다. 중앙에는 루크를 티엔에게 맡긴 레시아가 눈을 감은 채 주문을 외우고 있었다.

"키에엑! 잡아랏!"

언데드의 찢어질 듯한 음성이 전투의 시작을 알렸다. 발키리스가 즉시 파이어 볼을 던졌다.

콰쾅!

폭음과 함께 달려들었던 언데드들이 일제히 뒤로 튕겨져 갔다. 역시 온몸에 불이 붙어 비명을 지르며 발버둥을 쳤다.

인간이라면 오금이 저릴 정도로 끔찍한 장면이지만 상대는 인간이 아닌 존재였다.

불타는 언데드를 버려두고 또다시 날카로운 손톱을 내세우며 달려드는 언데드들.

"차압! 어림없다!"

류센이 오러를 잔뜩 머금은 장검으로 달려드는 언데드의 목을 내려쳤다.

파악!

피가 터지면서 언데드의 목이 허공을 날았다. 그와 동시에 무너지는 몸뚱어리. 간단하게 처리했지만 류센의 표정은 잔뜩 일그러졌다.

'빌어먹을! 아직 어린 소녀잖아!'

평소 같으면 귀엽다고 작업을 걸어봄 직한 미모의 소녀였다. 류센은 가슴이 먹먹했다. 사람을 처음 죽여본 것도 아니고, 지금 상대하는 존재는 저주받은 언데드였다. 하지만 너무나 인간다운 모습을 하고 있었다.

'제길! 이렇게 예쁘장한 소녀를 내 손으로 죽여야 하다니… 르케도스라는 놈, 잡히기만 해봐라.'

가슴이 답답하고 미칠 것 같지만 어쩔 수가 없었다. 죽이지 않으면 자신이 죽는 이곳은 전쟁터였다.

"멍청한 놈! 방심하지 말라니깐!"

"뭐?"

류센이 발키리스의 말을 이해하지 못하고 눈만 동그랗게 떴다.

슈슈숙!

허공을 가르는 날카로운 소리. 류센은 본능처럼 허리를 비틀었다.

"이, 이건……."

류센은 경악을 금치 못했다. 방금 전 목을 베었던 소녀의 몸뚱어리가 움직였기 때문이다. 예의 시퍼런 손톱이 류센을 노리고 공격해 왔다.

"상대는 언데드라고! 뼈를 가루로 만들기 전까진 계속 움직인다!"

그렇다. 상대는 일반적인 몬스터가 아닌 팔다리 하나쯤 잘라내도 신음 한 번 흘리지 않는 언데드였다.

슈악! 슈악!

언데드 소녀의 공격은 계속되었다. 흡사 혹독한 수련을 한 기사처럼 치명적은 급소만 노리고 매섭게 손톱을 찔러왔다.

"크윽! 그만 해!"

채앙!

류센은 검으로 손톱을 잘라 버리고 소녀의 배에다 발차기를 날렸다. 그 충격으로 소녀의 몸뚱어리는 허공을 날아가 벽에 부딪쳤다.

우드드득!

뼈가 부러지는 섬뜩한 음향. 소녀의 몸 여기저기에서 뼈가 살을 뚫고 나왔다. 하지만 다시금 일어서는 몸뚱어리. 과연 언데드다운 모습이었다.

"헉헉! 이젠 사정 봐주지 않는다."

류센은 자신이 방심했다는 걸 인정했다. 입을 앙다물고 어기적거리며 걸어오는 소녀의 몸뚱이를 노려보았다.

"아악!"

그런 상황에서 갑자기 류센이 비명을 질렀다. 놀란 일행이 류센을 바라보았다. 하지만 의구심을 느낄 수밖에 없었다. 류센의 주변에는 언데드가 없었기 때문이다.

"악! 발, 발을 보세요!"

티엔이 공포에 질린 표정으로 류센의 발을 가리켰다. 과연 류센의 발에는 무언가 있었다.

"머, 머리가……! 빌어먹을!"

류센은 기겁할 수밖에 없었다. 자신의 발에 소녀의 머리통이 매달려 있었기 때문이다. 류센의 발목을 꽉 물고 있는 소녀의 머리. 보기에도 끔찍한 장면이었다.

푸욱!

류센은 고통으로 인상을 찌푸렸지만 침착하게 검을 소녀의 머리에 찔러 넣었다. 하지만 여전히 발목을 물고 있는 소녀. 류센은 성질이 났다.

"머리통을 아예 박살 내주지!"

류센은 소녀의 머리 속에 들어가 있는 검에다 오러를 주입시켜 폭파시킬 작정이었다.

그때, 소녀가 입을 열어 류센의 발을 놓아주었다. 하지만 그런다고 봐줄 류센이 아니었다. 곧바로 검에다 마나를 실어 보냈다. 이제 검에 들어간 마나를 오러로 변환만 시키면 소녀의 머리를 곤죽이 되고 말 터.

"사, 살려주세요."

"뭐?"

류센은 자신의 귀를 의심했다. 분명 말을 했다. 몸에서 분리된 머리가 말을 했다.

"흑흑흑… 살려주세요."

이제 소녀는 눈물을 흘리며 애원했다. 류센의 마음은 크게 흔들렸다.

"너 살아 있는 거야? 살아 있는 게 맞아?"

목이 떨어져 나가고도 살아 있을 리가 없지만 류센은 소녀가 살아 있길 바랐다. 이 소녀도 한때는 인간이었을 터. 무슨 이유로 어떻게 언데드로 변했는지 모르겠지만 이 소녀가 바란 일은 아닐 것이다. 구해주고 싶었다.

"이런 멍청한 놈!"

발키리스가 류센을 욕하며 달려왔다. 소녀를 살리고 싶은 류센은 급히 고개를 흔들며 말리려고 했다.

"자, 잠깐!"

"잠깐은 무슨 잠깐! 앞을 봐라!"

그 말에 류센은 고개를 돌렸다. 눈앞에 시퍼런 손톱이 보였다. 어느새 소녀의 몸통이 다가온 것이다. 피하기에는 너무 늦었다.

퍼엉!

다행히 소녀의 손톱보다 발키리스의 파이어 볼이 빨랐다. 소녀의 몸은 불길에 휩싸여 곧 재가 되었다.

콰직!

그사이에 류센의 곁에 도착한 발키리스는 강하게 발을 굴렸다. 그의 발밑에는 소녀의 머리통이 자리하고 있었다. 강한 발길질에 소녀의 머리통은 곤죽이 되었다.

짜악!

"바보 같은 놈! 지금 이 상황에서도 여자나 꼬실 생각이냐?!"

류센의 뺨을 올려붙이며 무서운 표정으로 야단치는 발키리스. 류센은 그저 고개를 푹 숙일 따름이었다.

"언제까지 유치하게 살 작정이냐? 대륙을 구할 영웅은 너라는 걸 자각해라."

발키리스는 그 말을 끝으로 돌아섰다. 자신이 빠진 틈에 언데드들이 대거 몰려왔다. 여기서 류센을 붙들고 있을 시간이 없었다.

"파이어 볼!"

역시 드래곤. 넘치는 마나와 상황에 맞는 마법. 발키리스가 지나간 곳에는 불타는 언데드만이 있을 뿐이었다.

'살려주세요.'

'언제까지 유치하게 살 거냐?'

소녀의 음성과 발키리스의 비아냥거림이 머릿속을 헤집고 다닌다. 류센은 생각했다.

'이게 뭐 어때서? 죄없는 사람을 죽여 영웅이 되는 것보다 이런 유치한 삶이 훨씬 좋다고.'

마음만 먹으면 황제도 될 수 있었다. 어쩌면 대륙을 통일할 최초의 황제가 될 수도 있었다. 자신에겐 그만한 능력이 있고, 유능하고 충성스런 부하들도 넘쳐 날 정도로 많았다.

하지만 그러지 않았다. 황제 자리를 박차고 나왔다. 영웅 같은 건 바라지도 않았다. 그냥 평범한 삶을 원했다. 그저 전생의 한(恨)이었던 여자나 꼬시며 살고 싶었다.

영웅. 황제. 겉보기에는 멋있을지 몰라도 수많은 피를 요구하는 자리다.

"내가 뭐 어때서? 나는 틀리지 않아!"

류센은 다가오는 언데드의 허리를 잘라 버렸다. 허리가 잘린 채 버둥거리는 언데드에게 검을 들이대 마구 난도질을 하였다. 팔과 다리, 몸통이 수십, 수백 조각으로 분해되었다.

차세대 제국 최고의 기사라고 불리는 검술 실력을 가진 류센이었다.

"내 삶은 틀리지 않았다고!"

류센은 고함을 지르며 달려갔다. 사방이 언데드 천지다. 하지만 류센의 눈빛은 어느 때보다 강렬했다. 검에 오러가 가득 맺혔다. 손이 보이지도 않을 정도로 빨랐다. 검에 걸리는 것은 그것이 무엇이든 간에 찌르고 베었다.

류센의 주변에는 언데드의 팔다리가 허공에 난무했고, 바닥에는 피가 흥건했다. 그야말로 무인지경. 앞을 가로막는 것은 뭐든지 갈랐다.

"짜식, 이제야 정신이 좀 드나 보군."

발키리스가 류센을 보며 씨익 웃었다. 그러나 여전히 상황은 좋지 않았다.

검이란 무언가 베고 찌르는 것에 특화된 무기다. 그러나 팔다리 좀 잘라낸 것 가지고는 언데드를 쓰러뜨릴 수 없었다.

"발키리스님, 류센님을 데리고 이쪽으로 오세요."

갑자기 들려온 부드러운 음성에 발키리스는 고개를 돌렸다. 그곳엔 레시아가 있었다. 그녀의 주변에는 이상한 기운이 빙글빙글 돌고 있었다.

'오호! 내가 왜 그 생각을 못했지?'

단번에 그 기운의 정체를 알아챈 발키리스는 화색이 만연한 얼굴로 류센을 찾았다. 정신없이 싸우고 있는 류센. 자신의 말에 충격을 먹었는지 혼신을 다해 싸우고 있었다.

"역시 멍청한 놈이군. 야단 좀 맞았다고 자기 몸을 혹사시키다니……."

저 정도 집중력이라면 소리쳐도 못 알아들을 터. 발키리스는 슬며시 뒤로 돌아가 류센을 낚아챘다.

슈가각!

자신의 뒤가 잡혔다고 느낀 류센이 본능적으로 검을 휘둘렀다.

“이크! 인마, 정신 차려! 나라고!”

“발키리스?”

“으이구, 잘하는 짓이다. 너 지금 드래곤 슬레이어가 되려고 그러냐?”

“아! 미, 미안.”

“됐고, 얼른 피하자.”

피하자는 말에 류센은 고개를 갸웃거렸다. 그런 류센을 보고 발키리스는 레시아를 가리켰다. 그제야 이해한 듯 류센은 재빨리 몸을 날렸다.

그 모습은 레시아의 눈에도 들어왔다. 류센과 발키리스가 자신에게 다가오자 모든 언데드의 시선이 집중되었다.

“샐러맨더!”

레시아를 감싸던 기운 중 붉은색 기운이 쭉 뻗어 나오더니 서서히 형체를 이루었다. 그것은 손바닥만 한 크기의 도마뱀이었다. 그 도마뱀은 온몸에서 시뻘건 불길을 토해내고 있었다.

“으와! 이게 뭐지?”

류센은 생전 처음 보는 샐러맨더의 모습에 놀라움을 금치 못했다.

“불의 정령이다.”

“뭐? 정령?”

말은 많이 들었지만 실제 보는 것은 처음이었다. 류센은 신기한 표정으로 샐러맨더를 바라보았다. 티엔과 락크 역시 마찬가지였다.

"나의 오래된 친구여, 저주받은 언데드에게 당신의 힘을 보여주세요."

레시아가 샐러맨더를 바라보며 말했다. 도마뱀 모양의 샐러맨더는 그 말을 알아들은 듯 고개를 끄덕였다.

화아아악!

몸 전체에 불길이 일렁이는 샐러맨더. 그 불길이 급속도로 커졌다. 웬만한 바위 하나는 가뿐히 능가할 정도로 컸다. 게다가 엄청난 열기. 그 열기는 바로 옆에 있는 류센 일행에게 땀을 뻘뻘 흘리게 할 정도로 굉장히 뜨거웠다.

"크르륵……!"

류센 등을 공격하기 위해 다가왔던 언데드들이 그 열기에 주춤거렸다. 아무리 고통을 모르는 언데드라 하더라도 저 거대한 불길 속으로 들어갔다간 재만 남기고 말 것이란 걸 본능적으로 느꼈기 때문이다.

언데드들이 주춤거리는 걸 본 레시아가 눈빛을 반짝였다.

"나의 오래된 또 다른 친구 실프여, 모습을 보여주세요."

레시아에게서 또다시 한줄기 기운이 솟구쳐 형태를 이루기 시작했다. 손가락만 한 작은 크기에 장난스런 미소를 가진 귀여운 소녀였다.

"실프, 강한 바람을 부탁해요."

실프는 레시아의 말에 고개를 끄덕이더니 곧장 허공을 날며 춤을 추기 시작했다. 류센은 저 작은 정령이 바람의 정령이라는 걸 알았지만 저 조그마한 몸에서 얼마나 강한 바람이 불어줄지 의구심이 생겼다.

휘이이잉! 콰콰콰콰!

처음에는 살랑거리는 순풍이더니 실프의 춤이 격렬해져 갈수록 바람은 더욱 거칠어졌다. 종내에는 태풍보다 더 거센 바람이 홀을 가득 메우게 되었다.

"불과 바람을 이용한 공격! 아주 멋져! 저놈들 꼴 좀 봐라! 크하하하!"

발키리스의 호쾌한 음성이 귀청을 때렸다. 류센은 강한 바람 때문에 눈을 뜨기도 힘들 지경이었다. 하지만 궁금증을 참지 못하고 억지로 눈을 떴다.

"끄에엑!"

"캬아악!"

언데드들의 몸에 불이 붙었다. 몸에 붙은 불은 작지만 언데드가 마치 장작이라도 되는 듯 급속히 몸집을 불려 언데드를 태웠다.

샐러맨더가 불을 뿜고 뒤에서 실프가 바람을 일으켜 불을 날렸다. 바람 덕분에 불길은 수십, 수백 조각으로 나뉘었지만 언데드의 몸을 연료 삼아 더욱 크게 타올랐다.

콰콰쾅!

샐러맨더와 실프의 합동 공격으로 언데드는 전멸하였다. 여관 대부분이 날아갈 정도로 엄청난 공격. 정령의 힘은 이토록 강한 것이었다.

"휘유~ 나도 진작에 정령들을 사용할 걸 괜히 힘만 뺐네. 그나저나 엘프 주제에 속성이 다른 정령 둘을 동시에 불러낼 수 있다니 대단한데?"

"감사합니다, 발키리스님."

발키리스의 칭찬에 레시아는 해맑은 미소를 보였다. 정령의 공격으로 언데드 백여 마리를 한 번에 처치했다. 비록 무리해 온몸이 뻐근하지만 일행에게 큰 도움이 되어 그녀는 기쁘기 그지없었다.

그때 류센이 우물쭈물하더니 사죄하듯 고개를 숙이며 말했다.

"미, 미안해. 나 때문에… 내가 멍청하게 굴어서……."

"됐어. 하긴 너와 똑같은 인간 모습을 한 놈들을 죽이기 힘들었겠지. 만약 네가 별다른 동요 없이 그놈들을 죽였다면 난 아마 널 독한 녀석이라고 생각했을 거야."

"맞아요. 류센님이 마음이 착해서 그런 갈등을 한 거예요.

저라도 언데드 사이에서 엘프의 모습이 보였다면 이런 공격을 하지 못했을 거예요.”

“인상 펴, 인마! 넌 레시아를 보면서 침 흘리는 모습이 어울려.”

“뭐라고?!”

류센이 얼굴을 붉히며 발키리스에게 달려들었다.

“하하하!”

“호호호!”

그 모습에 무거웠던 분위기가 안개처럼 사라졌다. 일행은 웃음꽃을 터뜨리며 언데드를 물리친 걸 자축했다.

척척척.

화기애애한 일행. 하지만 그때 귓가를 자극하는 소리가 들려왔다. 모두들 소리의 진원지를 찾기 위해 사방으로 고개를 돌렸다.

“헉! 저, 저건?!”

시력 좋은 발키리스가 소리의 정체를 보곤 눈을 크게 뜨며 기겁했다.

“오, 맙소사!”

“신이여……!”

언데드였다. 그것도 족히 수천은 될 법한 엄청난 수였다. 이곳 캄부리츠의 사람들이 모두 모인 것 같았다. 사방팔방을 둘러보아도 온통 언데드뿐이었다.

"여, 여기에 이렇게 사람이 많이 살았던가?"

"인간뿐만이 아니에요. 저길 보세요."

엄청난 언데드 수에 질린 레시아가 몸을 가늘게 떨었다. 그 떨리는 손끝으로 일행은 시선을 돌렸다.

"죽은 시체와 몬스터들!"

발키리스가 이를 갈며 소리쳤다. 그 말대로 산 자와 죽은 자 관계없이 모든 게 언데드로 변해 일행을 향해 다가왔다.

"라, 락크, 무섭다. 오줌 마려."

뱀파이어 앞에서도 당당했던, 여관에서 언데드와 싸우면서도 한 번도 물러선 적이 없는 락크가 무섭다고 말했다.

하지만 일행 중에는 누구도 락크를 놀리지 않았다.

언데드의 행렬은 끝이 안 보였다. 갈수록 늘어가는 언데드 무리들은 이제는 어림잡아도 일만은 족히 될 법했다. 하긴 이곳은 수백 년 전부터 인간과 몬스터들이 싸워왔으니 시체는 넘치도록 많을 것이다.

"내가 본체로 현신할까? 내 화염 브레스라면 아무리 숫자가 많아도 상관없지."

발키리스의 말은 옳았다. 제아무리 엄청난 숫자의 언데드라도 브레스 몇 방이면 깡그리 해치울 수 있었다.

"여, 역시 그 방법밖에 없겠지?"

류센은 고개를 끄덕이며 동조했다. 개개인의 실력이 뛰어나다 하더라도 숫자 앞에서는 장사 없는 법이다. 티엔과 락크 역시 얼른 고개를 끄덕였다.

"안 됩니다."

그때 레시아가 단호한 표정으로 고개를 저었다. 일행의 눈이 휘둥그레졌다. 그럼 무슨 수로 이 많은 언데드를 해결한단 말인가.

"지금까지의 역사를 살펴보면 이 정도 수의 언데드가 나타난 경우는 단 한 번밖에 없었습니다."

"설마… 마왕?!"

잠시 곰곰이 생각하던 발키리스가 비명에 가까운 음성으로 소리쳤다. 레시아는 조용히 고개를 끄덕였다.

"네. 마계의 마왕이 이 세상에 강림한 것이 분명합니다. 저들은 이미 죽은 자. 죽어서도 편안한 안식을 하지 못하는 불쌍한 존재들이지요. 저런 이들과 맞서 싸우기보단 조금이라도 빨리 악의 근원을 찾는 게 낫지 않을까요? 저들이 편안한 안식을 다시 할 수 있도록."

"……."

일행은 침묵했다. 저주받은 언데드가 되고 싶은 인간이 어디 있겠는가. 저들은 적이 아닌 피해자들이다.

류센은 측은한 눈빛으로 다가오는 언데드들을 바라보았

다. 손에 인형을 든 꼬마 아이부터 나라를 위해 목숨을 던진 병사까지. 그들의 꿈과 희망은 사라지고 오히려 저주받은 언데드가 되었다. 새삼 가슴 한구석에서 분노가 치밀었다. 저들의 삶을 파괴한 존재에게 무한한 분노가 느껴졌다.

"아마 발키리스님이 드래곤으로 현신한다면 경계할지도 몰라요."

"경계?"

"마계에서의 마왕은 고귀한 존재. 그만큼 자존심이 높지요. 언데드는 마계에서도 경멸하고 있을 정도예요. 제 예상이 맞다면 마왕은 아직 제대로 된 힘을 갖추지 못했을 거예요."

"흠, 일리가 있군. 마왕이 인간계에 강림하기란 극히 어렵고 힘든 일이지. 설사 강림했다 하더라도 원래 가진 힘의 반의반도 발휘 못한다고 들었다. 어딘가 숨어서 힘을 키운 것이 분명해."

발키리스는 레시아의 설명을 듣고 확신했다.

이 유베리스 대륙에 딱 한 번 마왕이 강림한 적이 있었다. 수천 년도 전의 일이라 인간들은 제대로 알고 있는 이가 없지만 만 년에 가까운 수명을 가진 드래곤들은 잘 알고 있었다. 발키리스는 언젠가 고룡들로부터 그런 얘기를 들은 적이 있었다.

"신탁의 예언도 그렇고… 이 정도의 언데드라면 분명해.

마왕이야!"

발키리스는 입술을 잘근 깨물었다. 몸이 가늘게 떨려왔다. 자신이 위대한 종족의 일원이라는 자부심으로 똘똘 뭉친 그가 두려워하고 있는 것이다.

'비, 빌어먹을! 내가… 이 발키리스가 공포를 느끼고 있다니…….'

떨리는 몸이 좀처럼 진정되지 않았다. 인간들에게는 전설처럼 느껴지는 멀고 먼 옛날이지만 드래곤들은 똑똑히 기억하고 있었다. 마왕이 강림하면 이 세상이 어떻게 되는지. 당시 드래곤들은 멸족에 가까운 엄청난 타격을 입고서야 겨우 마왕을 물리칠 수 있었다. 고작해야 자신이 가진 힘의 절반도 채 안 되는 힘을 가진 마왕한테 위대한 종족이라는 드래곤들이 대부분 죽임을 당했다.

그때 받은 타격이 아직도 남아 대륙에 존재하는 드래곤들은 백 마리도 채 되지 못했다.

거칠 것이 없는 발키리스라도 무섭지 않을 리가 없었다.

"좋아, 레시아 말대로 하자. 저런 조무래기들을 상대할 틈이 없지."

발키리스는 손짓하여 일행을 자신 주변으로 모이게 했다. 잠시 기억을 더듬어 좌표를 생각하더니 이내 워프 마법을 시전했다.

파아앗!

흰색 빛무리가 주변을 감싸기 시작했다. 류센은 그 빛 너머의 언데드 무리를 바라보았다. 죽어서도 안식을 하지 못하는 존재들. 처음에는 무서웠지만 시간이 지나자 안쓰럽기만 했다. 그리고 지금은 가슴속에 뜨거운 분노가 치밀었다.

'곧… 편히 쉬게 해줄게.'

류센은 언데드에게서 끝까지 눈을 떼지 않았다. 이젠 마왕이고 뭐고 무섭지가 않았다.

Chapter 20
드래곤의 개입

류센 일행이 도착한 곳은 캄부리츠에서 백 킬로미터 정도 떨어진 이슈테리 영지였다.

이슈테리는 몬스터 땅으로 가는 서쪽 길목에서 가장 끝에 위치해 있었다. 이곳을 지나면 몬스터를 막기 위한 각종 성과 요새 등 군사 시설이 즐비해 일반적인 사람들은 넘어갈 수가 없었다.

이슈테리 역시 소규모 영지치고는 상당히 커다란 성벽이 주변에 둘러쳐져 있었다. 영지 주변으로 3미터 높이의 성벽이 세워져 있고 영지 중심부에 있는 영주성은 그 규모가 웬만한 요새를 능가할 정도로 엄청났다. 만에 하나 몬스터들이 침공해 와 최전선 캄부리츠를 비롯한 각종 방어 시설이 뚫리게 된다면 이슈테리가 막아야 하기 때문이다.

그래서 이슈테리의 사람들은 일반 평민이지만 대부분 창검을 다룰 줄 아는 군사이기도 했다.

류센 일행은 이슈테리 서문에서 약 백 미터 떨어진 곳에 도착했다.

평소 활기찬 분위기와 다르게 일행은 모두 침중한 안색이었다. 그 누구도 입을 열지 않은 채 자기만의 생각에 빠져 있었다.

묵묵히 걸음을 옮기는 일행. 아직 깊은 밤이었고, 언데드와 치열한 전투를 벌이느라 심신이 피곤했다. 급한 상황이지만 지금은 휴식을 취하는 것이 좋았다.

어느새 이슈테리 서문 앞에 당도한 일행. 다른 곳 같았으면 성벽이나 성문 같은 건 아예 있지도 않았을 것이다. 하지만 이곳에는 존재했다. 굳게 닫힌 성문과 강렬한 안광을 뿌리는 병사들.

"누구냐?"

나직하지만 힘이 느껴지는 목소리. 서문을 지키는 다섯 명의 병사는 류센 일행을 노려보았다. 한 손은 검 손잡이에 갖다 놓고 있었고, 가장 뒤쪽에 있는 병사는 입을 오물거렸다.

아마 조금이라도 류센 등이 수상한 행동을 보이면 휘파람을 불기 위해서였다.

류센은 저절로 고개가 끄덕여졌다. 저것이야말로 제대로 된 제국 병사들의 모습이었다. 하지만 발키리스의 음성이 들리자 급히 긴장하며 자신 역시 검으로 손을 가져갔다.

"레시아, 확인해 봐. 언데드인지."

레시아가 살짝 고개를 끄덕인 후, 조용히 눈을 감고 두 손을 모았다. 흡사 기도하는 자세와 비슷했다.

물 한 잔 마실 정도의 짧은 시간이 흐르자 레시아가 눈을 뜨며 살포시 미소를 지었다. 류센을 비롯한 일행은 한숨을 내쉬며 긴장을 풀었다.

하지만 병사들은 더욱더 긴장하며 경계심을 보였다.

"이봐, 너희들, 뭐야? 정체를 밝혀라!"

딱!

발키리스가 가볍게 박수를 쳤다. 그러자 주변의 공기가 잠시 일렁였다.

그 순간 병사들이 선 채로 눈을 감았다.

"금방 깰 거야. 얼른 가자."

발키리스가 마법으로 병사들을 잠시 잠들게 한 것이다. 그리고는 또다시 마법을 시전했다. 텔레포트 마법으로 공간을 깨고 성문 너머로 류센 등이 나타났다.

　성문 안쪽의 병사들도 선 채로 잠들어 있었다. 류센이 휘파람을 불며 감탄했다.

　"휘유~ 역시 드래곤. 대단한데?"

　"훗, 이 정도야 기본이지."

　병사들이 깨기 전에 얼른 발걸음을 재촉하는 일행.

　이후 잠에서 깨어난 병사들은 서로를 보며 어리둥절한 표정을 지었다.

　"이상하다. 방금 어떤 놈들이 여기 있었는데……."

　"그, 그러게. 잘못 봤나?"

　"우리가 너무 신경이 날카로웠나 봐. 영지 내에 실종된 사람들이 많다 보니 모두 긴장한 탓이겠지."

　"그, 그래. 너무 긴장해서 그래. 우리가 너무 긴장한 나머지 잘못 본 거야. 절대 졸았던 게 아니야."

　"그, 그럼. 우린 열심히 근무하고 있었다고."

　군기가 엄중하기로 유명한 크라이드 제국. 근무 중에 졸았다면 극악한 처벌을 받게 된다. 병사들은 그 사실을 머릿속에 상기하며 서로 입을 맞추기에 바빴다.

　쾅쾅쾅!

　"제기랄! 어떤 놈이 이 밤중에 문을 두드리고 지랄이야!"

　여관을 운영하는 산토르는 짜증 섞인 음성으로 투덜거렸

다. 무시하고 싶지만 계속해서 들려오는 소리에 일어나지 않을 수가 없었다.

"또 어느 놈이 술 꼬장을 부리는지 몰라도 오늘은 도저히 못 참는다."

자리에서 일어난 산토르는 그렇게 다짐했다. 밤이 되면 성문이 닫히니 여행객은 아닐 터. 결국 이곳 사람이란 말인데, 장사도 좋지만 밤에는 잠을 자야 할 것이 아닌가.

쾅쾅쾅!

"나간다, 나가."

산토르는 주먹을 불끈 쥔 채 잰걸음으로 문을 향해 다가갔다. 그는 문손잡이를 잡은 후 숨을 크게 들이마셨다. 문을 열고 자신의 잠을 깨운 상대에게 욕을 한 바가지 날려줄 생각이었다.

"야이, 개새……."

문을 연 산토르는 급히 숨을 삼켰다. 덕분에 말이 중간에서 끊겼다. 술에 취해 비틀거리는 사람을 생각했건만 상대는 엄청난 거구의 사나이였다. 한 덩치 하는 산토르도 그 상대에 비하면 어린아이와도 같았다. 그것뿐만이 아니라 거구의 사나이는 몸집에 어울리는 거대한 바스타드 소드를 들고 있었다.

"딸꾹!"

　한밤중에 칼을 든 채 나타난 거구의 사나이. 산토르는 호흡이 꼬여 연신 딸꾹질을 하였다.

　"이봐, 락크. 주인 아저씨가 무서워하잖아. 이제 그만 칼을 집어넣어."

　"아, 응."

　락크가 헤벌쭉 웃으며 칼을 수습했다. 혹시라도 사람들이 언데드로 변할까 봐 미리 준비한 것뿐이었다. 류센이 그의 앞으로 불쑥 나오며 산토르를 바라보았다.

　"하하, 놀라셨다면 죄송합니다. 그럴 일이 있어서요. 이해 좀 바랍니다."

　'니미, 무슨 강도라도 만났나. 영지에 들어와서까지 칼을 들고 다니다니……'

　아직도 심장이 벌렁거렸고, 이제 와서 자존심을 세우기에는 늦었다. 산토르는 인상을 구긴 채로 말했다.

　"이 밤중에 무슨 일이오? 이미 영업 시간은 끝났소."

　"술을 마시러 온 게 아닙니다. 그저 편히 쉴 수 있는 방을 좀 주십시오."

　"방이라……. 당신들, 여기 사람이 아니군."

　"네, 저흰 여행객입니다."

　"여행객? 여기는 관광지도 아니고 더욱이 이 밤중에는 성문도 열어주지 않는데……."

류센은 아차 싶었다. 깊이 생각하지 않고 말한 것이 실수였다. 그때 발키리스가 나섰다. 마법으로 간단하게 처리할 생각이었던 것이다. 하지만 레시아가 발리키스를 제지하며 앞으로 한 걸음 나섰다.

산토르는 레시아를 보며 흠칫 놀라움이 가득한 표정으로 중얼거렸다.

"에, 엘프……."

레시아는 귀를 쫑긋거리며 말했다.

"저흰 수상한 사람들이 아닙니다. 당신과 여기 사는 인간들에게 아무런 피해도 주지 않을 것입니다."

"음, 좋소. 들어오시오."

"감사합니다."

일행은 천천히 들어갔고, 류센이 고마운 눈길로 레시아를 바라보았다.

"나도 원래 사람을 함부로 의심하는 성격은 아닌데, 요새 영지 분위기가 워낙 흉흉하다 보니……."

"흉흉하다?"

류센은 고개를 갸웃거리며 산토르를 바라보았다. 산토르가 한숨을 쉬며 이유를 설명했다.

"영지 내 사람들이 실종된 사건 때문에 그러오. 한 일 년 전부터 시작됐는데, 거의 한 달에 한 번 꼴로 사람들이 사라졌다오."

류센을 비롯한 일행은 서로를 바라보았다. 무언가 생각나는 게 있었기 때문이다. 그러는 와중에서도 산토르의 설명은 계속되었다.

"어떨 때는 한 명이 사라지지만 가끔 한 가족이 사라진 경우도 있었소."

"혹시 이곳 영주가……."

류센이 말을 흐렸다. 영주의 폭정으로 고향을 등진 경우가 있기 때문이다. 하지만 산토르는 고개를 흔들었다.

"당신도 크라이드 제국 사람이오?"

"그렇습니다만……."

"그럼 잘 알 게 아니오, 영주가 폭정을 하면 어떻게 되는지."

류센을 아주 잘 알고 있었다. 제국은 수시로 지방에 감찰사를 보내 조금이라도 영주가 백성을 괴롭히는 조짐이 보이면 대대적으로 수사를 벌었다. 그래서 증거가 나타나면 해당 영주는 직위를 박탈하고 엄중히 처벌하였다.

"헤헤, 혹시나 해서 물어본 거예요."

"우리 영주님도 죽을 지경이라오, 사람은 사라지는데 그 이유를 모르니……."

"그렇군요."

"아무튼 당신들도 조심하시오. 여행객들은 괜한 의심을 받으니……."

산토르를 그렇게 말하며 방을 안내해 주고 사라졌다.

"자, 그럼 이 녀석을 깨워볼까?"

방으로 들어온 발키리스가 레시아의 품에서 잠든 루크를 바라보았다.

"네. 인형의 도시에서 유일하게 살아 있는 인간이니까."

일행은 모두 의아한 눈으로 레시아를 바라보았다. 레시아는 미소를 지었다. 하지만 그 미소를 보는 순간 가슴 한쪽이 아려왔다.

"죽어도 죽은 것이 아니고 살아도 산 것이 아닌 불쌍한 존재들. 언데드라고 부르기보단 인형(人形)이라고 하는 게 낫지 않을까요? 죽은 것도 억울한데 죽어서도 남에게 조종을 받는 꼭두각시 인형. 언데드라고 부르기에는 너무 가혹한 처사예요."

"……."

일행은 침묵했지만 레시아의 말에는 수긍할 수밖에 없었다.

"에잇! 언데드고 인형이고 간에 지금 그게 문제냐?"

분위기가 무거워지자 발키리스는 마뜩치 않는 표정으로 말했다. 그리고는 루크를 뺏어 볼을 찰싹 쳐 깨웠다.

"어이! 일어나 봐, 꼬마야."

"발키리스님, 꼭 그렇게 깨울 필요는 없잖아요. 불쌍한 아이인데……."

티엔이 눈물을 글썽이며 발키리스를 말렸다. 하지만 발키리스는 오히려 성난 어조로 소리쳤다.

"뭐? 불쌍? 지금 장난하냐? 마왕이 강림했을지도 모르는 이 중차대한 사건에 고작 한다는 소리가 그거냐? 넌 신탁의 내용도 못 들었어? 대륙이 멸망할지도 모른다고! 알량한 감정에 젖어 있을 때가 아니야!"

"그, 그렇지만……."

"이 계집애가 정말!"

"그만! 지금 서로 싸울 때가 아니잖아!"

류센이 그 둘 사이에 끼어들며 소리쳤다. 울고 있는 티엔과 한숨을 쉬는 발키리스. 레시아가 살며시 다가와 루크를 다시 자신의 품으로 데려왔다.

"일어나세요, 소년이여. 당신이 보고 들은 것을 우리에게 알려주세요."

"으음……."

레시아의 간절한 마음이 닿았는지 루크는 몸을 움찔거리며 서서히 눈을 뜨기 시작했다.

"여, 여기는……."

정신을 차리자 어리둥절한 표정을 짓는 루크. 레시아가 부드러운 어조로 말했다.

"안심하세요. 당신에게 해를 끼칠 존재는 없습니다."

하지만 루크는 오히려 불안한 기색이 역력했다. 주변을 이리저리 둘러보더니 곧 울음을 터뜨렸다.

"으앙! 엄마!"

"자자, 진정하세요. 우, 울지 마세요. 여기는 안전하답니다."

레시아는 당황했다. 어떤 말로 루크를 달래줘야 할지 몰랐다. 이미 루크가 알고 있던 사람들은 모두 괴물로 변해 버렸다. 거짓말을 하지 못하는 엘프족으로서는 루크의 눈물을 닦아줄 수 없었다.

"거참, 시끄럽군. 잘 들어, 꼬마야. 네 엄마가 누군지는 모르겠지만 이미 네가 알고 있던 인간들은 모두 죽었다. 알겠냐? 너도 죽기 싫으면 내가 묻는 말에 대답해라."

발키리스가 루크를 노려보며 말했다. 하지만 그것은 오히려 루크에게 크나큰 충격이었다. 루크는 자지러질 듯 울음을 터뜨렸다.

"으아앙! 아니야! 우리 엄마는 죽지 않았어. 아빠도… 누나도 루크를 두고 죽을 리가 없단 말이야. 흑흑흑!"

루크는 믿을 수가 없었다. 아니, 믿고 싶지가 않았다. 누나가, 아빠와 엄마가 괴물로 변하는 모습을 도저히 믿을 수가 없었다. 처음 깨어났을 때 울기는 했지만 그건 안도의 눈물이었다. 자신이 본 게 다 꿈이라고 생각했기 때문이다. 하지만 발키리스의 말을 듣고 엄청난 충격에 빠졌다. 그것이 꿈이 아니었다.

루크의 울음에 짜증이 날 대로 난 발키리스가 험악한 표정을 지었다. 지금 대륙이 망하느냐 마느냐 하는 엄청난 일이 벌어졌는데 어린애 투정을 받아줄 여유가 없었다. 마법을 펼쳐서라도 루크가 알고 있는 단서들을 끄집어낼 생각을 하였다.

그러나 그전에 루크를 채어가는 존재가 있었다.

"울지 마세요, 꼬마 기사님. 울면 나중에 기사가 되지 못한답니다."

티엔이 루크를 끌어안으며 말했다. 여기 있는 사람들은 무슨 말을 하는지 이해를 하지 못했지만 평민으로 살아온 티엔은 어린 소년들 대부분이 커서 제국의 기사가 되고 싶다는 꿈을 가지고 있다는 걸 알고 있었다. 루크가 그런 일반적인 소년과 같은 꿈을 가지고 있는지는 모르겠지만 지금으로서는 이것 말고 다른 방법이 없었다. 평소 어른들이 울고 있는 아이들을 달랠 때 자주 쓰는 방법이었다.

"으으… 훌쩍……."

다행히 루크는 다른 소년들과 다르지 않았다. 억지로 울음을 삼키는 루크. 티엔은 속으로 안도의 한숨을 쉬며 기뻐했다.

"누나, 우리 엄마 어디 있어요?"

간신히 진정한 루크가 티엔을 보며 물었다. 티엔은 난감한 표정이었다. 울음을 멈추긴 했지만 아직 루크의 눈에는 눈물이 맺혀 있었다. 사실을 말하면 당장이라도 다시 울음을 터뜨릴 기색이었다. 주변에 있는 다른 일행에게 도움을 바라는 눈빛을 보냈지만 다들 시선을 회피했다.

"그, 그게… 하늘나라에 가서서 지금은 올 수 없단다."

상투적인 거짓말. 티엔은 도저히 사실을 말할 수가 없었다. 발키리스의 비웃음이 그녀의 양심에 비수처럼 꽂혔다.

"아! 할아버지를 만나러 가셨군요."

"응? 할아버지?"

티엔이 눈을 동그랗게 떴다. 루크가 해맑은 미소를 지으며 말했다.

"옛날에 할아버지가 잠에서 깨어나지 않을 때 엄마가 말했어요. 할아버지는 하늘나라에 가셨다고."

"아아……!"

티엔은 북받쳐 오르는 눈물을 억지로 눌렀다. 루크는 아직 어린 소년. 때 묻지 않은 순수한 마음이 자신의 거짓을 믿어

주었다.

"그래, 네가 울지 않고 착하게 살면 나중에 부모님을 만날 수 있을 거야."

류센이 다가와 쓸쓸한 어조로 말했다. 하지만 루크는 그 사실을 믿는 듯 고개를 끄덕였다.

갑자기 발키리스가 다가오더니 루크의 머리에 손을 가져갔다. 기겁한 티엔이 루크를 보호하듯 끌어안았다.

"괴롭히려고 그러는 게 아니야. 너는 이 꼬마에게 지금 그때의 일을 말하라고 하진 않겠지?"

티엔이 흠칫했다. 겨우 진정한 루크에게 그 당시 참혹했던 일을 떠올리라고 하는 건 고문이나 다름없었다.

"마법으로 이 녀석의 기억을 살펴봐야겠다."

발키리스는 루크의 머리에 손을 가져갔다. 루크는 움찔했지만 곧 눈을 감고 잠들어 버렸다. 하지만 발키리스는 여전히 손을 떼지 않았다. 기억을 더듬는 듯 눈을 감은 채 인상을 찡그렸다. 나머지 일행은 조용히 그 모습을 지켜보았다.

얼마 되지 않아 손을 뗀 발키리스. 하지만 그의 표정은 좋지 않았다.

"이 꼬마의 이름은 루크. 뭐, 다 알겠지만 아까 여관의 소녀와 여관의 주인으로 보이는 남자, 그리고 주방에서 일하던 여자는 이 꼬마의 누나와 부모였다."

"그리고?"

류센이 물었다. 루크 가족의 불행은 안된 일이지만 지금 그것이 문제가 아니었다.

"이 녀석은 아는 게 없어. 그저 르케도스의 이름과 가족들이 한 달에 한 번 그놈을 만나러 갔었다는 기억밖에 없어."

"한 달에 한 번 르케도스를 만나?"

"그래. 하지만 가족들은 루크를 데려가지 않았기 때문에 르케도스가 어디에 있는지 위치는 알 수 없지."

발키리스의 말은 일행을 실망시키기에 충분했다. 어디에 있는지를 알아야 싸우던가 말던가 할 텐데, 루크라면 알지도 모른다고 생각한 예상이 완전히 빗나간 것이다. 그렇다고 캄부리츠로 돌아가 언데드를 붙잡고 물어볼 수도 없는 노릇.

티엔이 잠들어 버린 루크를 보며 말했다.

"우리는 힘들게 되었지만 이 아이에게는 다행이네요. 아마 따라갔으면 언데드가 되었을 테니. 어쩌면 이미 죽어버린 부모가 루크만은 살리기 위해 그런 걸지도 몰라요."

"……."

류센을 비롯한 일행은 모두 입을 다물었다. 티엔의 말은 황당무계한 것이었지만 모두들 그렇게 믿고 싶었다. 자기 자식을 살리기 위한 부모의 애틋한 마음이 루크를 살렸다고 생각했다.

　여전히 무거운 침묵이 일행의 어깨를 짓눌렀다. 저마다 깊은 생각에 빠져 있었다. 분명 신탁에서 말한 어둠은 나타났지만 실체가 모호했다. 아직도 어둠 속에 웅크리고 있는 존재. 밖으로 끄집어낼 묘책이 필요했다.

　"…르케도스라는 놈이 마왕의 이름인가?"

　침묵을 깬 류센의 목소리. 발키리스가 고개를 흔들었다.

　"나는 하급 마왕부터 시작해 최고위 마왕 급인 마계육명왕(魔界六冥王)의 이름까지 알고 있다. 하지만 그중에 르케도스라는 이름을 가진 마왕은 없어."

　"그럼 누구를 말하는 거지?"

　"아마 흑마법사겠지."

　"흑마법사?"

　고개를 갸웃거리는 류센을 보며 발키리스가 혀를 찼다.

　"넌 그런 것도 모르냐? 정말 신탁에서 말한 영웅이 맞는지 의심된다니깐."

　"그런 걸 꼭 알아야 하나?"

　"에휴, 마왕이 인간계에 강림하려면 소환 의식이 필요해. 하지만 그 소환 의식은 상상조차 하기 싫을 정도로 끔찍하지. 예를 들면 숫처녀의 피라던가……."

　"꺄악!"

티엔이 귀를 막고 비명을 질렀다. 자신도 아직 처녀였기에 피를 흘리며 죽어가는 여자들의 모습이 머릿속을 스쳐 간 것이다. 발키리스의 말대로 상상조차 하기 싫을 정도로 끔찍했다.

"아직 시작도 안 했는데 벌써부터 비명을 지르면 어떡하나."

"에잇, 그딴 설명은 필요없고 중요한 것만 말해봐!"

류센이 소리치며 설명을 종용했다. 류센 역시 상상을 하자 속이 메스꺼웠다. 발키리스가 헛기침을 터뜨리며 다시 설명하기 시작했다.

"험험, 아무튼 최종적으로 자신의 영혼을 바치게 되지. 여러 가지의 제물과 자신의 영혼을 마왕에게 보내는 거야. 마왕은 그걸 보고 마음에 들면 계약을 하지."

"마음에 안 들면?"

"흑마법사는 그 자리에서 죽어."

"캐액! 흑마법사는 자신이 죽을지도 모르는데 마왕을 소환한단 말이야?"

"원래 흑마법사들이 그래. 안 그래도 성격이 꼬일 대로 꼬인 족속들이 마법사인데, 흑마법사의 성격은 거의 파탄에 가깝지."

"간단히 요약하면 미친놈이란 소리네."

흑마법사의 성격과 그들의 잔인한 행동에 류센은 기가 질린 얼굴이었다. 발키리스도 고개를 끄덕이며 동조했다.

"그래, 미친놈들이지. 하지만 미친놈들도 자기 목숨은 소중히 여기지. 웬만해서는 마족이나 마왕을 소환하지 않아. 르케도스라는 놈은 미쳐도 단단히 미친 거야."

"어찌 되었건 마왕을 소환했으니 그놈은 기뻤겠군. 젠장!"

류센의 주먹이 부르르 떨렸다. 죄도 없는 수많은 사람들을 죽이고 기뻐하고 있을 르케도스를 상상하니 새삼 분노가 치밀었다.

"과연 그럴까?"

류센은 발키리스를 바라보았다. 무슨 뜻인지 되물으려는 찰나 류센은 자신의 눈을 의심했다. 발키리스의 이마에 땀 한 방울이 맺혀 있는 걸 보았기 때문이다.

땀이 흐르는 것도 모르는 발키리스. 자신의 목소리가 미세하게 떨리고 있는 것 역시 알지 못했다.

"앞에서 말했지? 자신의 영혼을 바친다고. 그러면 어떻게 되는지 알아? 죽는 건 무서운 게 아니야. 그건 그저 이번 생이 끝났을 뿐이지. 영혼은 다음에 다른 세계에서 환생할 수 있어. 하지만 마왕에게 바친 영혼은 그렇지 않아. 마왕에게 영혼을 바치면 영원히 구제받지 못해. 끝나지 않을 영겁(永劫)

의 시간 동안 지옥의 가장 고통스런 곳에서 괴롭힘을 당하
지."

"……."

류센은 할 말을 잃었다. 손바닥이 축축해졌다. 발키리스의
말을 이해할 수 있었다. 자신 역시 다른 세계에서 이곳으로
환생한 영혼이었기 때문이다.

다른 사람들 역시 질겁한 모습이었다. 그것은 죽음보다 더
끔찍한 일이었다.

"우리가 상대할 놈은 미친놈 중의 미친놈이다. 그 미친놈
을 찾아야 어둠의 실체를 알 수가 있어."

또다시 방 안에는 무거운 침묵이 내려앉았다. 상대는 자신
의 생명을 넘어 영혼까지 걸고 있었다. 결코 만만한 상대가
아니었다.

발키리스가 벌떡 일어났다.

"아무래도 난 가봐야겠다."

"어딜 가는데? 우리도 같이 가야지."

류센이 엉거주춤 일어나며 말했다. 다른 일행도 엉덩이를
떼려고 했다. 그러나 발키리스가 손을 흔들었다.

"너희들은 올 필요 없어. 난 로드를 찾아갈 거야."

"발키리스님, 혹시 드래곤 로드님을 만날 생각이십니까?"

레시아가 눈을 동그랗게 뜨고 물었다. 드래곤 로드란 쉽게

설명하면 드래곤들의 왕이지만 애초 드래곤들은 서로 평등하며 각자의 생활에 참견하지 않는다. 인간의 왕과는 한참 궤를 달리하지만 그렇다고 무시할 위치는 절대 아니었다. 드래곤들은 로드에 대한 충성심은 없지만 로드의 생각에는 신뢰했기 때문이다.

"그래. 아직 확실한 증거는 없지만 나는 마왕이 강림했다고 판단된다. 설사 틀렸다 하더라도 저 정도 수의 언데드를 부릴 흑마법사라면 충분히 위험하다. 로드에게 알려 도움을 받아야 해."

"발키리스님의 생각에 전적으로 찬성합니다."

레시아는 안심했다. 막강한 드래곤들이 대거 이번 일에 참여한다면 상대가 마왕이라 할지라도 두렵지가 않았다.

"너희들은 이곳에 있으면서 조사해 줘. 캄부리츠와 멀지 않으니 어쩌면 중요한 단서를 잡을지도 몰라."

"알겠습니다, 발키리스님."

발키리스는 일행을 한 사람씩 바라보았다. 지금 떠나고 다시 만난다면 아마도 전처럼 즐겁게 지낼 수는 없을 것이다. 계획에도 없던 유희를 나와 엄청난 사건에 휘말렸지만 엉뚱하고 재미난 인간들을 만나 제법 즐거운 유희였다. 평생 기억에 남을 것이다.

'특히 류셴이란 놈이 제일 엉뚱했지.'

특히나 류센의 꾐에 빠져 여자로 변신하고 성형수술(?)까지 했던 기억은 절대로 잊지 못할 것이다. 발키리스는 그것만 생각하면 웃음보가 터질 지경이었다.

"응? 이봐, 류센. 왜 그래?"

나름 웃는 얼굴로 편안하게 자신을 보내려는 다른 사람들과는 다르게 류센은 고개를 숙이고 있었다. 발키리스는 의아한 눈빛으로 류센을 바라보았다. 자신이 떠난다고 해서 침울해할 인간이 아니었기 때문이다.

"사실 나 할 말이 있어."

"뭐? 그게 뭔데?"

류센은 진지한 표정으로 일행을 보았다. 흔들리는 눈동자가 심각하게 고민하고 있음을 보여주었다. 하지만 이내 마음의 결정을 내렸는지 흔들림은 멈추었다.

"지금까지 내 신분을 숨겨왔어. 알고서도 말하지 않은 레시아님에게 고맙고 굳이 물어보지 않은 너희들에게도 고맙다."

"헷, 이제 와서 네 신분이 무슨 소용이야? 그런다고 뭐가 바뀌는 게 있냐? 네가 어떤 신분이든 신탁에서 말한 영웅임에는 틀림없다."

발키리스는 태연한 표정이었다. 굳이 류센의 신분이 궁금하지 않았다. 또한 티엔과 락크 역시도 궁금하지 않았다. 그

건 자신이 드래곤이기에 아무리 대단한 신분이라 해도 드래
곤의 이름 앞에서는 무용지물이기 때문이다.

하지만 다른 이들은 그렇지 않았다. 별 생각 없는 락크는
아니지만, 티엔은 류센의 신분이 너무나 궁금했다. 제국 황도
에서 처음 만나 지금까지 이어왔지만 아직도 류센의 신분을
알지 못했다. 고급스런 옷차림이나 아무렇게나 펑펑 쓰는 돈
으로 보아 대단한 신분 같지만 경망스런 말투와 행동은 평민
처럼 보였다.

류센은 발키리스의 대답에 만족한 듯 입가에 미소를 그렸
다. 여자나 꼬실 생각으로 나왔지만 여기 있는 일행은 정말
믿을 수 있는 동료였다. 그런 동료들에게 고통을 주고 싶지
않았다. 자신의 신분을 이용하면 일행에게 큰 도움이 될 터.
게다가 억울하게 죽은 캄부리츠의 사람들, 잠든 루크를 보니
더 이상 숨길 수가 없었다.

류센은 크게 심호흡을 한 뒤 천천히 입을 열었다.

"대(大) 크라이드 제국의 2왕자, 류센 크라이드 왕자. 이것
이 나의 진정한 신분이다."

이미 레니시안에게 들어 류센의 신분을 알고 있던 레시아
는 잔잔한 미소를 지은 채 고개를 끄덕였다. 발키리스는 자신
의 예상을 뛰어넘는 류센의 신분에 살짝 놀랐다. 그리고 티엔
역시 눈이 튀어나올까 걱정이 될 정도로 크게 충격받은 모습

이었다.

잘해야 귀족의 자제쯤으로 생각했건만 제국의 왕자라니. 자신의 귀를 후비며 잘못 들었다고 생각했다. 그러나 엘프인 레시아까지 고개를 끄덕이자 믿지 않을 수가 없었다.

'세상에! 내가 제국 왕자와 함께 여행을 했다고?

크라이드 제국이 어떤 곳인가? 역대의 어떤 나라보다 강한 나라. 다른 왕국과 제국들이 눈치를 살필 정도로 강력한 대국(大國)이다. 왕자의 신분이면 다른 나라에서는 왕의 직위에 버금갈 정도로 엄청난 신분이었다.

티엔은 이내 류센이 제국의 왕자임을 인정하며 사시나무 떨듯 몸을 떨었다. 지난일이 주마등처럼 머릿속을 스쳐 갔다. 잔소리를 하고 떼를 쓰던 자신의 모습을 기억해 낸 것이다. 자신과 류센의 신분을 생각하면 목이 날아가도 여러 번 날아 갈 만한 일만 가득했다.

두려움에 벌벌 떨고 있는 티엔. 그러나 다른 사람들은 그녀의 모습을 보지 못했다. 이미 이야기꽃을 피우느라 한창이었기 때문이다.

발키리스가 말했다.

"생각보다 엄청난 신분이지만 그게 뭐 어쨌다는 거지? 마왕을 무찌르는 데 그 신분이 무슨 소용 있다고."

"이런 바보. 크라이드 제국 몰라? 기사의 나라라고 불리는 우리 제국에는 소드 마스터를 비롯해 뛰어난 기사들이 넘쳐 난다. 마왕과 싸우는 데 상당한 도움이 될 거야.”

“오호!”

류센의 말에 발키리스는 손바닥을 쳤다. 실제로 그 제국 기사들이 마왕을 상대하리라는 생각은 하지 않았다. 아무리 대단해도 인간은 인간이다. 그러나 마왕의 수하들을 상대하기에는 적격이라 생각했다.

“에헴! 내가 말 한마디만 하면 수많은 기사들이 몰려올걸.”

“그래, 듬직하다. 하지만 그건 잠시 생각해 보기로 하자.”

“잉? 왜?”

일행을 위해 나름 고민해서 자신의 신분을 밝혔는데 당장은 필요없다니, 류센은 이유를 알지 못하고 그저 동그란 눈으로 발키리스를 바라보았다.

“후후, 아까 나보고 바보라고 했지? 너야말로 진짜 바보다. 인간들에게 마왕이 강림했다고 발표할 작정이냐? 제국의 왕자가 하는 말이니 인간들은 믿을 수밖에 없겠군. 그러면 과연 어떻게 될까? 열심히 싸우라고 박수를 칠까, 아니면…….”

발키리스는 일부러 뒷말을 하지 않았다. 류센이 생각할 문제였다. 과연 예상대로 류센의 표정은 잔뜩 일그러졌다. 분명 기사들은 열심히 싸울 것이다. 하지만 사람들은? 그리고 다른 왕국들은? 모르긴 해도 아마 대혼란이 일어날 것이다. 다

른 것도 아니고 마왕이 강림했으니 신중에 신중을 기할 필요
가 있었다.

"그래, 인간들에게 알리는 건 최후의 방법이다. 일단 우리
끼리 해보고 안 되면 그때 인간들의 힘을 빌리자고."

"끄응, 알았다."

류센은 씁쓸한 표정으로 대답했다. 안타까워하는 류센을
보며 발키리스는 그의 어깨를 툭툭 치며 말했다.

"힘내라고. 아마 우리와 드래곤들만으로도 충분할 거야."

"쩝! 그래, 미안하다."

"뭘 또 그런 소리를 하냐. 아무튼 나 간다. 내가 올 때까지
조심히 움직여."

발키리스는 마지막 인사를 건넨 후 곧 사라졌다. 류센은 왠
지 모르게 쓸쓸했다. 하지만 넋 놓고 있을 때가 아니었다. 남
은 사람들을 수습하여 조금이라도 정보를 끌어 모아야만 했
다.

"응? 넌 거기서 뭐 하냐?"

류센은 의아한 눈빛으로 티엔을 바라보았다. 구석에 웅크
린 채 벌벌 떨고 있는 티엔. 레시아도 락크도 모두 고개를 갸
웃거렸다.

"…사……."

"뭐? 뭐라는 거야? 이리 와서 말해봐. 하나도 안 들리잖아."

티엔이 뭐라 중얼거렸지만 목소리가 너무 작아 들리지가 않았다. 류센은 가까이 오라며 손짓했다.

금세 울상이 된 티엔. 하지만 도망칠 수도 없었다. 조금씩 류센과의 거리를 좁히며 다가왔다.

그녀의 행동에 류센을 비롯한 일행의 의구심이 더욱 증폭되었다.

"너, 도대체 왜 그래?"

"흑흑흑! 으와앙! 왕자님, 제가 잘못했어요! 용서해 주세요! 제발 살려주세요!"

"으악! 야, 귀 떨어지겠다! 그게 무슨 소리야?"

류센은 질겁하며 귀를 막았다. 그러나 티엔은 아랑곳하지 않고 더욱더 목청을 높였다.

"앞으로 시키는 대로 할 테니 제발 살려주세요! 꺄악! 목을 매다는 교수형은 싫어요! 꺄악! 목을 베는 참수형도 싫어요! 흑흑흑!"

티엔은 자신의 목에 밧줄을 묶는 사형수의 모습이 눈앞에 어른거렸다. 상상 속에서 자신이 맹렬히 거부하자 사형수는 커다란 칼을 꺼내 목을 자르려고 했다.

티엔은 자신의 목을 붙잡고 방바닥을 굴러다녔다. 그 모습을 한심스럽게 지켜보던 류센이 중얼거렸다.

"쇼를 해라, 쇼를 해. 아주 생쇼를 하는구먼."

드래곤들이 개입한다면 상황은 희망적으로 변할 것이다. 일행들은 기대 어린 표정이었다. 하지만 그들 앞에 크나큰 위험이 다가오고 있었다. 핵심 전력이었던 발키리스가 빠진 지금 이 위험을 어떻게 극복할 것인가.

Chapter 21
르케도스의 꿈

르케도스는 흑마법사다. 대부분 흑마법사
들이 그렇듯 처음부터 흑마법을 배운 이는 없었다.

마법은 지극히 어렵고 힘든 학문이다. 재능이 없는 이는 아
무리 노력해도 단 1서클도 올리지 못한다. 혹여 재능이 있다
하더라도 마찬가지다. 배우면 배울수록 점점 더 어려워지는
학문이 마법이다. 천재적인 재능이 있어도 평생을 공부해야
만 겨우 마법사 칭호를 들을 수가 있다. 걸음마를 뗄 무렵 공
부를 시작해 허연 수염이 날 늙은이가 되어서만이 겨우 가능
한 일이었다.

많은 마법사들이 좌절하고 포기했다. 절망한 그들이 눈을 돌린 곳이 있었다. 그건 바로 흑마법사.

마왕이나 악마와의 피의 계약을 통해 그들의 힘과 지식을 빌려 쓰는 마법사. 그들은 막강한 힘을 얻을 수는 있지만 결국에는 피의 계약에 따라 죽으면 악마의 영원한 노예가 된다. 주로 공격 계열의 마법을 다룬다.

흑마법사에 대한 정의를 간단히 말하자면 위와 같다. 인간이지만 인간이 아닌 존재. 인간의 탈을 뒤집어쓴 악마라고 보는 것이 옳았다.

그들은 뱀파이어도 아니면서 피를 갈망하고 악마도 아니면서 남의 불행을 기쁘게 바라본다.

인간이지만 악마나 다름없는 공포의 존재.

그래서 오랜 옛날부터 흑마법사가 나타나면 인간들은 나라와 인종을 초월하여 합심해 그들을 물리쳤다.

경멸과 두려움.

흑마법사는 인간들에게 그런 존재였다. 그들은 항상 어둠 속에 숨어 다녔다. 평생을 도망자 신세로 살아야만 했다.

르케도스 역시 흑마법사가 되고 난 후 사람들의 눈을 피해 숨었다. 하지만 평생을 숨어서 살 수는 없었다. 그에게는 반드시 해야 할 일이 있었다.

그건 바로 복수.

르케도스는 일반적인 흑마법사와는 다르게 조금 특별한 사연이 있었다.

그는 다섯 살 때 마탑에 들어갔다.

마탑의 마법사들은 르케도스의 재능을 한눈에 알아보았다. 그리고 열성적으로 그를 가르쳤다.

르케도스 역시 자만하지 않고 노력에 노력을 더했다. 그 결과, 나이 사십에 6서클 마스터라는 쾌거를 이룰 수 있었다.

마탑의 수장이 7서클 마스터지만 나이가 팔십이 넘은 고령인 걸 감안하면 르케도스의 실력은 그야말로 대단한 것이었다. 차기 마탑 수장의 후계자로 거론될 정도였다.

마탑의 원로들은 르케도스에게 여행을 권유했다. 세상 경험을 쌓게 하기 위한 조치였다.

세상 밖으로 나온 르케도스는 대륙 여러 곳을 돌며 많은 공부와 경험을 하게 되었다. 수년을 여행한 그가 마지막으로 도착한 곳은 세피로스 왕국이었다. 이 왕국을 끝으로 마탑으로 돌아갈 생각이었다.

하지만 르케도스는 몰랐다. 그곳에 자신의 운명이 기다리고 있다는 것을.

마법사란 직업은 워낙 희귀하고 특별하다 보니 신분이 알려지면 해당 국가는 기를 쓰고 잡으려 한다. 왕국에 마법사가 있으면 여러모로 편리한 점이 많았기 때문이다.

세피로스 왕국에 도착했을 때도 왕국 사람들이 성대한 파티를 열어 르케도스를 맞이했다.

하지만 이미 정신적으로 수련을 한 르케도스가 물질적인 유혹에 넘어갈 리는 없었다. 하지만 세피로스 왕국의 공주 세르나를 보자 크게 마음이 흔들렸다.

이른바 사랑에 빠진 것이다.

일국의 공주답게 아름다운 외모, 직위에 어울리지 않는 착하고 여린 성격의 세르나를 보고 르케도스는 뭔가에 홀린 것처럼 빠져들었다.

사십에 가까운 나이지만 르케도스는 세르나를 포기할 수 없었다. 마탑 후계자 자리도 박차고 나왔다. 화가 난 마탑에서는 그를 제명했지만 르케도스는 아무래도 좋았다. 그저 세르나와 함께 있는 것만으로도 행복했다.

세피로스 왕국은 르케도스와 세르나를 결혼시키려고 했다. 공주라는 직위는 나라를 위해 어차피 정략적으로 희생될 여자. 고 서클 마법사를 왕국에 편입시킬 수만 있다면 나이 차이는 아무렇지도 않았다.

착하고 여린 세르나는 왕국을 위해 자신의 아버지뻘 되는 르케도스와의 결혼을 수락했다.

르케도스는 그런 세르나의 마음을 눈치 채고 결혼을 거부했다. 그저 옆에서 바라만 보는 것으로도 만족했다. 그제야 르케도스의 애틋한 마음을 눈치 챈 세르나. 자신도 마음을 열고 조금씩 르케도스를 받아들이기 시작했다.

그렇게 몇 년이 흘러 이제는 서로 떼려야 뗄 수 없는 사이로 발전한 그들.

나이 차이는 그들에게 아무런 장애도 되지 못했다.

그러나 그들 사이에 엄청난 불행이 닥쳐왔다. 전쟁이 벌어진 것이다. 그것도 세피로스 왕국은 도저히 이기지 못한 전쟁. 크라이드 제국이 쳐들어왔기 때문이다.

카르센 황제가 이끄는 군대. 수많은 기사들과 병사. 끝이 보이지 않는 엄청난 숫자의 용맹한 군대와 뛰어난 전략 전술.

한 번도 패한 적이 없다는 카르센 황제의 군대는 대재앙이었다. 세피로스 왕국의 항복도 받아들이지 않았다. 진격에 진격. 황제의 군대를 가로막는 것은 그게 무엇이든 박살 내고 들어왔다.

르케도스는 혼신의 힘을 다해 싸웠지만 막을 수가 없었다.

결국 왕국 전체가 카르센 황제의 손아귀에 떨어졌다.

그리고 이어지는 죽음. 세피로스 왕족들의 사형이 집행되었다. 세르나 공주도 죽음을 피하지 못했다. 그것도 왕족으로서의 명예로운 죽음이 아니라 기사들과 병사들의 노리개로 버려져 능욕을 당하고 죽었다.

르케도스는 그 모습을 보고 피눈물을 흘렸다. 하지만 싸울 수가 없었다. 오히려 도망을 쳤다. 자신의 목숨이 아까워서가 아니었다. 복수를 해달라는 세르나 공주의 간절한 부탁이 있었기 때문이다.

르케도스는 피눈물을 흘리며 도주했다. 하지만 추격이 만만치가 않았다.

그의 마법으로 기사와 병사를 잃은 카르센 황제의 군대가 추격해 왔고, 마법으로 인명 살상을 금지한 마탑에서도 추격해 왔다.

그들과의 악전고투 끝에 엄중한 부상을 입은 르케도스. 목숨을 건 혈투로 추격은 따돌릴 수 있었지만 목숨이 위험했다. 복수를 위해 살아야 했던 르케도스는 결국 자신의 영혼을 담보로 마왕과 계약하고 흑마법사의 길로 들어서게 되었다. 그리고 어둠 속으로 깊숙이 숨었다. 크라이드 제국과 마탑에서 기를 쓰며 찾아다녔지만 그 어디에서도 르케도스의 모습은 보이지 않았다.

"그로부터 25년. 카르센 황제는 죽었지만 아직 크라이드 제국은 건재하다. 이제부터가 시작이야."

르케도스가 중얼거렸다. 마탑은 복수의 대상이 아니었다. 오히려 미안한 감정이 있을 뿐이다. 세르나를 만나지 않았다면 자신은 지금쯤 마탑의 수장이 되었을 것이다. 카르센 황제가 쳐들어오지 않았다면 마법으로 사람을 죽일 일도 없었다.

르케도스는 그때의 참혹한 광경을 잊지 못했다. 특히 세르나의 죽음은 절대로 잊을 수가 없었다.

"큭큭큭! 똑같이 해줄 거야. 크라이드 제국 사람을 모조리 죽여 버리고 왕족도 다 사형시키는 거야. 여자들은 전부 홀딱 벗겨서 굶주린 마족들에게 던져 줄 거야."

로브 사이로 섬뜩한 빛이 번쩍였다. 르케도스는 복수를 위해 지금껏 살아왔다. 착실히 준비했다. 역사를 통틀어 가장 강력한 제국이란 칭호를 받는 크라이드 제국. 모든 나라가 두려워하고 르케도스 역시 무서웠다.

하지만 이젠 아니다. 제국을 무너뜨릴 엄청난 힘이 생겼다. 이 힘만 있으면 카르센 황제가 살아 돌아온다고 해도 겁나지 않았다. 당시에도 6서클 마스터였던 르케도스. 오랜 시간이 지난 지금은 무려 9서클 대마도사가 되었다. 인간이라면 절대로 불가능한 9서클의 영역을 밟고 있었다.

"저… 르케도스님……."

르케도스 앞에 나타난 흑마법사. 이 흑마법사는 르케도스의 계획 중 하나이기도 했다. 르케도스는 대륙 곳곳에 흩어져 있는 흑마법사들을 끌어 모았다. 몇몇 흑마법사는 반항했지만 결국엔 르케도스의 강대한 힘 앞에 모두 무릎을 꿇었다. 그렇게 끌어 모은 흑마법사가 무려 서른 명에 이르렀다. 이 정도 숫자면 작은 왕국쯤은 잿더미로 만들 수가 있었다.

“뭐냐?”

르케도스가 고개를 돌려 자신을 부른 흑마법사를 바라보았다. 흑마법사는 흠칫하며 두려움에 몸을 떨었다. 시퍼런 안광이 번뜩이는 르케도스의 눈빛은 도저히 적응하기 힘들었다.

“쥐새끼들의 위치를 찾았습니다.”

목소리는 가늘게 떨렸지만 흑마법사는 무사히 보고를 끝내고 안도의 한숨을 쉬었다.

“그래? 그럼 가야지.”

시퍼런 안광이 더욱더 섬뜩하게 빛났다. 르케도스는 천천히 일어나 걸음을 옮겼다. 그 뒤를 흑마법사가 새파랗게 질린 얼굴로 따라갔다.

끼익끼익!

무언가 부딪치는 마찰음이 음산하게 들려왔다. 흑마법사의 얼굴은 더욱더 새파래졌다.

‘꿀꺽! 보, 볼수록 무섭군. 세상에 리치(Lich)라니……. 도대체 원한이 얼마나 크기에…….’

앞서 걸어가는 로브 사이로 뼈가 보인다. 흑마법사는 르케도스의 뒷모습을 두려운 눈빛으로 바라보았다.

리치는 전 몬스터 중 최상급에 이르는 언데드 몬스터로 거의 7서클 이상의 마나를 지니고 있는 강력한 마법사가 어떤 매개체를 만들어서 자신의 생명을 유지하는 언데드이다.

7써클 정도의 마법 실력을 지니지 않으면 리치화(化)가 되는 것은 불가능하기에 모든 리치들이 굉장한 마법을 구사할 수 있었다. 그러한 리치들의 마력을 생각한다면 본 나이트보다 훨씬 강력한 뼈의 강도를 지닌다.

뼈를 마나로 잡아두기에 뼈를 분리하여 육탄전을 벌이는 것도 가능하고, 그 뼈에 닿는다면 마비 증상을 일으킨다.

흑마법사는 조금이나마 인간성이 남아 있지만 리치는 그렇지 않다. 앞서 말한 대로 언데드이기 때문이다. 잔악한 흑마법사도 두려워하는 존재가 바로 리치였다.

르케도스가 9서클 마스터가 될 수 있었던 이유가 바로 자신의 몸과 영혼을 마왕에게 바치고 리치로 변했기 때문이다.

겨우겨우 티엔을 달랜 류센. 예전처럼 지내달라고 말했지만 티엔은 죄라도 지은 양 여전히 고개를 숙일 뿐이다. 류센에겐 답답한 노릇이었지만 천천히 풀어가기로 생각했다.

"후아암! 졸리다. 나는 잔다. 음냐."

락크가 연신 하품을 하더니 곯아떨어졌다. 류센이 왕자인 것에 아랑곳하지 않는 모습이었다. 전과 다름없는 모습이지만 류센은 왠지 기분이 뒤틀렸다.

'에잉! 바보랑 말해서 뭐 하나.'

류센이 애써 마음을 달래는데 문득 머릿속을 스쳐 지나가는 것이 있었다. 그리고 천천히 고개를 돌려 레시아를 바라보았다. 조금 전까지 언데드와 격전을 벌이고도 여전히 아름다운 모습을 유지하고 있는 레시아. 갑자기 심장이 크게 요동쳤다.

"저… 레시아님, 피곤하지 않으세요?"

"음, 조금 피곤하긴 하네요."

조금이 아니라 많이 힘들었다. 생전 처음 보는 언데드와 싸웠더니 상당한 체력과 정신력이 소모되었다. 특히나 마지막에 썼던 정령술은 몸에 부담을 주었다.

류센은 자신의 생각이 맞아떨어지자 속으로 쾌재를 불렀다.

"흠흠, 언데드의 위험도 있고 하니… 험, 따로 떨어져 쉬지 말고 함께 있는 게 어떻겠습니까?"

남녀가 한 방에서 밤을 샌다. 물론 야한 짓은 힘들었다. 티엔과 락크도 함께 있기 때문이다. 하지만 언제 이런 기회를 잡겠는가. 잘만 된다면 자신과 레시아의 사이에 큰 진전이 있을지도 몰랐다. 류센은 자신의 계획이 성공하기를 간절히 바랐다.

"이상한 짓 하려는 건 아니죠?"

눈을 살짝 뜬 채 류센을 보는 레시아. 류센은 다급히 고개를 흔들었다. 사실 이상한 짓 하고 싶은 마음이야 굴뚝같지만 보는 눈도 있고 분위기도 안 좋았다.

"그, 그럴 리가요. 절대 그런 일은 없습니다. 하하!"

"믿을게요."

"가, 감사합니다."

무슨 죄가 있다고 자신이 고개까지 숙여야 하는지 모르겠다. 아무튼 류센은 레시아와 함께 밤을 지내게 되어 마냥 기쁘기만 했다.

"그나저나 류센님은 무슨 이유로 왕자 자리를 버리고 나오셨어요? 제가 알기론 제국의 왕자라면 인간들에게는 어마어마한 자리일 텐데……."

류센이 그동안 신분을 숨기고 있었기 때문에 레시아는 궁금한 것도 묻지 못했다. 이제야 신분을 밝히고 얘기할 시간이 되자 궁금증을 풀기 위해 입을 열었다. 옆에서 부동자세로 있던 티엔도 궁금한 듯 류센을 힐끔 바라보았다.

"왕자? 그게 뭐 대단하다고……. 지옥 같은 검술 훈련에 툭하면 공부, 그놈의 예법은 뭐가 그리 복잡한지, 마음대로 말도 못하고 행동도 조심해야 하는 감옥 같은 생활이죠."

류센의 불만 어린 푸념에 레시아와 티엔은 고개를 끄덕였다. 직위에 따른 책임은 당연한 것이었다. 레시아 또한 엘프의 후계자로서 다른 엘프에게 모범이 되어야 하기 때문에 언제나 절제된 생활을 하였다. 티엔 역시 도둑으로 살면서 언제나 눈치 보는 답답한 생활을 계속해 왔다.

자신의 말에 어느 정도 공감하는 것을 본 류센이 몰래 안도의 한숨을 쉬었다. 여자 꼬시러 나왔다고는 죽어도 말할 수 없었다.

사실 궁에서는 천방지축이나 다름없었다. 공부하기 싫어 툭하면 땡땡이를 쳤고, 시녀랑 노닥거린다고 귀족들에게 수많은 잔소리를 들어야 했다. 게다가 자신이 사고 칠 때마다 손수 몽둥이를 만들어 오신 유베리스 황제.

왕자였지만 전생의 기억을 가진 류센에게는 답답하기 그지없는 황궁 생활이었다.

"그러고 보니 아까 정령술이 대단하던데요?"

더 캐묻기 전에 얼른 화제를 돌리는 류센. 레시아를 보며 엄지손가락을 치켜세웠다. 마법은 그래도 몇 번 봤지만 정령술은 난생처음 보는 것이었다. 특히 그 엄청난 파괴력은 매력적으로 다가왔다.

"대부분 엘프들은 정령술을 할 줄 압니다."

"와! 정령술에다 그 엄청난 궁술까지, 왜 엘프족이 전투 능력이 뛰어난지 알겠습니다."

"호호호, 그렇지도 않아요. 아직 인간들에 비하면 멀었죠."

류센은 의아했다. 물론 인간 중에 몇몇은 엘프를 능가하는 전투 능력을 가졌지만 다른 대부분의 인간들은 엘프를 절대 이길 수가 없었기 때문이다.

"인간들의 투쟁심만큼은 절대 따라갈 수 없어요."

"음."

레시아의 추가적인 설명에 류센은 고개를 끄덕였다. 실력 차이가 있더라도 전투에 임하는 마음가짐이 두 종족 사이에 있었다. 더 얘기했다간 인간의 추악한 면만 보일까 봐 또다시 대화 주제를 돌리는 류센.

"정령 좀 구경시켜 주실 수 있으세요?"

아까는 언데드와 싸우느라 제대로 구경을 할 수 없었다. 류센은 상기된 표정으로 레시아를 바라보았다.

레시아는 살포시 미소를 지었다. 정령을 소환하는 건 그리 힘든 일이 아니었다. 아까처럼 전투의 목적이 아니라면 마나도 소비되지 않았다. 그저 친화력만으로도 불러올 수 있었다.

잠시 눈을 감고 집중하는 레시아. 불러올 정령의 이미지를 머릿속에 떠올렸다.

"샐러맨더."

화르륵.

레시아의 손바닥 위에 갑자기 불꽃이 일렁거렸다. 불꽃이 사라지면서 나타난 것은 도마뱀이었다. 하지만 온몸이 붉은색이며 혀를 날름거릴 때마다 불꽃이 튀겼다.

"불의 정령인가요?"

신기한 표정으로 샐러맨더를 바라보는 류센. 만져 보고 싶지만 왠지 손에 화상을 입을 것 같아 포기하였다. 찔끔하는 류센의 모습이 우스운지 레시아가 살짝 웃음을 터뜨렸다.

"호호, 불의 하급 정령 샐러맨더예요. 만져도 괜찮아요."

"뜨겁지 않을까요?"

"제가 부탁했으니 괜찮습니다. 자, 티엔 양도 한번 해보세요."

류센과 티엔이 샐러맨더의 등허리를 살살 어루만졌다. 샐러맨더는 기분이 좋은지 입을 쫘악 벌리며 길게 하품을 했다. 그 모습이 마냥 귀여운지 티엔은 연신 미소를 지으며 샐러맨더를 구경하기에 바빴다.

하지만 류센은 금세 심드렁해졌다. 처음에는 신기했지만 도마뱀 따위가 귀여울 리 없었다.

'얘 말고 예쁜 소녀 정령도 있었는데……'

류센이 원하는 정령은 바람의 정령 실프였다. 작고 귀여운 소녀의 형상을 하고 있는 실프. 평소에는 장난스럽고 애교덩 어리지만 화가 나면 태풍보다 더 무서워지는 정령이다.

"저기… 다른 정령은 없습니까?"

"물론 있지요. 정령의 종류는 많답니다."

레시아는 정령에 대해 간단히 설명해 주었다. 땅, 불, 바람, 물의 4대 속성을 기본으로 여러 갈래의 정령이 존재했다. 레시아는 엘프 후계자답게 4대 속성 정령들과 모두 계약을 맺고 있었다. 엘프족이 정령술이 발달되었다 해도 두 종류 이상의 정령과 계약을 맺기는 힘든 일이다. 서로 상극인 정령들과 계약하기란 하늘의 별 따기나 다름없었다. 일반적인 엘프들은 한 가지의 정령, 잘해야 두 가지 정도 정령과 계약을 했을 뿐이다. 4대 속성 정령과 계약을 한 엘프는 레시아가 유일했다.

"흠흠, 설명은 그만 됐고, 어서 정령이나 좀 불러주세요."

정령술 역시 수천 년을 내려온 학문이다. 레시아의 설명은 류센에게 있어서 그저 골치만 아플 따름이었다. 그저 정령들이 얼마나 예쁜지를 보고 싶을 뿐이었다.

"아, 예."

레시아는 류센의 음성에서 끈적함을 느꼈다. 무언가 갈망하는 듯한 눈동자에 흠칫 몸을 떨었다. 얼른 보여주지 않으면 무슨 사단이 날 것 같은 기분에 재빨리 정령을 소환했다.

"실프."

"꺄르르르!"

앳된 웃음소리가 방 안에 퍼지면서 나타난 바람의 정령 실프. 류센이 눈을 반짝였다. 얼굴의 반을 차지하는 크고 동그란 눈, 작지만 앙증맞게 솟은 콧날과 통통한 볼, 연방 미소를 짓고 있는 입술 등 당장 달려가 껴안아주고 싶을 정도로 귀여웠다.

'흠, 너무 작은데…….'

손가락 크기의 정령을 힘껏 껴안으면 뼈가 부서질 것 같았다. 류센은 정령의 몸 크기에 아쉬움을 느꼈지만 그래도 여전히 귀여웠다.

"꺄악! 귀여워!"

티엔이 함께 놀고 있던 샐러맨더를 내팽개치고 득달같이 달려와 실프를 껴안았다. 한 손으로 실프를 붙잡고 자신의 볼에 가져가 마구 비비적거렸다.

"새, 샐러맨더……."

레시아가 당황스런 표정을 지었다. 티엔에게 버림받은 샐러맨더가 충격을 먹은 듯 스스로 강제 귀환하는 사태가 벌어졌다. 그뿐만 아니라 실프 역시 생사기로를 헤매고 있었다.

기겁한 레시아는 티엔을 말리느라 진땀을 흘릴 수밖에 없었다.

"힝, 귀여워. 레시아님, 저도 한 마리만 주시면 안 돼요?"

"안 됩니다."

레시아가 서릿발 같은 눈을 치켜뜨며 말했다. 류센이 사고 칠 줄 알았더니 의외로 티엔이 복병이었다. 류센은 정령들이 귀엽기는 했지만 어차피 몸 크기를 보아 그렇고 그런(?) 짓을 하기는 힘들기에 일찌감치 포기한 것이었다.

티엔은 여자고 아직 성인식도 치르지 않은 소녀다 보니 귀여운 것에 사족을 못 썼다. 실프의 모습에 홀딱 반한 그녀는 레시아의 다리를 붙잡고 계속 졸라댔다.

티엔의 고집에도 레시아는 고개를 흔들었다.

"왜 안 된다는 거죠?"

"주고 싶어도 줄 수 없어요. 정령은 애완동물이 아니에요. 아까 언데드와의 전투를 보셨죠?"

티엔이 눈을 동그랗게 떴다. 류센 역시 고개를 끄덕였다. 그런 강력한 힘을 가진 정령을 아무에게나 줄 수는 없는 노릇.

"저는 싸움 같은 거 안 시키고 잘 키울 수 있는데……."

우울한 표정으로 중얼거리는 티엔을 보고 레시아는 고개를 흔들었다.

"그게 아닙니다. 정령을 가지려면 일단 친화력이 있어야 해요."

"네? 친화력?"

"그래요. 알기 쉽게 설명하자면 정령과 친해질 수 있는 능력이 있어야 한다는 소리예요."

"방금까지 저랑 놀았는데 그럼 저한테 친화력이 있다는 소리 아닌가요?"

티엔은 말하며 실프를 바라보았다. 재빨리 레시아의 뒤로 숨어버리는 실프. 전혀 믿음이 가지 않는 표정인 레시아. 티엔은 그저 뒷머리를 긁적였다.

"휴, 티엔 양과 실프가 함께 놀 수 있었던 것은 제가 허락했기 때문입니다. 만약 저의 허락이 없었으면 만지기는커녕 구경조차 할 수 없었을 거예요."

실프를 자신의 손바닥 위에 올려놓은 레시아. 그녀의 뜻을 알아챈 실프가 서서히 사라져 갔다.

"어? 귀환한 거예요?"

감쪽같이 사라진 실프. 티엔이 주변을 두리번거렸지만 어디에도 실프의 모습은 보이지 않았다. 그런데 옆에 있던 류센이 고개를 갸웃거리며 말했다.

"아직 손바닥 위에 있잖아."

티엔이 의아한 듯 바라보자 레시아가 놀란 표정을 지었다.

“류센님은 보이세요?”

레시아가 믿을 수 없다는 듯 재차 물었다. 류센은 고개를 끄덕였다. 그녀를 놀리려고 하는 말이 아니라 진짜로 보였다.

“지금 혼자 웃으면서 박수 치는데? 얼씨구! 저게 혀를 내미네? 저거 나 보고 놀리는 거지?”

레시아는 체면도 잊고 입을 쩍 벌렸다. 그녀가 그토록 놀라는 것도 무리가 아니었다. 인간 중에 친화력을 가진 인간은 없다고 들었다. 역사를 뒤져 봐도 인간 정령사는 단 한 명도 없었다.

“저, 정말 보이시나요?”

“그렇다니까요. 그나저나 저 실프라는 정령은 진짜 장난이 심하네요. 다른 정령은 없어요?”

레시아는 재빨리 머리를 굴렸다. 류센은 분명히 실프의 움직임을 보았다. 그의 친화력이 바람 속성 정령에게만 통용될지 아님 다른 속성의 정령들도 가능할지 궁금했다.

‘운디네.’

마음속으로 물의 정령을 부르는 레시아. 순간 맑고 청량한 느낌이 몸에 퍼지면서 청초한 외모를 가진 운디네가 소환되었다. 물론 자신만 보이게 미리 부탁을 해두었다.

“와, 진짜 예쁘다!”

어리둥절하는 티엔. 하지만 류센은 입을 쩍 벌렸다. 실프와는 반대되는 이미지였다. 외모는 비슷하지만 볼에 홍조가 가득하고 부끄러운 듯 몸을 배배 꼬고 있는 모습. 활달한 성격의 실프. 내성적인 성격의 운디네. 비슷한 외모지만 풍기는 분위기는 확연히 차이가 났다. 류센으로서는 실프보다 운디네가 더욱 마음에 들었다. 엄지공주 같은 운디네의 모습은 가슴을 들뜨게 했다.

"이것도 보이시나요?"

"네, 물론이죠."

레시아는 침착한 표정이었지만 속으로는 경악을 금치 못했다. 이 정도 친화력이면 웬만한 엘프와 버금갔기 때문이다. 정령은 순수한 존재. 깨끗한 마음을 가진 자만이 정령과 친구가 될 수 있었다. 류센이 특이한 인간인 줄은 알고 있었지만 그래도 인간이라는 고정관념에 약간이나마 추악한 마음이 있으리라 생각했다. 한데 그렇지가 않았다.

레시아는 마지막으로 남은 땅의 정령을 불렀다. 이것마저 보인다면 류센이란 인간을 완전히 믿기로 결심했다.

"류센님, 여기 땅의 정령 노움도 보이시나요?"

레시아는 긴장감을 감추기 위해 애를 썼다. 이것마저 보인다면 류센을 믿을 수 있었다. 인간은 추악한 종족이라고 생각했던 자신의 관념이 송두리째 흔들리는 것이다. 오랜 세월 동안 인간을 적대시했던 엘프족에게 희망이 보일 수도 있었다.

"보이긴 하는데… 버리세요."

"네?"

고개를 갸우뚱거리는 레시아. 류센은 퉁명스런 어조로 말했다.

"그런 땅달보 같은 늙은 정령은 필요없어요."

"……."

드워프의 축소판 같은 모습을 가진 땅의 정령 노움. 류센의 마음에 들 리가 없었다.

'이걸 믿어야 하나, 말아야 하나.'

레시아는 갈피를 잡지 못하고 허둥거렸다. 4대 속성의 정령을 모두 볼 수 있는 류센. 확실히 대단한 친화력을 가졌지만 도무지 그의 마음을 파악할 수가 없었다.

"레시아님, 저는 보이니까 줄 수 있죠?"

류센이 말했다. 자신이 빤히 바라보자 얼굴을 붉히며 고개를 숙이는 운디네. 가지고 싶었다.

"아, 네. 하지만 앞서 말한 대로 정령은 애완동물이 아닙니다. 정령은 친구 같은 존재예요."

"친구? 하하, 저는 아무래도 좋아요."

레시아는 류센의 눈빛에서 순수함을 읽을 수 있었다. 반짝이는 눈동자에서는 한 점의 욕심도 보이지 않았다.

"정령과 친구가 되고 싶다면 먼저 계약을 해야 합니다."

"계약?"

"네, 정령들은 인간계가 아닌 정령계에 살고 있는 존재들이에요. 계약을 통해 불러내어 친구가 되고 싶다고 부탁하는 거죠."

"흠, 준비해 줄 수 있나요?"

"물론이죠."

"어느 정령과 계약을 맺고 싶으세요?"

"이 아가씨하고요."

류센의 손끝에 있는 정령. 커다란 눈을 더욱 크게 뜨고 있는 운디네였다. 레시아는 입가에 미소를 지은 채 고개를 끄덕였다. 정령과 계약하기 위한 준비는 대단치 않았다.

물의 정령과 계약하려면 깨끗한 물을, 바람의 정령과 계약하려면 시원한 바람을, 불의 정령은 불, 땅의 정령은 영양가 높은 흙만 있으면 되었다.

레시아는 방 안에 배치된 물병을 들었다. 물병의 물은 떠온 지 시간이 제법 흘러 그리 깨끗하지 않았다. 하지만 레시아가 물병을 잡고 운디네를 불렀다. 운디네는 그녀의 뜻을 받아 물병으로 들어갔다가 나왔다.

순수한 물의 정령인 운디네 덕분에 물병의 물은 깨끗해졌다.

"자, 물병을 잡고 주문을 외우세요."

물병을 류센에게 건네주며 레시아가 주문을 알려주었다.

류센은 조금 긴장한 표정이었다. 계약 같은 건 난생처음 해보기 때문이다. 심호흡을 하며 긴장을 가라앉혔다.

"자, 너무 긴장하지 마세요. 그저 순수한 마음으로 간절히 염원하면 됩니다."

"네, 알겠습니다."

레시아의 격려 덕분에 조금 마음이 편해진 류센. 문득 레시아의 운디네가 보였다. 두 손 간절히 모은 모습이 여간 귀여운 게 아니었다.

'흐흐, 예쁜 것! 조금만 기다려라, 오빠가 귀여워해 줄 테니.'

왜 저런 성격을 가진 여자만 보면 괴롭히고 싶은지……. 류센은 무슨 상상을 하는지 입가가 히죽거렸다.

'뭔가 불안한데…….'

지켜보는 레시아와 티엔은 동시에 그런 생각을 하며 갑자기 식은땀을 흘렸다.

"모든 생명의 어머니이신 물의 여신이여, 그대의 자녀와 친구가 될 수 있게 허락해 주시옵소서."

레시아가 알려준 주문을 낭랑한 음성으로 외운 류센. 주문이 끝나자 류센의 주변으로 둥그런 원형진이 형성되었다. 기기묘묘한 모양들이 원형진 안에 빼곡히 들어찼으며 그 모양들은 하얀 빛을 토해내었다.

신비롭고도 아름다운 현상에 류센은 넋을 잃은 채 구경했다.

파아앗!

물병의 물이 숫구치면서 원형진 안을 맴돌았다. 원형진을 맴돌던 물이 서서히 형체를 만들어가기 시작했다. 이윽고 완성된 형체. 그것은 고귀하면서도 숭고한 기품이 넘치는 아름다운 여자의 모습이었다. 인세에서 볼 수 없는 극강의 아름다움을 지닌 여자는 여신처럼 느껴졌다.

"오오!"

류센이 감탄성을 질렀다. 많은 미녀들을 보았지만 이토록 아름다운 여자는 처음이었다. 외모는 물론이고 온몸에서 풍기는 고고한 분위기는 함부로 범접치 못할 카리스마를 내뿜었다.

"물의 최상급 정령 엘레스트라예요."

"최상급 정령?"

류센이 정령술에 문외한이다 보니 엘레스트라가 누군지 몰랐다. 엘레스트라는 미소를 그리며 설명해 주었다.

"정령은 하급부터 시작해 중급, 상급, 최상급 정령까지 있지요. 그 위로는 정령왕님과 여신님이 계시지요."

류센은 고개를 끄덕거렸다. 정령들 간에도 직위가 있다는 건 처음 듣는 소리라 신비스러움을 느꼈다. 그러다 문득 떠오른 생각에 엘레스트라를 바라보았다.

"처음부터 정령의 직위가 정해져 있습니까?"

인간들은 태어날 때부터 가진 직위가 평생을 간다. 아주 특별한 경우가 아니고서는 절대 바뀌지 않았다.

엘레스트라가 고개를 흔들었다.

"아닙니다. 저 역시 하급 정령으로 태어나 오랜 시간 동안 정령왕님을 모시게 되어 최상급 정령이 될 수 있었지요."

"흠, 엘레스트라님과 제가 계약을 맺게 되는 겁니까?"

"아닙니다. 저는 정령왕님을 대신해 물의 자녀를 당신과 맺어주기 위해 왔을 뿐입니다."

류센은 안타까운 표정을 지었지만 그리 아쉽지는 않았다. 앞서 엘레스트라가 설명한 걸 보면 하급 정령도 키우면 최상급 정령이 될 수 있다지 않는가.

류센의 가슴속 깊숙한 곳부터 엄청난 희열이 솟구쳤다. 옛날에도 이런 말을 한 번 한 적이 있었다.

옛 성현께서 이르시기를 잘 키운 영계 한 마리, 열 아가씨 안 부럽다.

이것은 류센 자신의 신조로 삼고 있는 말이었다.

"그대는 물의 자녀와 친구가 될 자격이 있습니다. 계약을 하시겠습니까?"

"흐흐흐, 그럼요. 해야죠. 키워서… 꿀꺽!"

“…….”

간만에 본래의 모습(?)으로 돌아온 류센. 엘레스트라는 몸을 흠칫 떨었다. 과연 자녀를 맡겨도 될지 의심이 들었다. 하지만 자격은 통과했고 계약하기 위해 자신이 소환되었기에 이제 와 물릴 수도 없는 노릇이었다. 그저 하급 운디네가 불쌍할 따름이었다.

“그럼 계약을 맺도록 하겠습니다.”

엘레스트라 앞에 물의 하급 정령 운디네가 모습을 드러내었다. 류센은 깜찍한 운디네의 모습을 보며 기쁨을 감추지 못했다.

“운디네와 계약을…….”

그때,

콰콰쾅!

엄청난 폭음이 귓가를 때렸다. 그 순간, 엘레스트라의 말이 끊기면서 모습이 사라졌다. 기묘한 원형진 역시 사라졌고, 운디네의 모습도 사라졌다. 류센은 어리둥절한 표정을 지었다. 이게 갑자기 무슨 일이란 말인가.

“류센님! 피하세요!”

넋 놓고 있는 류센에게 자잘한 돌 부스러기가 날아왔다. 기겁한 레시아가 소리쳤다. 목이 터져라 소리친 탓에 정신을 차릴 수 있었던 류센이 재빨리 몸을 굴려 돌멩이들을 피했다.

"이게 무슨 일이죠?"

"모르겠어요. 하지만 주변에 음산한 기운이 가득해요."

"계, 계약은?"

"취소됐어요."

류센은 뒷목을 부여잡았다. 이십대의 육체이건만 고혈압으로 쓰러질 것만 같았다. 자신의 원대한 계획(?)을 방해하는 무리. 거의 다 넘어온 미녀를 눈앞에서 놓치게 되자 머리부터 발끝까지 분노로 가득 찼다. 도대체 자신에게 무슨 죄가 있다고 사사건건 태클이 들어온단 말인가.

"이 자식들! 다 덤벼! 모조리 죽여 버리겠다!"

류센의 두 눈동자는 활화산처럼 타올랐다. 참을 만큼 참았다. 누구 하나 아작 내지 않고서는 이 뜨거운 분노를 잠재울 길이 없었다.

"저기, 류센님."

얼굴에 두려움이 가득한 티엔이 류센의 옷자락을 당겼다. 번뜩이는 눈동자로 티엔을 바라본 류센. 질겁하는 티엔이었지만 이 말만큼은 꼭 하고 싶었다.

"쟤들은 이미 죽었는데요."

끼에엑!

눈앞에 언데드들이 보였다. 스르륵 손에서 힘이 빠진 류센. 그저 울고 싶을 따름이었다.

키에에엑!

꾸엑꾸엑!

이미 좁은 방은 언데드로 가득 찼다. 협소한 공간에서 싸울 수 없었던 류센 일행은 반대편 창문을 깨고 밖으로 나갔다. 하지만 이게 웬걸, 거리에는 수많은 언데드들이 있었다. 멀쩡한 인간의 모습을 하고 있었지만 시뻘건 눈동자와 시퍼렇게 날이 선 손톱은 보통 인간과는 다른 모습이었다.

"제기랄! 언제 이렇게 많이 모였지?"

류센은 검을 뽑아 들었지만 마음은 암울하기 그지없었다. 레시아 역시 암담한 표정을 지으며 말했다.

"이거 이슈테리의 인간들이 모두 언데드로 변한 것 같아요."

"서, 설마?"

류센은 아니길 바랐다. 이슈테리에는 캄부리츠와는 비교도 할 수 없는 많은 사람이 살고 있었다. 캄부리츠를 지원하기 위해 상당한 군대도 주둔하고 있었고, 상인과 여행객 등 많은 사람이 살고 있는 영지였다.

레시아가 심각한 표정으로 말했다.

"상대는 우리가 있는 곳을 정확히 알고 있는 것 같아요."

"그런 일이……!"

"그렇지 않고서야 이런 일이 있을 수가 없죠. 지금도 어딘가에서 우리의 모습을 지켜보고 있을 거예요."

"젠장! 발키리스도 없는데……."

이곳은 캄부리츠와는 백 킬로미터 이상 떨어진 곳이다. 언데드들에게 추격 능력이 있는 것도 아니고, 누군가 일행의 뒤를 밟았다는 소리이다.

류센은 어쩔 줄을 몰라 하며 허둥거렸다. 레시아의 말이 사실이라면 자신들은 이곳에서 뼈를 묻어야 할지도 몰랐기 때문이다.

"으앙! 우리 여기서 죽는 거예요?"

티엔이 잠든 루크를 끌어안으며 울음을 터뜨렸다. 류센과 레시아의 대화에서 엄청난 두려움을 느낀 것이다. 락크 역시 잔뜩 굳은 얼굴로 자신의 칼을 움켜쥐었다.

그러는 와중에도 언데드들은 조금씩 거리를 좁혀 일행을 향해 다가왔다. 류센은 엄청난 압박을 느꼈다. 개개인의 능력은 보잘것없는 언데드들이지만 끝없이 펼쳐진 언데드의 행렬은 마음속에 공포를 심어주기에 충분했다. 죽는 것도 무섭지만 아무것도 하지 못하고 죽는 것은 더욱 무서웠다.

언제 언데드가 덤빌지 모를 일촉즉발의 상황. 갑자기 레시아가 하늘을 바라보았다. 저주받은 언데드들이 돌아다니는 땅과는 다르게 하늘은 맑고 아름다웠다.

"밤이 끝나가는군요."

"에? 뭐라고요?"

류센이 고개를 갸웃거렸다. 이 급박한 상황에 무슨 소리란 말인가. 하지만 레시아는 자신의 무기 레이피어를 굳게 잡으며 나직이 말했다.

"언데드들은 태양빛에 약합니다. 곧 동이 터오를 새벽이 다가오고 있어요. 해가 뜰 때까지만 버티면 우리를 살 수 있어요."

암울했던 류센의 표정이 일순 밝아졌다. 희망이 보이기 시작했기 때문이다. 자신 역시 검을 고쳐 잡으며 스스로 기합을 넣었다.

"으랏차! 이런 데서 죽으면 영웅도 아니지!"

"크워워워!"

락크 역시 기운을 차렸는지 마주 소리쳤다.

키에에엑!

언데드들도 지지 않겠다는 듯 괴성을 지르며 달려왔다.

류센이 고개를 살짝 숙였다. 시퍼런 손톱이 뒤통수를 스치며 지나갔다. 보통 때 같으면 무섭다고 엄살을 떨었겠지만 지금은 장난칠 상황이 아니었다. 죽이지 않으면 죽는다. 그런 전쟁터 한가운데 자신이 있는 것이다.

검으로 언데드의 발목을 잘라 버렸다. 비명을 지르며 쓰러지는 언데드. 일반적인 사람이라면 고통에 몸부림쳤을 테지만 상대는 인간이 아니었다. 잘려진 발목에서 피가 쉴 새 없이 나오지만 언데드는 기어서라도 공격할 것이다. 쓰러진 언데드 역시 몸을 땅에 비비며 류센에게 공격하려 했다. 류센의 등짝에 자신의 손톱을 박아줄 심산인 것이다.

등 뒤로 언데드가 공격해 오는데도 류센은 뒤를 돌아보지 않았다. 정확히 말하면 뒤를 돌아볼 틈이 없었다. 당장 눈앞에 있는 언데드들을 상대하기에 급급했기 때문이다.

"파이어 볼!"

낭랑한 음성이 들리면서 류센의 등 가까이 왔던 언데드가 화염에 휩싸였다. 그제야 뒤를 돌아본 류센. 거기엔 레시아가 미소를 짓고 서 있었다. 류센은 고맙다는 뜻으로 고개를 한 번 끄덕여 준 뒤 다시 언데드를 상대하였다.

콰직! 슈카칵!

곳곳에서 뼈가 박살나고 살이 잘려지는 소리가 들려왔다. 류센과 락크의 실력 앞에 언데드들은 속수무책이었다. 팔다리가 허공을 수놓고 머리통이 바닥에 떨어져 발에 채였다. 그러나 언데드는 팔다리가 떨어져도, 목이 잘려도 움직일 수 있는 존재.

류센과 락크가 수많은 언데드를 베어넘겼지만 실제로 완전히 소멸시킨 언데드는 손에 꼽을 정도였다. 그나마 레시아가 마법으로 지원해 주지 않았으면 단 한 명의 언데드도 죽이지 못했을 것이다. 인간이라면 그들의 실력에 공포를 느낄 법도 하지만 감정이 없는 언데드들에게는 소용없는 일이었다.

"헉헉헉!"

류센은 숨이 턱까지 차올랐다. 초반에 눈이 시릴 정도로 번쩍이던 오러는 이미 그 빛이 바랜 지 오래. 희미한 촛불처럼 간신히 검에 오러를 담을 뿐이었다. 체력 하나만큼은 최고라고 자부하던 락크 역시 안색이 새하얘졌다.

더군다나 이슈테리 영지에 속한 기사와 병사들까지 가세하자 더욱 힘이 들었다. 검술을 수련한 기사나 훈련을 받은 병사는 언데드로 변했지만 그 실력은 사라지지 않았다. 검붉은 오러를 뿜어대는 기사는 마치 데스 나이트처럼 느껴졌고, 급소를 날카롭게 찌르는 병사들은 악마나 다름없었다.

슈슈슉!

갑자기 들려오는 파공성. 류센은 등골이 오싹한 느낌에 급히 허리를 숙였다. 그 위로 화살이 지나갔다. 화살이 날아온 방향을 보니 언데드로 변한 궁수들이 지붕 위에서 활을 쏘고 있는 게 보였다.

슈슈슉!

"젠장! 또 온다! 피햇!"

류센이 소리를 지르며 몸을 굴렸다. 락크 역시 허둥거리며 몸을 비틀어 화살을 피했다. 레시아와 티엔 역시 급히 벽 뒤로 몸을 숨겨 화살을 피했다. 하지만 가까스로 화살은 피할 수 있었지만 흐트러진 자세로 언데드의 이어지는 공격을 막을 수는 없었다.

"크악!"

락크가 비명성을 토했다. 힘은 세지만 몸놀림이 굼뜬 락크가 그만 언데드의 검에 옆구리를 베였기 때문이다. 화살 공격만 아니었다면 충분히 막을 수 있었는데 화살을 피하느라 자세가 크게 흔들렸고, 그 빈틈을 언데드가 놓치지 않은 것이다.

"젠장! 아직 날이 밝으려면 멀었나?"

류센은 분통을 터뜨렸다. 상당히 많은 시간이 흐른 것 같은데 주변은 여전히 어두컴컴했다. 언데드는 끝없이 밀려들어왔고, 락크는 다쳤다. 간간이 터지던 레시아의 마법과 정령술 역시 뚝 끊겼다. 화살 공격으로 인해 정신을 집중할 수 없었기 때문이다.

하지만 여기서 포기할 순 없었다. 류센은 열심히 싸웠다. 전생과 현생을 합쳐서 이렇게 처절하게 싸워본 적이 없었다. 로슈마하와 뱀파이어 공주 때도 열심히 싸웠지만 이 정도까진 아니었다. 그야말로 몸을 던져 싸웠다.

언데드 하나를 베면 자신의 옆구리가 터졌다. 또 하나를 베면 화살이 귓불을 스치고 지나갔다. 쓰러진 언데드들이 류센의 발목을 붙잡았고, 멀쩡한 언데드의 손톱이 류센의 심장을 노리고 들어왔다. 뒤통수가 뜨끈한 것이 또 화살이 가까이 왔음이 느껴졌다.

그렇지만 류센은 여전히 포기하지 않았다. 풀쩍 뛰어 발밑에 쓰러진 언데드의 공격을 피했다. 검을 휘둘러 언데드의 손톱을 막았고, 허공에서 몸을 비틀어 화살을 비껴가게 했다.

땅에 떨어지기 직전 다리에 힘을 주어 바닥에 쓰러진 언데드의 머리통을 부숴 버렸다. 그리고 즉시 허리를 숙이며 검을 가로로 그어버렸다. 검끝에서 살과 뼈가 튀었다.

"쿨럭쿨럭!"

류센이 잔기침을 토했다. 급격한 몸놀림으로 인해 온몸의 근육이 떨려왔다. 군데군데 벌어진 상처에서 피가 흘러나왔다. 하지만 눈빛만큼은 여전히 번뜩였다. 상처를 치료할 시간은커녕 숨 돌릴 틈도 없었다. 아직도 언데드의 수는 줄지 않았다. 온몸에서 고통을 호소하지만 다시금 굳게 검을 부여잡고 언데드의 공격을 막아갔다.

다른 일행도 힘들긴 마찬가지.

락크는 이미 얼굴이 하얗게 탈색되었다. 아까 전에 당한 옆구리의 상처에서 피가 쉴 새 없이 흘러나왔기 때문이다. 류센과 마찬가지로 노도같이 밀려오는 언데드의 공격에 지혈조차

할 수 없었다. 잠깐이라도 한눈을 팔면 언데드의 손톱에 자신은 갈가리 찢겨지고 말 것이다.

락크는 고통을 참으며 살기 위해 몸부림을 칠 따름이었다.

레시아의 사정도 굉장히 나빴다. 엘프 후계자답게 정령술과 마법을 쓸 수 있고 검술에도 상당한 실력을 가지고 있었다. 여러 분야에 평균 이상의 실력을 가졌지만 다르게 생각하면 어느 것 하나 극의에 달한 것은 없었다. 이른바 필살 공격 같은 강력한 한 방이 없는 것이다. 언데드를 하나하나 착실히 쓰러뜨리고는 있지만 언데드 몇 명 없앴다고 해서 대세에 큰 영향을 주는 것은 아니었다. 게다가 연이은 정령술과 마법의 사용으로 정신력은 극도로 피곤했고 끊임없는 언데드의 공격을 피하느라 숨은 갈수록 거칠어져만 갔다. 크게 다친 곳은 없지만 군데군데 난 자그마한 상처는 그녀의 체력을 더욱 고갈시켜 갔다.

티엔은 일행에서 가장 무력(武力)이 낮았다. 그리고 루크라는 어린 소년을 데리고 있는 탓에 일행 중심부에서 안전하게 지낼 수 있었다. 하지만 언데드의 파상공세를 지켜보는 것만으로, 또 점점 힘겨워하는 다른 사람들을 보는 것만으로도 엄청난 공포심을 느꼈다. 지금으로서는 그저 힘내라고 소리치는 것이 자신에게나 다른 일행에게나 도움을 줄 수 있는 유일한 일이었다.

"힘내세요! 조금씩 날이 밝아오고 있어요!"

티엔은 소리치며 단검을 날렸다. 단검이 언데드의 몸에 꽂혔다. 사람이라면 비명을 지르며 쓰러졌을 테지만 언데드는 아랑곳하지 않았다. 그래도 잠시 몸을 움찔거리는 것만으로도 다른 사람들에게 도움을 주고 있었다.

실제로 날은 조금씩 밝아오고 있었다. 캄캄했던 거리가 조금씩 제 색깔을 찾아가고 있었다. 해가 떠오를 모양인지 산등성이 너머로 어슴푸레 빛이 보이기 시작했다.

이제 조금만 더 버티면 된다.

류센을 비롯해 싸우던 일행은 모두 그런 생각을 했다. 희망이 보이기 시작하자 지쳐 가는 몸에 활력이 일어났다.

"저대로 둘 작정이십니까?"

흑마법사가 말했다. 해가 뜨면 언데드는 무용지물이 된다. 물론 자신들이 만든 언데드는 일반적인 언데드들과는 달라서 태양빛에 노출된다고 해서 몸이 녹아버리는 건 아니다. 어디까지나 인간의 몸을 가졌기 때문이다. 하지만 평소처럼 움직일 수는 없었다. 아주 간단한 행동만 할 수 있을 뿐, 지금처럼 격렬한 몸놀림은 할 수가 없었다.

"역시 예상대로 꿩장한 실력을 가졌군. 캄부리츠를 엉망으로 만들 만한 실력이야."

"그렇습니다. 그러기에 더욱 살려둘 수가 없군요. 저에게 맡겨주신다면 당장 없애 버리겠습니다."

흑마법사는 자신만만했다. 르케도스에는 비할 바가 아니지만 자신 역시 5서클 마스터였다. 일 대 일이라면 힘들겠지만 수많은 언데드들 뒤에서 마법으로 지원한다면 충분히 류센 일행을 처치할 수 있었다.

하지만 르케도스는 고개를 흔들었다. 흑마법사는 의구심이 들었다. 저 정도 실력자들을 고이 보내준다면 장차 자신들의 계획에 큰 방해가 될 수 있었다.

"저놈들의 실력이라면 어떤 식으로든 제국과 연이 닿아 있겠지."

르케도스의 말은 흑마법사의 의문을 더욱 증폭시켰다. 크라이드 제국과 연줄이 닿아 있는 자라면 더더욱 죽여서 정보를 차단해야 할 것이 아닌가.

"휴먼 언데드(Human Undead)들을 철수시켜."

"예에?"

흑마법사는 눈을 동그랗게 뜨며 반문했다. 자신이 나서서 마법 몇 방 터뜨려 주고 언데드들을 몰아붙이면 금세 승부를 낼 수 있었다. 그렇기에 르케도스의 명령을 이해할 수가 없었다.

"뭐야? 지금 내 명령을 듣지 못했나?"

르케도스의 시커먼 눈구덩이 사이로 빨간 광망이 번뜩였

다. 질겁한 흑마법사가 얼른 대답했다.

"아, 예, 예. 지금 합니다."

흑마법사가 낮은 음성으로 주문을 외웠다. 그러자 류센 일행을 공격하던 언데드들이 공격을 멈추고 서서히 물러가기 시작했다. 흑마법사는 다시 주문을 외워 언데드들을 자신들의 거처로 움직이도록 명령을 내렸다. 일반 언데드가 아니기에 태양빛에 노출된다 하더라도 상관없었다.

'쳇, 도대체 무슨 생각을 하는지 모르겠다니까.'

감히 표현은 못하고 속으로 불만을 삭이는 흑마법사. 지쳐 쓰러진 류센 일행을 보며 운이 좋은 놈들이라고 생각했다. 그때 르케도스의 해골이 달그락거렸다. 뼈가 부딪치는 소리가 섬뜩하게 들렸다.

"큭큭큭! 가라! 가서 전해라! 제국 놈들에게 알려라! 그리고… 전쟁이다."

흑마법사는 그제야 르케도스의 의도를 알아차릴 수 있었다. 등에서 식은땀이 주르륵 흘렀다. 불패(不敗)를 자랑하는 검의 나라 크라이드 제국과의 전쟁이다.

르케도스는 음산한 웃음을 흘리며 사라졌다. 흑마법사 역시 긴장한 표정을 지으며 공간 이동 마법을 시전했다.

Chapter 22
발록 마왕

휴먼 언데드(Human Undead).

말 그대로 인간 괴물이었다. 일반적인 언데드와는 달랐다.

언데드 하면 보통 죽은 사람의 원혼을 흑마법이나 다른 주술을 이용해 만드는 것이 일반적이었다. 이런 언데드를 구울이나 좀비라고 부르는데, 꽤나 강하다. 이미 죽었기 때문에 고통을 느끼지 못하기 때문이다. 그리고 그들의 몸 자체만으로도 인간들에게는 치명적이었다. 썩은 피와 사기(邪氣) 등 스치기만 해도 엄청난 병원균을 침투시켜 살아 있는 모든 것을 죽게 만들기 때문이다.

　성직자나 마법사, 기사 같은 자들에게는 이길 수가 없지만 그래도 보통 인간들에게는 공포적인 존재였다. 하지만 이런 유의 언데드들은 태양 빛에 약했다. 햇빛이 닿기만 해도 몸이 녹아내린다. 간단히 말하면 낮에는 전혀 싸울 수가 없다는 것이다.

　르케도스는 크라이드 제국에 큰 원한을 가지고 있었다. 그러나 혼자 힘으로는 거대한 제국과 맞서 싸울 수 없었다.

　마왕과 계약을 맺었지만 인간계에서는 본신의 힘을 모두 쓸 수 없다는 약점을 지녔다. 마왕 혼자의 힘은 강할지 몰라도 일치단결한 인간의 군대에는 당해낼 도리가 없는 것이다.

　그래서 생각해 낸 것이 바로 휴먼 언데드였다. 인간의 몸을 그대로 가져 낮에도 움직일 수 있었다. 게다가 일반 언데드처럼 고통을 느끼지도 않았다.

　르케도스는 오랜 연구 끝에 인간을 언데드화시킬 수 있는 마법을 만들었다. 마왕의 도움이 컸다. 자신이 가진 마력을 상당 부분 넘겨줬기 때문에 이런 엄청난 마법을 만들 수가 있었다.

　마법에 당한 인간은 영혼만 쏙 빠져나간다. 육체는 그대로인데 영혼만 사라지는 것이다. 영혼이 빠져 버린 육체에 자신의 사념(邪念)을 집어넣기만 하면 휴먼 언데드가 완성되는 것이다. 하지만 이 마법은 기사나 마법사 같은 실력자에게는 잘 통하지 않았다. 정신력과 마법 저항력이 강했기 때문이다. 정신력과 마법 저항력이 약한 일반 사람에게만 통하는 마법이었다. 실력자를 언데드화하려면 번거롭지만 일 대 일로 마법을 걸어야만 했다. 르케도스는 이미 제법 많은 수의 기사들을 언데드화시켰다. 그들로 인간 기사를 상대하게 하고 인간 마법사는 흑마법사들이 막으면 충분했다.

아무튼 일반 사람을 언데드로 만드는 것만으로도 충분히 만족스런 성과였다. 고통을 모르는 언데드. 낮에도 움직일 수 있는 언데드. 언데드 병사들만 있다면 르케도스는 자신있었다. 아무리 크라이드 제국이라 하더라도 충분히 승산이 있었다.

"르케도스."

그때 중저음의 묵직한 음성이 들려왔다. 9서클을 마스터한 마법사를 함부로 부를 수 있는 존재. 그는 바로 르케도스의 영혼을 가진 자. 르케도스가 혼신을 힘을 다해 인간계로 소환한 자. 바로 마왕이었다.

르케도스가 천천히 허리를 숙이며 무릎을 꿇었다. 경배하는 자세로 마왕에 대한 예를 보였다. 흑마법사는 자신의 영혼을 맡긴 마왕에게 절대 복종할 수밖에 없었다.

쿵쿵쿵!

어둠의 장막에서 걸어나오는 마왕. 지축을 흔드는 굉음과 함께 얼핏 비치는 거대한 실루엣은 마왕의 체격이 상당하다는 걸 알 수 있게 했다.

잠시 후 완전히 모습을 드러낸 마왕은 실로 엄청난 체구를 가졌다. 5미터가 넘는 키에 하늘을 찌를 듯한 머리 양쪽의 뿔, 딱 벌어진 어깨와 그 아래로 탄탄한 근육이 꿈틀거렸다. 언뜻 보기에도 힘깨나 쓸 법한 전사 같은 모습이었다.

"위대한 발록족의 마왕이시여!"

르케도스의 머리가 더욱 숙여져 땅에 닿을 듯했다. 마왕은 그 모습에 흡족한 듯 비릿한 미소를 지었다.

발록(Barlog)!

발록은 마계에서도 상위를 차지하는 마족이다. 거대한 체구에서 나오는 위압감과 그에 걸맞은 엄청난 격투술, 불 채찍을 휘두르며 싸우는 발록은 어지간한 하급 마왕 정도는 충분히 찜 쪄 먹을 정도였다. 육탄전에 능할 뿐만 아니라 고 서클 마법도 즐겨 사용해 마계의 투신이란 별명이 항상 뒤따랐다.

지금 르케도스의 앞에 있는 마왕 역시 발록이었다. 그리고 마계에 있는 발록족의 왕이기도 했다. 일반 발록이라도 하급 마왕 정도 수준인데 그들의 왕이라면 그야말로 엄청난 힘을 가졌다고 봐야 한다. 마계에서 발록들은 그 수가 적어서 그렇지 수가 많았다면 이미 오래전에 마계를 평정하고 남았을 것이다.

아무튼 인간계에 강림한 발록 마왕은 한 종족을 이끌어가는 왕답게 계략도 능통했다. 그는 인간계에 내려오면서 상당히 큰 제약을 받았다. 원래 가진 힘의 삼분지 일도 채 발휘하지 못하게 된 것이다. 이래서는 인간계를 정복하지 못한다고 생각한 마왕은 르케도스가 생각한 휴먼 언데드에 지대한 관심을 보였다. 안 그래도 떨어진 자신의 힘이 더욱 약해졌지만 대신 수많은 휴먼 언데드들이 받쳐 줄 거라 믿었다.

"계획은?"

마왕의 짧은 물음. 이미 르케도스와 인간 정벌에 대한 계획이 다 세워져 있었다.

"완벽합니다."

르케도스도 짧게 대답했다. 하지만 자신감이 가득한 음성은 마왕을 흡족하게 했다.

"크하하하! 드디어 인간계를 정복하는가?!"

마왕은 기쁨을 감추지 못하고 웃음을 터뜨렸다. 마계에는 수많은 마왕이 있었다. 자신보다 약한 마왕도 있지만 강한 마왕도 수두룩했다. 하지만 그중에 인간계를 정복한 마왕은 없었다. 마왕이 인간계에 강림하기도 힘들거니와 설사 강림했다 하더라도 본신의 힘을 제대로 쓸 수 없어 인간들에게 되레 당해 강제 소환되어 버렸다.

언데드로 만든 인간으로 같은 인간을 상대하게 한다. 이 얼마나 통쾌한 일인가. 자신은 그저 뒤에서 지켜보다 강자 축에 드는 인간들만 골라 죽이면 되는 것이다.

이것이 르케도스와 마왕이 세운 계획이었다. 과연 류센이, 크라이드 제국이 이 엄청난 마왕을, 그리고 르케도스와 언데드들을 막을 수 있을지 미지수였다.

류센은 어리둥절했다. 온몸을 옥죄던 공격이 사라졌기 때문이다. 슬며시 고개를 들어 주변을 살펴보았다. 언데드들이 슬금슬금 물러나는 게 보였다.

그렇지만 안심할 순 없는 법. 경계 어린 표정으로 여전히 검을 굳게 잡았다.

언데드들이 서서히 갈라지더니 곧 뿔뿔이 흩어졌다. 근처 집이며 상가로 들어가는 것이 보였다. 그리고는 태연하게 식사를 하였다. 마치 자신들은 살아 있는 사람인 양 식사를 하고 휴식을 취했다.

류센은 기가 막혀 그저 두 눈만 끔뻑거렸다. 조금 떨어진 어느 집 안의 풍경이 보였다. 창문을 통해 보이는 것은 가족으로 보이는 사람들이 식탁에 둘러앉아 식사를 하는 모습이었다. 방금 전까지 괴성을 지르며 싸운 언데드처럼 보이지가 않았다.

"괜찮으세요?"

부드러운 음성에 류센은 퍼뜩 정신을 차렸다. 돌아보니 지친 기색이 완연한 모습의 레시아였다. 대답할 겨를도 없이 그녀를 당겨 자신의 눈에 보이는 풍경을 보여주었다.

인간보다 시력이 뛰어난 레시아는 더욱더 상세한 모습을 말해주었다.

"날고기를 그냥 먹고 있군요. 피가 뚝뚝 흐르는 채로."

"에잇! 그런 게 문제가 아니잖아요. 어떻게 저럴 수가 있죠?"

류센이 무엇을 묻고 있는지 잘 알고 있었다. 하지만 레시아는 고개를 흔들 따름이었다. 자신도 모르는 일이었다.

"일반적인 언데드와는 분명히 다릅니다."

"그런 건 저도 알아요. 어떻게… 어떻게 저럴 수가……."

인간처럼 행동하는 언데드. 태양빛에도 전혀 영향을 받지 않고 멀리서 보기에는 그저 보통 사람처럼 보였다. 하지만 진정한 정체는 언데드였다. 보는 것만으로 온몸에 소름이 돋을 정도로 공포스러웠다.

"일단 여기를 빠져나가야 해요."

이곳은 언데드 한복판이나 다름없었다. 지치고 다친 일행을 위해서라도 빨리 빠져나가야만 했다.

류센의 어깨가 축 늘어졌다. 저기 있는 언데드들은 어제까지만 해도 자랑스런 제국의 백성들이었다. 하루아침에 적으로 변해 버려 이제는 죽일 수밖에 없다. 제국의 왕자로서 백성들을 지켜주지 못했다는 자괴감에 빠졌다.

서로 어깨동무를 하며 다친 몸을 천천히 움직이는 류센 일행. 성을 빠져나와 한참을 더 걸은 후에야 겨우 쉴 수 있었다.

"도대체 어디까지 이런 일이 벌어진 거지?"

류센이 힘없는 음성으로 중얼거렸다. 옆에서 티엔이 치료한답시고 바쁘게 움직이지만 눈에 들어오지도 않았다. 캄부리츠와 이슈테리. 본 것만은 두 곳이지만 어디까지 마왕의 힘이 닿았는지 알 수가 없었다. 모르긴 해도 제국 곳곳에서 이런 일이 벌어지리라 예상되었다.

"운이 좋았어요."

무표정한 얼굴로 자신의 몸을 치료하던 레시아가 말했다. 류센은 그 말에 발끈해서 소리쳤다.

"운이 좋다고요?! 아무것도 모르는 죄 없는 사람들이 죽었는데, 언데드로 변해 버렸는데 뭐가 운이 좋아?! 젠장!"

불과 어제까지만 해도 행복한 하루를 보내던 사람들이다. 괜한 일에 휘말려 언데드로 변한 그들이 너무나 불쌍했다. 그리고 그런 그들을 벨 수밖에 없었던 자신에게 무력감을 느꼈다.

류센은 자괴감과 두려움으로 가슴이 미칠 듯이 답답해져만 갔다. 평소 존중하던 레시아에게 큰 소리를 마구 질렀다.

"엘프라서 그런가? 인간을 경멸한다고 했지? 하! 그래서 사람들이 언데드로 변해도 별로 신경 쓰지 않는 거로군?"

"류센님! 말이 심하잖아요!"

락크의 옆구리에 붕대를 감던 티엔이 기겁하며 말했다. 슬쩍 레시아를 보니 안 그래도 굳은 얼굴이 더욱 딱딱해져 갔다. 홍분한 류센은 여전히 화난 표정으로 레시아를 바라볼 뿐이었다.

레시아가 굳은 얼굴을 그대로 돌려 류센을 바라보았다.

"그래요. 엘프족이 아닌 인간이라 그런지 별다른 감정이 안 드네요."

"레, 레시아님."

티엔은 울상이 되었다. 레시아까지 이런 식으로 나오면 쉽게 진정할 수가 없었다. 그저 발만 동동 구르며 그 둘을 바라볼 따름이었다.

"으윽!"

류센이 침음성을 흘렸다. 생각 같아서는 달려가 한 대 패주고 싶은데 그간 쌓아온 정과 사모했던 마음이 발을 붙잡았다.

그 모습을 보고 레시아가 한숨을 쉬며 천천히 입을 열었다.

"분한가요? 자신의 무력감에? 자신 때문에 이렇게 됐다고 생각하시나요? 그런 자책감에 빠져 있기보단 차라리 앞으로의 일을 생각해 복수할 의지는 없으신가요? 제국의 왕자가 겨

우 그 정도인가요? 제가 알고 있는 류센님이 고작 그 정도인
가요?"

한 번도 들은 적 없는 레시아의 힐난. 질책이 가득한 말은
류센의 마음에 화살처럼 날아와 박혔다. 류센은 몸을 웅크렸
다. 눈에선 쉴 새 없이 눈물이 흘러나왔다. 이유도 모른 채 죽
어간 사람들, 그리고 시신(屍身)마저 조종당해 언데드가 된 사
람들, 아무것도 할 수 없었던 자신. 그저 언데드들이 무서워 죽
이기에 바빴다. 사람들이 너무나 불쌍했고 자신은 무력했다.

제국의 왕자로 태어나 온갖 혜택을 누렸다. 전생에서 총각
으로 죽는 것이 억울하다고 여자 꼬시는 데 주력했다. 하지만
자신이 모르는 곳에서 억울한 죽음이 이어지고 있었다. 무력
감을 넘어 자기 자신에게 화가 치밀어 자신을 용서할 수 없는
류센이었다.

일행은 조용히 류센을 지켜보기만 했다. 지금은 어떠한 말
로도 위로가 될 수 없었다. 한동안 계속되던 울음소리가 줄어
들었다.

류센이 눈물을 닦으며 일어났다. 눈물범벅이 된 얼굴이 우
스꽝스러웠지만 아무도 웃지 않았다. 일어난 류센은 제일 먼
저 레시아에게 고개를 숙였다.

"못난 모습을 보여 드렸군요. 죄송합니다, 레시아님."

"인간은 시련을 통해 성장한다고 하더군요. 한층 성장한

류센님의 활약을 기대하겠습니다.”

살포시 미소를 지으며 대답하는 레시아. 티엔 역시 덩달아 웃음꽃을 터뜨렸다.

“헤헤, 다행이에요, 류센님.”

“고마워.”

간신히 분위기를 수습한 류센이 다시금 레시아를 보며 말했다.

“아까 운이 좋았다는 말은 무슨 말이죠?”

레시아가 정색하며 말했다. 방금 전에야 겨우 깨달은 사실은 실로 무서운 것이었다.

“우리가 있는 위치를 정확히 알고 있는 것도 그렇고, 그 정도 수의 언데드를 부리려면 반드시 조종하는 이가 근처에 있을 거예요. 그리고 조종하는 존재는 아마도 흑마법사겠지요.”

“흠, 언데드 놈들과 싸우기 전에 레시아님이 그런 말이 했지요. 르케도스라는 놈이 왔단 말입니까?”

“네. 분명 근처 어딘가에서 우릴 지켜보고 있었을 거예요.”

류센은 흠칫했다. 르케도스라는 흑마법사가 그 순간 마법 공격을 퍼부었으면 아마 일행은 죽음을 면치 못했을 것이다. 그렇게 생각하자 의문이 떠올랐다.

“왜 공격을 하지 않았을까?”

“저도 그것이 궁금해요.”

류센과 레시아가 머리를 맞대고 고민했다. 하지만 명확한 답은 찾을 수가 없었다. 자신들은 운이 좋았지만 왜 상대는 절호의 기회를 그냥 내버렸을까.

“언데드를 많이 부리면 정신력이 소모되어 마법을 쓰지 못하는 게 아닐까요?”

류센이 나름 추측했지만 레시아는 고개를 흔들었다.

“그건 아닐 거예요. 살아 있는 인간을 금세 언데드로 만들 수 있는 것으로 보아 고위급 흑마법사일 텐데 고작 그 정도로 정신력이 모자란다는 것은 말이 안 되지요.”

류센은 자신의 추측이 틀리자 다시 머리를 싸매고 끙끙거렸다. 여전히 심각한 표정의 레시아가 자신의 생각을 말했다.

“죽일 수도 있었는데 살려줬다……. 이건 자신감의 표현이라고 생각할 수 있겠군요.”

“자신감?”

“네. 언제든 제국의 군대가 쳐들어와도 승리할 자신이 있다는 소리입니다. 우리가 살아 나가면 이 일을 다른 인간들에게 알릴 수 있다는 건 조금만 생각해 봐도 알 수 있는 일이잖아요?”

“…….”

류센은·침묵했다. 이마에 식은땀 한 방울이 콧잔등을 타고 내려왔지만 느낄 수가 없었다. 레시아의 말이 사실이라면 크라이드 제국의 군대는 이길 가능성이 없었다. 제국의 힘은 대륙에서 유명한데 그걸 상쇄시킬 정도라면 이미 만반의 준비를 다 끝마쳤다는 소리가 아닌가.

제국이 이기지 못하면 대륙은 끝장난 거나 마찬가지였다.

"이제 어떡하실 생각이죠? 계획대로 하실 건가요?"

레시아는 얼마 전 류센이 말한 것을 잊지 않았다. 제국의 군대를 끌어들이겠다는 계획. 하지만 상대는 이미 모든 준비를 끝마친 상태이다. 승산은 희박했다.

"싸워야죠."

류센이 대답했다. 레시아는 그의 음성에 확신이 서려 있는 것을 눈치 채고 의아했다. 상대는 인간이 아닌 언데드였다. 이미 준비도 끝난 상태이고, 이걸 다 알고 있을 텐데도 전혀 흔들림이 없었다.

류센은 제국의 힘을 믿었다. 누구보다 제국의 강력함을 잘 알고 있었다. 그래서 자신이 있었다.

"크라이드 제국은 지금까지 단 한 번도 진 적이 없습니다."

"그건 인간들을 상대할 때의 얘기잖아요."

"하지만 그렇다고 도망칠 수는 없잖아요. 싸우는 수밖에 없습니다."

“······.”

이번엔 레시아드가 침묵했다. 류센의 말이 맞았다. 싸우는 수밖에 없었다. 그저 가만히 죽음을 기다릴 순 없는 노릇이었다.

“일단 다른 곳으로 가보죠. 여기서 죽치고 있을 수만은 없잖아요. 다들 지쳤을 텐데, 에휴, 이럴 때 발키리스가 있었으면 공간 이동 마법으로 슝 하고 날아갈 텐데······.”

“저도 공간 이동 마법을 쓸 수 있어요. 하지만 조금 쉬었다가 해요. 지금은 너무 힘들어서······.”

레시아가 그 자리에서 드러누워 버렸다. 팽팽했던 긴장감이 사라지자 남은 건 피로밖에 없었다. 류센은 겸연쩍은 듯 뒷머리를 긁으며 자신도 땅에다 등을 대었다.

발키리스 같은 드래곤은 넘쳐 나는 마나로 마법을 펑펑 쓰겠지만 마법을 보조로 쓰는 레시아는 고 서클 마법을 쉽게 쓸 수 없었다. 끙끙거리며 커다란 마법진을 그린 후 주문이 적힌 책까지 꺼내 들고 기다란 주문을 중얼거렸다.

‘이거 불안한데······.’

지켜보는 류센은 불안감을 느꼈다. 옛날에 세이첸 영지로 가기 위해 공간 이동을 했던 기억이 떠올랐기 때문이다.

그런 불안감을 마음속으로 숨긴 채 레시아가 만들어놓은 마법진에 올라갔다. 새하얀 빛이 감싸더니 곧 공간을 격하는 이동 마법이 시전되었다.

폰파인 영지는 크라이드 제국 서쪽 수도라 불렸다. 황도에서 시작된 도로가 이곳까지 뻗어 있었다. 그 뿐만 아니라 다른 도시와 영지와의 교통망도 완벽히 갖춰져 있기에 타국의 상인들도 한 번씩 들렀다 가기도 했다. 그래서 대륙의 모든 물류가 이곳에 머물렀다가 떠났다.

활발하게 움직이는 물류와 그것을 따라온 사람들로 폰파인 영지의 경제는 크게 발전했다.

영지의 주인은 페로스 후작. 청렴함을 우선으로 삼는 제국 귀족들 중에서도 손꼽히는 인물이었다. 중요 물류 요충지라서 황실에서도 특별히 신경 쓴 것이었다.

하지만 사람들은 몰랐다, 페로스 후작이 가면을 쓴 이중인격자라는 걸.

겉으로는 청렴결백한 귀족처럼 행동했지만 뒤로는 불법적인 사업에 손을 대고 있었다.

페로스 후작은 마약과 매춘을 비롯해 군사용으로 쓰일 각종 무기들을 암거래하거나 고리대금업으로 큰돈을 벌었다. 특히나 제국에서는 금지된 노예 사업까지 하고 있었다. 십 년 전 영주로 임명되어 이곳에 온 뒤 시작한 불법 사업들이 이제는 본 궤도에 올라 황금알을 낳는 사업이 되어 있었다.

　그러나 여전히 일반 백성이나 황실에서는 이러한 사실을 모르고 있었다.

　페로스 후작의 능수능란한 수완 덕분이었다. 일단 그는 일반 백성들의 주머니에는 손대지 않았다. 세금도 적정 수준으로 받고 영지를 지나치는 상인들에게도 규정 관세만 받을 뿐이었다. 더욱이 불법 사업으로 벌어들인 돈 중 일부분을 영지 발전에 쓰니 아무도 의심하는 사람이 없었다.

　욕심 많은 페로스 후작이지만 당장의 이익보단 미래를 생각한 투자였다.

　아무튼 그 덕분에 십 년 넘게 불법 사업을 유지할 수 있었다.

　"후후, 오늘도 제법 짭짤하구먼."

　페로스 후작은 장부를 보며 미소를 그렸다. 뚱뚱한 체구와 통통한 볼 때문에 후덕해 보인다는 세간의 평이 있었지만 지금의 모습은 그저 악덕 상인처럼 보일 뿐이었다. 그는 오늘 새벽에 비밀리에 노예를 거래했다. 대륙 전반적으로 노예 제도가 폐지되어 있는 터라 노예 값은 천정부지로 치솟았다. 그 중 여자 노예나 아직 성인식을 치르지 않은 어린 노예들은 부르는 게 값이었다.

　페로스 후작은 믿을 만한 수하를 시켜 거래를 시켰다. 노예 매매 주변에는 얼쩡거리지도 않았다. 다른 사업들도 마찬가지였다. 다 수하들이 운영하고 있었다. 그 어디에서도 자신이 참여했다는 증거는 없었다. 오로지 이 장부만이 그것을 증명해 주었다.

"오늘도 노예들이 들어온다지?"

노예를 관리하는 수하에게서 연락이 왔었다. 오늘은 여자 노예들이 대거 들어온다는 보고를 받았다. 폰파인 영지는 부유한 영지지만 대부분 상인들 세금에서 거둬들인 돈이었다. 농사보단 장사를 하는 편이 더 이득이기 때문이다. 그래서 이곳 영지민들은 대부분 장사를 한다. 하지만 사업에는 언제나 경쟁이 뒤따르는 법. 경쟁에 뒤처진 사업은 곧 망하게 된다. 그러면 엄청난 빚더미에 오르는 것은 당연지사.

나라에서 지원해 주는 것도 한계가 있다. 결국 몸을 팔수밖에 없게 된다.

페로스 후작은 또다시 큰돈이 굴러들어 온다는 생각에 웃음을 감출 수가 없었다. 콧노래를 흥얼거리며 장부를 비밀 금고 안에 넣은 후 인자한 미소를 만들었다. 오늘의 장부 정리는 끝이 났으니 이제 현명하고 어진 영주의 모습을 보여줄 시간이었다.

류센 일행이 도착한 곳은 폰파인 영지의 약 1킬로미터 정도 떨어진 외곽 숲이었다. 도착하자마자 제일 먼저 그들이 한 일은 토악질을 하는 것이었다. 발키리스는 드래곤답게 엄청

난 마나를 이용한 공간 이동 마법을 구사했기에 구토증을 유
발시키지 않았다. 하지만 레시아의 어설픈 마법은 일행을 충
분히 곤욕스럽게 했다.

머리가 빙빙 돌고 속이 울렁거리는 것이 토하지 않을 도리
가 없었다.

"우엑! 한번 해봤는데도 전혀 적응이 되지 않는군."

류센이 혀를 길게 빼물었다. 다른 사람들도 안색이 말할 수
없을 정도로 엉망이었다. 레시아가 미안한 듯 어쩔 줄을 몰라
했다.

"죄송해요. 처음 해보는 거라……."

"괜찮아요. 그래도 덕분에 빨리 올 수 있었잖아요. 저기 봐
요. 사람 사는 곳이 보이는 것 같은데……."

류센의 손짓에 따라 고개를 돌려보니 많은 주택들이 밀집
된 도시가 보였다. 안도의 한숨을 내쉬는 레시아. 사실 이상
한 곳으로 떨어졌으면 어떡하나 가슴을 졸였던 것이다.

"자, 갑시다."

류센이 일행을 독려하며 걸음을 옮겼다. 락크가 배고프다
고 중얼거리는 소리를 노래 삼아 천천히 움직였다.

"진짜 군대를 동원할 생각이십니까?"

레시아는 앞서 가는 류센과 어깨를 나란히 하며 물었다. 그
녀는 세상에 나와서 고정관념이 변했다. 하찮게 여겼던 인간.

하지만 죄 없는 죽음을 본 후 생각이 바뀌게 되었다. 물론 류센을 비롯해 다른 일행의 모습 덕분에 생각이 변한 것도 있었다.

"휴! 할 수밖에 없겠지요."

류센은 괴로운 듯 한숨을 길게 내쉬었다. 많은 기사와 병사들이 죽고 다칠 상상을 하니 가슴이 미어지는 듯했다. 지금이라도 모든 게 다 꿈이었으면, 영웅도 필요없고 예전처럼 여자 뒤꽁무니나 쫓는 유치한 인간으로 남아도 좋으니 꿈이었으면 좋겠다는 생각이 들었다.

"많은 인간들이 죽을 거예요."

"그러겠지요. 하지만 저도 함께 싸울 겁니다."

도망치긴 싫었다. 아직도 생생히 기억하고 있었다. 언데드로 변해 버린 어린 소녀. 그 소녀에게 완전한 죽음 외에는 아무것도 줄 수 없었던 무력한 자신. 티엔의 등에 업힌 루크 역시도 희생자였다. 더 이상의 불행은 막아야 했다.

"저기… 도시로 들어가는 것 괜찮을까요? 또 사람들이 언데드로 변하면…….."

"걱정 마. 저 정도 도시라면 분명 황도와의 연락망이 갖춰져 있을 터. 이동 마법진을 이용하면 금세 제국 기사들이 도착할 거야. 만약 르케도스 놈이 쫓아온다면 이번엔 호락호락 당하지 않는다."

류센은 투지를 불태웠다. 모든 불행의 원인은 바로 르케도스였다. 반드시 죽여 억울하게 죽은 사람들의 원한을 달래줄 결심을 하였다.

　두런두런 대화를 하며 이동한 끝에 폰파인 영지 입구에 도착한 일행. 어느 영지인지 확인한 류센은 크게 기뻐했다.

　"서쪽 최대 최고의 영지 폰파인!"

　와본 적은 없지만 얘기는 많이 들었다. 제국을 넘어 대륙에서도 손꼽히는 부자 영지. 온갖 물류가 통과하는 교역과 상업의 도시. 폰파인 영지의 중심부 폰파인 시(市)였다.

　"여기라면 거점을 삼기에 안성맞춤이지."

　부유한 영지에는 식량이 충분히 있을 것이며 각종 무기도 준비되어 있을 것이다. 서쪽의 가장 큰 도시답게 이동 마법진을 비롯한 마탑의 연락과도 가능할 터. 류센의 말대로 이곳은 진형을 세워 언데드를 상대하기에 안성맞춤인 곳이었다.

　지친 몸에도 기쁨을 연발하는 류센을 보고 일행 역시 적이 마음을 놓을 수가 있었다.

　제국 서부의 물류를 담당하는 곳답게 성문 앞에서부터 기다란 행렬이 늘어져 있었다. 장사를 하기 위한 상인들이 대부분이었다. 제국 사람이 많지만 타국의 상인들도 제법 보였다. 그러한 상인들이 데려온 용병들까지 성문 앞은 북새통을 이루고 있었다.

　원리원칙을 잘 지키는 성문 병사들의 철두철미한 검문. 행렬은 줄어들 기미가 안 보였다. 티엔은 크게 한숨을 쉬었다. 밤새 잠도 제대로 못 자고 언데드와 사투를 벌이느라 심신이 지쳤다. 자신뿐만이 아니라 다른 일행 역시 다친 몸을 이끌고 온 터라 얼른 들어가고 싶었다.

"인간이 너무 많군요."

여간해선 얼굴에 감정을 드러내지 않는 레시아도 질린 표정으로 중얼거렸다. 류센이 어깨를 으쓱거리며 행렬 가장자리로 나와 앞으로 걸어갔다. 자신도 다쳤고, 다른 일행을 생각해서라도 순번을 무시하고 들어갈 생각이었다. 원래 귀족들이라고 해서 특별한 대우는 없었다. 하지만 지금은 한시가 급한 상황이었다.

다른 일행도 류센의 원래의 신분을 생각하곤 희희낙락 따라갔다.

"저건 뭐야? 웬 거지가 갑자기……?"

벌써 십 년째 남문 병사로 근무하고 있던 크레이스는 인상을 찌푸렸다. 안 그래도 아침부터 넘쳐 나는 사람들 때문에 짜증이 날 대로 났는데 거지로 보이는 몇몇 사람이 튀어나오자 자신의 참을성에 한계를 느꼈다.

옆줄 바깥으로 튀어나온 무리는 류센 일행이었다. 크레이스가 그들을 거지로 보는 것도 무리가 아니었다. 캄부리츠부터 시작해 오늘 새벽까지 밤새도록 싸웠으니 화려했던 옷도 이미 엉망이 된 지 오래. 더러운 옷에다가 군데군데 찢어졌으며 피와 땀으로 얼룩진 얼굴과 봉두난발이 된 머리칼.

엘프인 레시아마저 원래의 미(美)는 사라지고 더러워진 모습이었다. 언데드와의 전투 후 치료가 급선무였지 청결이 문제가 아니었다.

"저리 꺼져, 거지새끼들아! 일도 하지 않는 놈들한테 줄 음식은 없다!"

크레이스는 다가온 거지 무리를 보며 으름장을 놓았다. 괜히 불쌍하니 뭐니 해서 도와줄 필요가 없었다. 이 세상에 거지 좋아하는 사람은 없겠지만 특히 크레이스는 아주 경멸했다.

가장 선두에 선 거지가 그 말에 움찔했는지 걸음을 멈추었다. 그리고 자신의 몸을 살피더니 뒤따라온 다른 일행의 모습도 살폈다. 그리고는 빨개진 얼굴.

크레이스는 한 번 더 혼쭐을 내줄 생각인지 자신의 무기인 창을 붕붕 휘둘렀다.

"얼른 가! 바쁜데 자꾸 신경 쓰게 하지 말고! 안 꺼지면 오늘 네놈들 궁둥이에 창을 꽂아주지!"

"우하하하! 크레이스, 정말 멋진 말인데? 엉덩이에 쇠꼬챙이가 꽂히면 꽤나 볼 만할 것 같아!"

근처에서 듣고 있던 동료 병사들이 웃음을 터뜨렸다. 엉덩이에 창이 꽂혀 끙끙대는 거지들을 상상하니 절로 웃음보가 터진 것이다.

"…할 말 다 했냐?"

가만히 듣고만 있던 류센은 웃고 있는 병사들을 보며 나직이 말했다.

한눈에 봐도 극도로 화가 난 표정이었다. 아무리 모습이 더럽다 해도 너무 심한 말이었다. 평소 같으면 티엔이 싸우지 말라며 말렸겠지만 그녀 역시 조용히 입을 다물고 있었다. 귀가 있는지라 크레이스의 말을 모두 들었기 때문이다. 그 말을 듣고도 자존심이 안 상할 수가 없었다.

"뭐야? 거지 주제에 자존심은 있다는… 컥!"

류센을 보며 재차 비아냥거리던 크레이스가 자신의 얼굴을 부여잡고 쓰러졌다. 얼굴을 가린 손가락 사이로 피가 흘러내렸다. 주변에 있던 동료 병사들이 눈을 휘둥그레 떴다. 순간적으로 상황을 인지하지 못했다. 감히 대제국의 병사에게 폭력을 행사할 사람이 있을 줄은 상상하지 못했기 때문이다.

"이 거지 놈이 미쳤나?"

간신히 상황을 인지한 병사들은 창검을 꺼내 들고 류센을 바라보았다. 훈련을 게을리 하지 않는 제국 병사들. 성문 병사라도 위압감이 남달랐다. 하지만 상대가 아주 나빴다. 지금 류센의 기분은 굉장히 더러웠기 때문이다.

"큭큭, 감히 왕자인 나에게 거지라니! 곱게 죽을 생각은 버려라!"

"이놈! 감히 제국 왕족을 사칭하다니, 미쳐도 단단히 미쳤구나!"

"…죽을 때까지 좀 맞자!"

류센은 비호같이 몸을 날렸다. 병사들의 창과 검이 급소를 노리고 들어왔다. 말단 병사치고는 상당히 깔끔한 공격. 그러나 류센이 가볍게 공격을 피하며 순식간에 병사들의 품 안으로 파고들었다.

퍼퍼퍼퍽!

가죽 터지는 소리가 연이어 들리더니 네 명의 병사는 하늘을 나는 기이한 경험을 하게 되었다. 허공으로 수 미터 떠오른 후 바닥에 떨어진 병사들. 그 충격으로 병사들은 반쯤 기절해 있었다. 류센은 쓰러진 병사들을 용서할 생각이 없는지 연신 발로 밟아댔다.

"이 자식들! 감히 누구보고 거지래? 죽을래? 진짜 오늘 피 한번 볼까?"

먼지 나도록 밟히고 있는 병사들. 반쯤 기절한 상태에서 완전한 기절 상태로 들어갔다. 검문을 기다리던 다른 사람들은 질린 표정으로 고개를 돌렸다.

"멈춰라!"

그때 갑자기 들려온 소리. 류센이 돌아보니 거기엔 갑옷을 잘 차려입은 기사 한 명이 굳은 얼굴로 서 있었다.

"넌 뭐야?"

"난 폰파인 영지를 지키는 페로스 후작님의 검 알카트다! 감히 제국 병사들을 상하게 한 죄, 죽음으로 다스리리라!"

"아, 그러셔요? 성이 없는 걸 보니 평민이네. 이름뿐이라면 아직 오러를 끌어올 수 없는 기사이겠고……."

류센이 알카트를 보며 중얼거렸다. 제국에서는 평민도 교육을 받을 수 있었다. 만약 검술을 배워 기사가 된 후 오러까지 쓸 수 있으면 귀족으로 오를 수 있었다.

"홍! 그래도 네놈 하나 없애는 건 일도 아니다!"

"뭐, 지방의 기사지만 그래도 이건 알아보겠지?"

류센은 더 이상 싸우기가 귀찮았다. 병사들의 말에 발끈하여 두들겨 팼더니 지친 몸이 이젠 쓰러질 것 같았다. 주머니에서 무언가 꺼내 알카트 앞으로 던졌다.

땅에 떨어진 것을 주워 찬찬히 살피는 알카트. 그리곤 경악을 금치 못했다. 그 물건은 반지였다. 화려하게 치장된 반지는 비싸 보였지만 그게 문제가 아니었다. 보석 안에 박힌 레드 드래곤 문장. 인간의 기술로는 절대 세공할 수 없는 작품이며 이런 반지를 가질 수 있는 사람은 손꼽힐 정도로 적은 수였다.

"죄, 죄송하지만 성함이 어떻게 되십니까?"

알카트의 음성이 가늘게 떨렸다. 눈빛에는 두려움과 경외 감이 교차되고 있었다. 자신의 생각이 맞는다면 오늘이 마지막으로 태양을 볼 수 있는 날이 될지도 몰랐다.

류센은 찢어진 옷이나마 나름 정리하고 당당한 자세로 말했다. 평소의 모습과는 사뭇 다른 위엄 어린 모습이었다.

"나는 대(大) 크라이드 제국의 2왕자 류센 크라이드다!"

"기사 알카트, 왕자님을 뵙습니다! 크라이드 제국 만세!"

알카트는 즉시 바닥에 무릎을 꿇고 한 손을 가슴에 가져갔다. 자신의 예상대로 눈앞에 있는 남자는 두 달 전 여행을 떠난 제국 2왕자였다.

황가의 문장을 나타내는 반지를 보였지만 아직 확신할 수 없었다. 인간이 만들 수 없는 세공술이지만 뭐든 확실한 것이 좋았다. 페로스 후작은 일단 제국에 통신을 넣어 류센으로 보이는 남자가 왔다며 보고했다. 답신을 기다리는데 영지 한쪽에 설치된 이동 마법진에서 누군가가 나타났다.

나타난 인물은 세이첸 영지에서 류센을 보필한 발자크 백작. 도착하자마자 류센을 찾는 발자크 백작을 보고 페로스 후작은 인정할 수밖에 없었다.

'미치겠군. 가출한 왕자가 갑자기 찾아오고 지랄이야. 그

것도 하필 오늘.'

페로스 후작은 발자크 백작을 데리고 류센이 쉬고 있는 방으로 안내하면서 투덜거렸다. 지금 영주성 지하에는 여자 노예들이 감금되어 있었다. 혹시라도 잘못되어 들키는 날에는 끝장이었다. 그는 긴장감은 감추기 위해 애를 썼다.

"허허, 왕자님이 찾아오실 줄이야! 이거 오늘 저녁은 크게 파티를 열어야겠군요."

"하하! 그래 주시면 감사하지요."

발자크 백작이 웃으면서 대답했다. 하지만 마음은 그리 편치 않았다. 세이첸 영지에서 류센을 모시면서 그의 성격을 잘 알고 있었다. 가출한 지 고작 두 달 만에 서쪽 도시에 불쑥 나타난 류센. 분명 무슨 사고를 쳤을 거란 생각에 불안하기만 했다.

똑똑.

"들어오세요."

노크를 한 후 허락이 떨어지자 들어가려던 발자크 백작은 움찔했다. 청아한 음성의 여자 목소리가 들렸기 때문이다. 분명 류센이 나갈 때에는 홀몸이었다.

의아함을 감추고 방으로 들어선 발자크 백작. 눈이 휘둥그레졌다. 한 폭의 그림 같은 아름다운 여자가 자신을 바라보고 있었다. 소드 마스터의 평정심이 무너질 정도로 여자의 미모는 뛰어났다.

"왕, 왕자님은 어디 계신가요? 그리고 아가씨는 누구신
지……?"

간신히 정신을 수습한 발자크 백작이 더듬거리며 물었다.
여자는 그 모습에 고개를 갸웃거렸지만 곧 살포시 미소를 지
으며 말했다.

"류센 왕자님은 지금 목욕 중이십니다. 그리고 저는 엘프
레시아라고 해요."

발자크 백작은 그제야 레시아의 귀가 뾰족하다는 걸 알아
챘다. 다시금 고개를 숙이며 자신의 소개를 했다.

"엘프이셨군요. 저는 크라이드 제국의 기사 발자크 백작입
니다."

"만나서 반가워요, 발자크 백작님."

발자크 백작의 얼굴이 사과처럼 붉어졌다. 볼수록 아름다
운 레시아였다. 정신력이 뛰어난 소드 마스터를 흔들 정도였
다.

"누가 왔어요?"

낭랑한 음성과 함께 옷을 갈아입은 티엔이 나타났다. 발자
크 백작은 그녀에게도 인사를 했다.

"류센 왕자님 일행 되십니까? 저는 제국의 기사 발자크 백
작이라고 합니다."

“아, 예. 저는 티엔이에요. 평민이니까 말씀 놓으세요.”

“왕자님의 친구 분이시라면 충분히 존대를 받을 만합니다.”

자신의 신분을 말했음에도 예를 다하는 발자크 백작의 넓은 아량을 보고 티엔은 감탄을 금치 못했다. 지켜보던 레시아는 묘한 느낌이었다. 듣던 것과는 달리 지금까지의 인간들은 모두 나쁘지 않았다. 류센 주변의 인간만 그런 건지 아니면 모든 인간들이 그런 건지는 확인할 수 없지만 아무튼 발자크 백작의 품성이 마음이 들었다.

“후아! 시원하다!”

류센이 수건으로 머리를 털며 나왔다. 그리고 어리둥절해했다. 방 안에 감도는 이상한 분위기를 느꼈기 때문이다. 하지만 발자크 백작을 보고 경악했다.

“악! 당신이 여기 왜 있어?”

세이첸 영지에서 자신의 뒤를 졸졸 쫓아다니던 사람. 작업할 때 언제나 태클을 걸던 사람. 황궁에서 나올 때 쫓아올까 봐 두려워했던 사람이 지금 눈앞에 있었다.

“왕자님, 이거 섭섭합니다. 저는 왕자님이 보고 싶어 연락받자마자 달려왔는데……”

자신의 충정을 몰라주는 류센이 야속했다. 발자크 백작은 우울한 표정으로 중얼거렸다.

“거, 웃기지도 않는 소리 그만 해요. 속이 다 느물거리네.”

산만 한 덩치에 훌쩍거리는 발자크 백작은 보는 것만으로도 구토 증세를 유발시켰다. 하지만 발자크 백작은 이에 굴하지 않고 류센에게 다가왔다.

“뭐, 뭐요?”

정색하고 다가오는 발자크 백작을 보며 류센은 흠칫했다.

설마 황태자 자리를 나 몰라라 하고 도망친 책임을 물으려는 건가?

류센의 가까이로 다가온 발자크 백작은 의미심장한 표정으로 말했다.

“저기 있는 엘프는 누구입니까?”

“아, 레시아? 엘프라도의 후계자라는데요?”

“예?!”

발자크 백작의 눈이 튀어나오지 않을까 걱정될 정도였다. 그 정도 놀라는 것도 무리가 아니었다. 이종족들의 나라 엘프라도의 후계자라면 인간으로 치면 황태자나 마찬가지였다. 다른 사람들은 그런 그를 의아한 표정으로 바라보았다. 간신히 얼굴 표정을 수습한 발자크 백작이 류센의 귀에다 대고 소곤거렸다.

“설마 사고 치신 건 아니겠지요?”

“어허! 날 어떻게 보고 그런 말을 하십니까?”

“엘프에 환장한 사람.”

“……..”

다른 사람이 왔으면 속여볼 수도 있겠지만 발자크 백작은 속일 수가 없었다. 이미 세이첸 영지에서 엘프에게 군침을 흘리던 자신의 모습을 보였기 때문이다.

“아이고, 왕자님! 엘프라도가 어떤 곳인 줄 아십니까? 이종족들과 사이가 나빠지면 제국에 타격이 크단 말입니다.”

“사고 안 쳤다니까요!”

류센은 억울했다. 자신은 건들지도 않았는데 넘겨짚는 발자크 백작에게 짜증났다.

“왕자님은 엘프라면 사족을 못 쓰잖아요.”

“아직 아무런 짓도 안 했거든요.”

“정말이십니까?”

“목숨 걸고 맹세합니다.”

그제야 믿는 발자크 백작이 레시아를 바라보았다. 투덜거리던 류센은 문득 발자크 백작의 눈빛이 예사롭지 않음을 느꼈다.

‘이 늙은 노친네가 설마……?’

발자크 백작이 나이가 많지만 소드 마스터가 되면서 육체가 재구성되어 겉모습은 이십대의 청년이었다.

류센은 왠지 모를 불안감에 발자크 백작을 잡아당겼다.

"백작님, 뭘 그렇게 유심히 살피시지요?"

"아니, 제가 뭘……."

정색하는 발자크 백작. 그러나 붉어진 얼굴은 어떻게 감춘단 말인가.

"오호, 레시아에게 마음이 있는가 보군요?"

"흠흠, 정말 아름다운 엘프시로군요."

세이첸 영지에서도 엘프를 봤지만 마음은 흔들리지 않았다. 하지만 레시아의 미모는 궤를 달리할 정도로 아름다웠다.

아무튼 류센은 분통이 날 수밖에 없었다. 자신도 아직 건드려 보지 못했는데 애먼 사람이 가로채려고 한다. 자신의 여자(?)를 지키지 못하면 그건 남자가 아니다.

"이보세요, 백작님. 이미 제가 침 발라놨거든요."

"왕자님은 바람둥이 기질이 있으신지라 레시아님이 불쌍합니다."

"자꾸 이러면 아버지한테 말씀드릴 수도 있습니다."

"설마 남자가 고자질을 하려는 건 아니겠지요? 우리 남자답게 검으로 승부를 합시다."

"이 사람이 정말!"

소드 마스터와 미쳤다고 대결을 하겠는가. 류센은 분기탱천하여 방방 뛰었다.

그 모습을 보고 발자크 백작이 호탕하게 웃으며 손사래를 쳤다.

"자자, 그만 하세요. 제가 잘못했습니다. 저는 그저 엘프라도와의 관계를 생각해 신중히 작업(?)하시길 바라는 뜻에서 드린 말이었습니다. 기분 나쁘셨다면 죄송합니다. 쿡쿡, 그래도 아직 건들지 않으셨다니 정말 레시아님이 마음에 드시나 보군요."

"끄응, 진작 그렇게 말씀하지. 괜히 힘만 뺐네."

이래저래 마음에 들지 않는 발자크 백작이었다. 류센은 골치가 아픈 듯 머리를 흔들었다.

페로스 후작은 잠시 후 개인적인 업무가 있다며 방을 나갔다. 그의 도움도 필요하겠지만 지금 시급한 문제는 제국의 기사와 병사들의 지원이었다. 여기도 언제 언데드들이 들이닥칠지 몰랐다. 류센은 발자크 백작을 보며 말했다.

"큰일 났습니다."

"네, 큰일이지요. 세상에 왕자가 가출하는 일에 어디 또 있겠습니까? 제가 그 소식을 듣고 얼마나 기가 막혔는지……."

"아, 이 사람아! 좀 진지해져 봐!"

류센은 소리쳤고, 다른 일행 역시 힐난 어린 눈길로 바라보았다. 멋쩍은 표정으로 헛기침을 하는 발자크 백작. 류센이 한숨을 쉬며 말했다.

"발자크 백작님, 정말로 중요한 얘기입니다."

"험험, 죄송합니다. 말씀하시지요."

류센은 제일 먼저 엘프라도에서 들은 신탁의 내용을 말해 주었다. 그리고 캄부리츠와 이슈테리에서 겪었던 일들을 상세히 설명했다. 발자크 백작은 그저 눈만 끔뻑거렸다. 너무도 황당한 얘기였다. 하지만 믿지 않을 수가 없었다. 류센이 말하고 엘프인 레시아가 확인한 사실을 어찌 안 믿을 수 있단 말인가.

"말도 안 돼!"

발자크 백작이 소리쳤다. 머리로는 사실이라고 생각했지만 가슴은 부정했다.

세상에 마왕이라니! 언데드라니! 차라리 온 대륙과 전쟁을 하고 말지, 인간이 아닌 존재와 전쟁이라니.

지금이라도 류센이 웃으며 농담이라고 그랬으면 좋겠다. 마왕 강림은 인간의 존립 자체를 위협하는 엄청난 대사건이었다.

"믿을 수밖에 없습니다. 이미 드래곤들의 귀에도 들어갔을 겁니다."

류센이 씁쓸한 어조로 말했다. 자신 역시 믿고 싶지 않았다. 그러나 몸에 난 욱신거리는 상처는 거짓이 아니었다.

"드래곤이라고요?"

갈수록 믿기 힘든 사실에 발자크 백작은 정신을 차릴 수가 없었다. 류센은 여행 중에 만난 레드 드래곤 발키리스에 대해 간략히 설명해 주었다. 그리고 그가 드래곤 로드를 만나러 갔다는 사실도 알려주었다.

지금까지 겪었던 일을 모두 말한 류센. 발자크 백작은 말을 잃었다. 무거운 침묵만이 장내를 짓눌렀다.

한동안 그러한 침묵이 계속되다가 발자크 백작이 입을 열었다.

"캄부리츠와 이슈테리. 그 두 곳의 주민들만 언데드로 변했습니까?"

"확인된 것만 그렇습니다. 하지만 아마도 다른 곳도 이미 마왕의 손에 떨어졌다고 보는 게 맞을 겁니다."

"왜 그렇게 생각하시죠?"

류센은 르케도스라는 인물에 대해 말해주었다. 그러나 정확한 정보는 없었다. 그저 루크의 말을 듣고 그대로 말해줬을 뿐이었다.

"흑마법사라……."

"드래곤인 발키리스가 그렇게 말했으니 아마 르케도스라는 놈은 흑마법사가 맞겠지요. 문제는 우리를 그냥 놓아줬다는 점입니다. 그건 이미 그쪽은 만반의 준비가 끝났단 소리겠지요."

“너무 정보가 부족하군요. 사람이 갑자기 언데드로 변한
다니……”

“하지만 마냥 기다릴 수도 없는 노릇입니다. 오늘 밤에 여
기 폰파인 영지에서도 똑같은 일이 벌어질지 모릅니다.”

“끄응.”

류센의 독촉에 발자크 백작은 앓은 소리를 냈다. 보통 심각
한 문제가 아니었다. 하지만 군대를 쉽게 동원할 순 없었다.
류센의 말이 사실이라면 상대는 인간이 아닌 마왕의 군대였
다. 간단하게 무찌를 수 있는 상대가 아니었다.

“알겠습니다, 우선 황제 폐하께 말씀을 드리겠습니다. 하
지만 오늘 안으로는 힘들 듯합니다. 왕자님도 아시다시피 군
대를 소집하는 것만으로도 하루 이상이 걸립니다. 그리고 황
도부터 여기까지 오는 데 최소한 며칠은 행군해야 합니다.”

“흠, 일단 실력있는 기사들과 마법사를 먼저 보내주시면
안 될까요?”

“글쎄요, 일단 그런 것보다 제국의 귀족들이 쉽게 믿어줄
지가 걱정입니다. 타국의 침공도 아니고 마왕의 등장이라
니… 허허.”

“제가 직접 보았고, 엘프라도의 후계자이신 레시아님이 증
명하는데 못 믿겠다는 소립니까?”

“왕자님, 못 믿겠다는 소리가 아니라 최소한의 확인된 정

보나 증거가 없는 이상 함부로 군대를 동원할 순 없다는 말이지요. 그것뿐만이 아니라 기타 자질구레한 일들도 해결하자면 제법 시간이 걸릴 겁니다.”

발자크 백작의 말은 일리가 있었다. 황제가 나라를 다스리지만 귀족들을 무시할 순 없었다. 정확한 정보도 없이 함부로 군대를 이동시킬 순 없었다. 괜히 타국의 의심만 받게 된다.

“지금 사람이 죽게 생겼는데 무슨 헛소리를 하십니까?! 명령입니다! 무조건 데려오세요!”

류센은 화난 표정으로 소리쳤다. 그런 것들을 따질 때가 아니었다. 지금도 어디선가 사람들이 언데드로 변하고 있을지도 몰랐다. 이유도 모르고 죽은 사람들. 언데드로 변해 검을 들 수 없었던 자신. 그런 무력감을 또다시 맛보고 싶지 않았다.

“왕자님, 진정하세요.”

씩씩거리는 류센을 보고 레시아가 차분한 어조로 말했다. 그녀는 류센의 손을 잡고 부드럽게 쓸어내리며 격해진 감정을 달랬다.

“화를 낸다고 일이 해결되는 게 아닙니다. 지금 우리에게 주어진 상황에 맞는 최대한의 노력을 해봐야지요. 발자크 백작님도 충분히 이해하고 계실 겁니다.”

“흠흠, 제 목숨을 걸고 약속드립니다. 최대한 빠른 시일 내에 기사와 병사들을 파견해 드리겠습니다, 왕자님."

"휴, 알겠습니다. 화를 내서 죄송합니다."

"아닙니다."

레시아의 도움으로 겨우 마음을 가라앉힌 류센이 사과를 했다. 발자크 백작은 지금 즉시 황도로 돌아가겠다고 말했다. 한시가 급하니 여기서 미적거릴 틈이 없다고 생각했다.

'짧은 시간이지만 여행을 하셔서 그런가? 조금 성숙해지신 것 같군.'

겉모습은 바뀌지 않았지만 분위기는 많이 변했다. 예전에 여자 뒷꽁무니나 쫓던 모습보다 지금이 훨씬 보기 좋았다.

발자크는 그렇게 생각하며 류센을 따스한 시선으로 바라보았다. 신하 된 입장이지만 연장자로 백성들을 살리기 위해 노력하는 류센의 모습이 대견스러웠다.

"저기… 왕자님도 함께 가시죠? 이곳도 위험하다면 안전하게 황도로 귀환하심이 어떠신지요? 물론 다른 일행 분도 함께 말이죠. 왕자님이 직접 폐하께 말씀드린다면 쉽게 일이 끝날 겁니다."

발자크 백작은 일반 백성들보다 류센의 안위가 더욱 중요했다. 하지만 류센은 단호히 거절했다.

"전 여기 있을 겁니다. 제국의 왕자가 이곳에 있습니다. 제 시신을 보고 싶지 않다면 하루라도 빨리 군대를 보내주는 게

좋을 겁니다."

발자크 백작은 류센의 확고한 의지를 느낄 수 있었다. 묵묵히 몸을 돌려 이동 마법진에 오른 후 사라졌다.

발자크 백작이 떠난 후 류센을 비롯한 일행은 모두 얼굴이 딱딱하게 굳어져 갔다. 레시아가 입을 열었다.

"오늘 내로는 못 오겠지요?"

"아마도 그럴 겁니다."

"오늘 밤에도 또 악몽을 보게 되는 걸까요?"

만약 추격자가 온다면 오늘 이곳 폰파인 영지도 언데드 천국이 될 가능성이 농후했다. 그렇다고 이곳 사람들을 버리고 갈 수도 없는 노릇. 그저 답답하기만 했다.

하지만 그들의 걱정과는 다르게 르케도스는 더 이상 휴먼 언데드를 만들 수가 없었다. 인간을 언데드로 만드는 마법은 9서클을 마스터한 르케도스의 마력으로도 힘든 일이었다. 모자란 마력을 마왕에게 받아 마법을 시전시키곤 했다. 인간계에 강림한 마왕은 한 번 소비한 마력을 다시 복구할 수가 없었다. 마계라면 금세 채워지겠지만 인간계는 그렇지 못했다. 어느 정도 언데드를 끌어 모았기에 더 이상 그 마법은 필요치 않았다.

지금 르케도스는 여태까지 모은 언데드들을 강화시킬 준비를 하고 있었다.

　9서클에 이르는 자신의 마력으로 언데드 하나하나를 직접 만져 언데드라고 보기 힘든 강력한 어둠의 군대를 만들 작정이었다. 언데드가 모두 강화되면 본격적으로 전쟁을 벌일 계획이었다.

　아무튼 그러한 사실을 모르는 류센 일행은 그저 걱정 반 두려움 반으로 밤을 기다렸다.

Chapter 23
묘인족 소녀 민트

류센 일행은 악몽 같은 밤이 재현되는 걸 막기 위해 머리를 맞대었다. 레시아의 말대로 주어진 상황에서 최선을 다할 생각이었다. 이곳까지 흑마법사가 추격해 오리라 생각은 되지 않지만 확신 또한 할 수 없었다. 일단 만일의 사태에 대비를 해야만 했다. 하지만 의견만 분분할 뿐 뾰족한 수를 찾지 못했다.

"아무리 생각해도 그 마법 말인데요."

"무슨 마법요?"

류센이 의아한 표정으로 레시아를 바라보았다. 그녀는 잠시 생각하더니 말문을 열었다.

"인간을 갑자기 언데드로 만들어 버리는 마법 말이에요."

"오, 뭔가 약점이라도 찾았습니까? 혹시 그들을 다시 인간으로 돌릴 방법은 없나요?"

류센은 기대감이 가득한 눈빛을 반짝이며 말했다. 언데드로 변한 사람을 다시 되돌려놓을 수만 있다면 더 이상의 불행은 막을 수가 있었다. 하지만 레시아는 고개를 흔들었다.

"아니요. 제가 알아낸 것은 그 정도 마법을 쓰려면 엄청난 마나가 필요할 거란 거예요."

"상대는 마왕과 계약한 흑마법사니까 마력 정도는 충분하지 않을까요?"

"아닙니다. 한두 명이면 모를까 천 명이 넘는 인간을 한 번에 언데드로 바꿀 정도의 마력은 드래곤도 불가능해요. 설사 마왕의 도움을 받았다 하더라도 어려운 일이죠. 제가 알기론 마왕이 인간계에 강림하면 소비된 자신의 마력은 복구되지 않는다고 들었어요. 간단하게 마법을 쓸 순 없을 겁니다."

"하면……?"

"제 생각이 맞는다면 아마도 마력을 증폭시키는 그 무언가가 있을 겁니다."

"마력증폭진?"

"지금으로서는 그게 가장 가능성이 높겠지요. 미리 설치하고 마법을 발현시키면 충분히 가능합니다."

"찾아야겠군요."

류센은 흥분된 어조로 말했다. 레시아가 조용히 고개를 끄덕이자 티엔과 락크 역시도 들뜬 표정을 지었다. 미리 찾아 제거해 버리면 간단한 일이었다.

"시간이 없으니 따로 떨어져 찾기로 하죠. 제가 남쪽을 맡겠습니다."

"그럼 저는 북쪽."

"저는 동쪽."

"나는 서쪽인가?"

일행은 각각 구역을 정했다. 하지만 류센이 제동을 걸고 나섰다. 문득 떠오른 생각이 있었기 때문이다.

"그 마력증폭진을 어떻게 찾죠? 모르긴 해도 찾기 힘든 곳에 숨겨놓았을 텐데……. 그리고 어떻게 생겼죠? 레시아님이야 마법을 잘 알지만 우린 모르는데……."

일행의 부산스런 움직임이 우뚝 멈췄다. 그러고 보니 레시아를 제외한 다른 사람들은 모두 마법에 문외한이었다. 레시아도 미처 생각지 못했는지 우물쭈물했다. 하지만 곧 좋은 생각이 떠올랐는지 다시금 입을 열었다.

"아! 마력증폭진 주변에는 미세하지만 마나가 집중되어 있어요. 일반 사람들은 느끼지 못하겠지만 류센님 같은 실력자라면 충분히 감지할 수 있어요.”

마력증폭진은 마나를 불어넣으면 그걸 몇 배로 증폭시켜 주는 장치였다. 아무것도 하지 않는 평소에도 공기 중에 떠도는 마나가 마력증폭진에 스며들어 머물렀다. 그걸 생각한 레시아. 하지만 아직도 모자랐다.

“티엔과 락크는 마나를 다룰 줄 모르는데…….”

티엔은 둘째 치고 괴력의 사나이 락크 역시 마나를 다룰 줄 몰랐다. 류센과 대등하게 싸우는 실력자지만 순수 육체의 힘이었다. 인간 중에 마나를 다룰 수 있는 사람은 소수뿐이었다.

“할 수 없군요. 조를 짜도록 하지요. 저와 락크님, 티엔님과 류센님이 조를 이뤄 영지 구역을 나누지요.”

“쩝, 그 수밖에 없네요.”

류센이 혀를 차며 말했다. 이왕 나누는 거 레시아와 가고 싶었지만 그렇게 되면 시간이 두 배로 걸리게 된다. 류센과 레시아, 이 두 사람만 마나를 느낄 수 있으니 같이 다닐 수가 없었다.

“마나도 사용할 줄 모르고 너희들은 지금껏 뭐 했냐?”

“우웅, 그게 쉬운 일인 줄 아시나요?”

류센의 짜증에 티엔이 볼멘소리로 투덜거렸다. 으르렁거리는 두 사람 사이로 레시아가 다가와 말했다.

“그나저나 이곳 영주와 사람들에게는 알리지 않을 생각이

신가요?"

　류셴은 고개를 끄덕였다. 알리고 싶지 않았다. 오히려 혼란만 줄 뿐이었다.

　"말한다 해도 떠나지 않을 겁니다. 여기는 그들의 고향이자 삶의 터전이니까요. 우리가 미리 막는 수밖에 없습니다."

　최선을 다하기로 다짐한 일행은 정해진 구역으로 나갔다. 영지를 반으로 갈라 위쪽은 류셴과 티엔, 아래쪽은 레시아와 락크가 맡기로 했다. 나가기 전 류셴과 레시아는 가벼운 변장을 하였다. 왕자의 신분인 류셴과 엘프인 레시아는 일반 사람들의 눈에 띄기 쉽기 때문이다.

　벌써 해는 중천에 떠올라 사람들의 왕래가 활발한 시간이었다. 제국 서부의 최대 도시이자 물류의 요충지답게 많은 인파들로 거리는 북적거렸다.

　티엔은 강아지마냥 팔짝팔짝 뛰어다니며 구경하기에 바빴다. 대륙 각지에서 올라오는 진귀한 물건과 서커드단의 마술 쇼에 넋을 잃고 구경했다.

　마음이 급한 류셴은 티엔을 말리려고 했지만 곧 생각을 바꿨다. 서부 최대의 도시답게 구석구석 사람들의 시선이 닿지 않는 곳이 없었다. 오히려 사람 많은 곳에 마력증폭진을 숨겨 뒀을 가능성도 염두에 두고 그녀를 따라다녔다.

그런 류센의 마음도 모른 채 티엔은 그저 기쁘기만 했다. 사실 그녀는 류센에게 애틋한 감정을 품고 있었다.

류센은 왕자다. 그것도 대륙 최고의 나라 크라이드 제국의 왕자이다. 물론 왕자라는 직위 때문이 아니었다. 이미 황도에서 위험에 빠진 자신을 구해줄 때부터 류센이 마음 한구석에 자리잡았다. 여자로 태어나 위험을 뚫고 자신을 구해준 남자에게 별다른 감정을 느끼지 않는다면 그것은 거짓일 것이다.

하지만 티엔은 마음을 보이지 않았다. 엄청난 신분 차이는 둘째 치더라도, 자신은 류센에게 아무런 도움이 되지 않는다고 생각했기 때문이다. 고집을 부려 여기까지 따라왔지만 한계였다. 지금까지도 그래 왔지만 앞으로 있을 언데드와의 전쟁에서도 자신은 아무짝에도 쓸모없는 여자에 불과했다.

"야! 그만 구경하고 다른 데 가보자."

열심히 찾아봤지만 특별히 의심 갈 만한 것은 보이지 않았다. 류센은 구석부터 다시 찾아볼 생각으로 말했다.

"네, 류센님."

티엔은 고개를 끄덕이며 대답했다. 류센이 몸을 돌려 걸어가자 그 뒤를 따르며 씁쓸한 미소를 지었다.

구석구석 돌아다니는 동안에 시간은 흘러 이미 해가 산등성이에 걸렸다. 하늘에는 어둠이 서서히 깔리기 시작했다.

류센은 초조했다. 어디선가 언데드가 불쑥 튀어나올 것만 같
았다. 애써 불안감을 털어버리기 위해 활기찬 어조로 말했다.

"하루 종일 찾았는데도 안 보이는 걸 보니 여기는 오지 않
으려는가 보군."

"그랬으면 좋겠어요."

"분명 그럴 거야."

류센과 티엔은 서로 맞장구를 치며 그렇게 되기를 희망했
다. 또다시 아무런 죄도 없는 사람들이 언데드로 변하게 된다
면 끔찍한 일이었다.

돌아갈 생각으로 영주성을 향해 발길을 돌린 류센. 그러나
이상한 것이 눈에 보였다. 거리 구석에 쌓아둔 쓰레기 더미에
서 무언가 살랑거리는 것이 보였다. 유심히 살펴보니 그것은
꼬리였다. 털이 돋아 있고 살랑거리면서 움직이는 게 영락없
는 동물의 꼬리였다. 좀 더 가까이 다가가 살펴보았다.

몸통 대부분을 쓰레기 더미 안으로 집어넣은 채 꼬리만 삐
죽 밖으로 나와 있었다. 하지만 이상한 점은 생각보다 너무 길
다는 것이다. 눈에 보이는 꼬리의 길이만 해도 어림잡아 1미
터 가까이 될 듯했다.

"이게 뭐죠?"

티엔도 그 꼬리를 발견하곤 고개를 갸웃거렸다. 류센은 어
깨를 으쓱거렸다.

“나도 몰라. 아무튼 수상한데…….”

자신의 지식으로는 이런 길이의 꼬리를 가진 동물은 없었
다. 의심쩍은 마음에 슬쩍 잡아당겨 보았다.

“캬양!”

날카로운 소리. 고양이 울음소리와 매우 흡사했다. 의구심
은 더욱더 증폭되었다. 이렇게 긴 꼬리를 가진 고양이는 있을
리는 없었다. 류센은 살짝 긴장한 표정으로 검에 손을 가져갔
다. 어쩌면 마왕의 수하일지도 모른다는 생각 때문이었다.

검 손잡이를 굳게 잡은 후 다른 손으로 꼬리를 세게 잡아당
겼다.

“캬아앙!”

순간 엄청난 살기가 느껴졌다. 류센은 본능적으로 검을 뽑아
공격했다. 하지만 찰나의 순간 상대의 정체를 확인하곤 기겁해
서 검을 멈췄다. 손목을 비틀어 간신히 검을 비껴 나가게 했다.

“이건 뭐야?”

류센이 상대를 보고 눈이 휘둥그레졌다. 지켜보던 티엔 역
시도 놀란 표정을 감추지 못했다.

“고, 고양이인가?”

“사, 사람 같은데요?”

류센과 티엔은 상대의 모습을 보고 갈피를 잡지 못했다. 그
들이 허둥거리는 것도 무리가 아니었다. 상대는 꼬리를 제외

하고 1미터 남짓한 키에 눈동자는 고양이처럼 어둠 속에서 요사롭게 빛났고, 까만 코에 기다란 수염, 앙증맞은 귀와 털, 손톱과 발톱이 뾰족하게 튀어나왔다. 하지만 고양이라고는 보기 힘든 몸집과 얼굴, 게다가 인간 여자처럼 볼록 튀어나온 가슴까지. 어떻게 생각해야 할지 막막했다.

"니야앙?"

고양이 소녀가 눈을 동그랗게 뜬 채 류센을 바라보았다. 입가에 음식 찌꺼기로 보이는 이물질이 덕지덕지 붙어 있는 것으로 보아 식사 중인 것 같았다.

"밥 먹고 있는 중이었나 봐요."

"음."

생전 처음 보는 괴생명체에 류센은 고민에 빠졌다. 겉으로 보기에는 마왕의 무리와 연관이 없어 보이지만 확신할 순 없었다.

"데려가자. 레시아라면 알지도 모르겠군."

"데려가요? 잘됐다. 처음에는 이상했는데 볼수록 귀엽네?"

티엔이 고양이소녀에게 살며시 다가갔다. 고양이소녀는 경계 어린 눈길로 바라보았다. 티엔이 용기를 내어 가까이 다가갔지만 여전히 바라보기만 했다.

"자, 착하지? 언니 따라가자."

"냐앙?"

“여기서 음식 찌꺼기 먹지 말고 언니가 제대로 된 밥을 먹여줄게.”

고양이소녀는 티엔의 말을 알아듣기라도 한 듯 폴짝 뛰어 그녀의 품에 안겨들었다. 티엔은 잠깐 놀랐지만 곧 귀엽다는 듯 고양이소녀의 머리를 쓰다듬었다.

류센은 이렇게 의외의 수확물(?)을 건진 채 발걸음을 재촉했다.

“뭐라?! 민트가 없어져?”

“죄, 죄송합니다.”

“당장 찾아! 못 찾으면 네놈의 목을 잘라 버릴 테다!”

“네, 넵!”

상관의 위협에 부하는 기겁하곤 도망치듯 후다닥 나갔다. 혼자 남은 공간에서 분통을 터뜨리는 사람은 바로 폰파인 영지의 페로스 후작이었다.

“망할! 그년을 진작에 팔았어야 하는 건데…….”

페로스 후작은 골치가 아픈 듯 머리를 감싸 안았다.

지금으로부터 약 반년 전의 일이다. 다른 나라로 노예를 팔러 갔던 부하 한 명이 묘인족(猫人族) 소녀를 데려왔다. 묘인족은 수인족(獸人族)의 한 갈래였다. 수인족은 인간과 동물을 반쯤 섞어놓은 모습을 한 종족이다. 특히 묘인족은 현재 대륙에서 멸종에 다다른 종족이기도 했다.

아무튼 희귀한 종족의 여성체를 데려와 처음에는 크게 기뻐했다. 비싸게 팔 수 있을 거란 생각 때문이었다.

하지만 그게 쉽지가 않았다. 야성에서 자란 탓인지 길들이기가 어려웠다. 툭하면 사람 얼굴을 할퀴고 물어뜯는지라 여간 힘든 게 아니었다. 하지만 길들이기만 하면 엄청난 돈이 될 거란 생각에 포기하지 않고 끈질기게 달라붙었다. 요즘 들어 겨우 말귀를 알아듣고 조금씩 적응하는 모습을 보여 적잖이 마음을 놓을 수 있었다.

한데 이제 곧 자신에게 큰돈을 안겨줘야 할 물건이 탈출을 하다니. 화가 나지 않을 수가 없었다.

분기를 삭이고 있는데 노크 소리가 들리면서 중년 남성이 들어왔다. 영주성의 집사였다.

"류센 왕자님이 관광을 마치고 돌아오셨습니다."

류센은 영지 안을 구경한다고 거짓말을 한 후 나갔었다. 페로스 후작은 집사의 보고에 별다른 생각 없이 고개를 끄덕였다. 뒤로는 불법적인 사업을 벌이지만 최소한 겉으로 보기에는 아무 문제 없는 영지였다. 왕자가 돌아다닌다고 해서 켕길 게 전혀 없었다.

"한데 문제가 생겼습니다."

"문제?"

방 안엔 둘밖에 없건만 집사는 뭐가 그리 조심스러운지 가까이 다가와 페로스 후작의 귀에다 소곤거렸다. 집사의 얘기가 채 끝나기도 전에 페로스 후작은 급히 방을 나섰다.

"오, 후작님, 마중 나오실 필요는 없는데……."
"아닙니다, 왕자님. 구경은 잘 하셨는지 모르겠습니다."
"아주 괜찮았소."
실제로 관광한 것은 아니기에 류센은 대충 대답해 주었다. 한데 이쯤 하면 물러갈 법한 페로스 후작이 아직도 미적거리고 있자 류센은 의아한 시선으로 바라보았다.
"왜 그러시오?"
"이 괴물은 뭡니까?"
페로스 후작은 류센이 데려온 묘인족 소녀 민트를 보고 말했다. 전혀 모른다는 듯 징그러운 표정으로 바라보았다. 아무튼 류센 역시 모르기 때문에 고개를 저었다.
"후작님도 모르십니까? 저도 잘 모르겠습니다."
"흠, 제가 조사를 한번 해보지요. 이리 주시겠습니까?"
태연히 행동하는 페로스 후작. 류센은 전혀 그를 의심하지 않았기에 티엔을 보고 넘겨주라고 말했다. 티엔은 거부하고 싶었지만 여의치가 않았다. 류센과 단둘이 있다면 고집을 피워보겠는데 후작을 비롯해 지켜보는 눈이 많았다.

"네, 왕자님."

울상을 지으며 페로스 후작에게 다가가는 티엔. 페로스 후작은 속으로 안도의 한숨을 쉬었다. 하지만 그때 레시아가 들어오면서 말했다.

"어머, 묘인족이네?"

"응? 레시아님은 이게 뭔지 아십니까?"

류센이 반문했다. 티엔은 걸음을 멈추었다. 레시아에게 부탁하면 이 귀여운 생물을 데리고 있을 수 있을 거라 생각했다.

"네. 묘인족을 모르세요? 하긴 엘프라도에서도 몇 명 없는 종족이니 그럴 만도 하지요."

인간을 제외한 여러 종족이 모여 사는 엘프라도에서도 묘인족은 희귀했다. 레시아는 보기 드문 묘인족을 의외의 장소에서 만나게 되자 의아함을 감추지 못했다.

"그나저나 얘는 어쩌다가 이곳까지 들어왔지? 엘프라도를 벗어났을 리가 없는데……."

레시아가 잘못 생각하고 있었다. 민트는 깊은 산속에서 태어난 순수한 야생 묘인족이었다. 엘프라도 출신이 아니었다. 가만히 민트를 살피던 레시아가 눈을 반짝였다. 민트의 목 부분에 무언가 보였기 때문이다.

"목걸이라……. 민트라고 적혀 있네요."

가죽으로 만든 목걸이에는 민트라고 적혀 있었다. 목걸이를 살펴던 레시아는 별안간 표정이 굳어졌다. 묘인족이 목걸이를 하고 다닌다는 소리를 들어본 적이 없기 때문이다. 더욱이 민트라는 글자는 인간의 글자였다.

"어떤 인간이 데리고 있었군요."

레시아의 마음속에 분노가 치밀기 시작했다. 분명 좋은 뜻으로 데리고 있지는 않았을 터. 묘인족이 개도 아닌데 목걸이를 채우다니 기분이 극도로 나빠졌다.

류센은 심장이 덜컥했다. 레시아의 음성에서 인간에 대한 혐오감이 느껴졌다. 간신히 그녀의 생각을 바꿔놓았는데 이런 데서 망칠 수는 없었다. 왜 그러는지는 정확히 모르겠지만 아무튼 레시아의 분노를 누그러뜨릴 필요는 있었다.

일부러 큰 목소리로 화난 듯 소리쳤다.

"어떤 놈이 이런 짓을! 후작님!"

"…네?"

갑작스런 상황에 어쩔 줄 몰라 하며 고민하던 페로스 후작이 뒤늦게 대답했다. 다행히 화가 난 류센이 별다른 의심을 하지 않은 채 말했다.

"어떤 놈이 묘인족을 데리고 있었는지 당장 조사해 주세요."

"아, 알겠습니다."

떨떠름한 표정으로 고개를 끄덕인 페로스 후작. 류센은 그

표정을 보지 못했다. 레시아의 기분을 풀어주기에 바빴기 때
문이다. 간신히 달래며 민트를 데리고 방으로 올라갔다.

"미치겠군."

류센이 사라지자 페로스 후작은 이 사태를 어떻게 해결해
야 할지 고민스러웠다. 만약 자신의 사업이 들키기라도 하는
날엔 목이 달아날 수도 있었다. 전전긍긍하는 그를 보고 집사
가 다가왔다.

"괜찮습니다. 어차피 인간의 말을 못하니까요."

"하지만 왕자님이 조사를 하라잖아!"

"적당한 놈을 매수해 범인으로 내세우면 됩니다."

"흠, 그게 가능할까?"

만에 하나 들통난다면 큰일이었다. 신중에 신중을 기해야
만 했다. 상대는 왕자였다. 어설프게 행동했다간 오히려 자신
이 의심받을 수도 있었다. 집사가 다시 말했다.

"가장 좋은 방법은 민트를 죽여 없애는 겁니다."

페로스 후작이 가만히 생각해 보니 그 방법이 가장 안전했
다. 민트를 죽이고 범인은 적당히 꾸며서 처리하면 자신은 의
심받을 일이 없었다. 그러나 그간 공들인 민트를 죽이기엔 너
무나 아까웠다.

"일단 좀 지켜보자."

욕심 많은 페로스 후작은 아까워서라도 민트를 포기할 수

없었다.

　다시 모인 류센 일행은 먼저 자신이 순찰한 지역에 대해 얘기했다. 하지만 딱히 의심 갈 만한 점이 없다는 데 의견이 일치했다.

"이곳에는 오지 않은 것 같습니다."

"하지만 안심할 순 없어요."

　류센은 밤에도 조를 짜 영지 순찰을 돌자고 말했다. 레시아는 그 의견에 동조했고, 티엔과 락크는 그저 따를 수밖에 없었다. 계획을 세우고 난 후 겨우 민트를 돌볼 수 있게 되었다.

"흠, 얘는 어쩌다가 이곳까지 들어오게 되었을까요?"

"아마도 자의는 아닐 겁니다. 여행을 한다는 묘인족은 들어본 적이 없어요. 더욱이 이 아이는 인간으로 치면 겨우 열 살 정도의 어린 묘인족입니다. 아직 부모와 함께 있어야 한다고요."

　레시아가 측은한 눈길로 민트를 바라보았다. 민트는 자신의 얘기를 하는 줄도 모르고 방 안을 뒹굴며 장난치기에 바빴다.

"거참, 나쁜 놈일세. 개도 아닌데 목에다 목걸이를 걸어 채우다니……."

"민트를 데리고 있던 인간은 묘인족에 대해 제법 아는 사람일 겁니다."

"예?"

"민트는 꽃 이름입니다. 묘인족이 가장 좋아하는 꽃의 이름이지요. 알기 때문에 그런 이름을 붙였을 거예요."

레시아의 설명에 류센은 고개를 끄덕였다. 티엔이 장난치고 있는 민트를 데리고 와 말했다.

"너, 누가 데리고 있었는지 알아?"

민트가 고개를 절레절레 흔들었다. 티엔은 그 외에도 여러 가지를 물었다. 그 모습을 보고 레시아가 놀랐다.

이종족들은 인간의 말을 알아듣지 못한다. 몇몇 이종족은 따로 배워 알고 있긴 하지만 대부분은 모른다. 하지만 민트는 티엔의 말을 거의 대부분 알아듣고 있었다. 혀의 구조가 달라 대답은 못했지만 고개를 끄덕거리는 것이나 흔드는 것으로 충분히 의사 표현이 되었다.

이 묘인족은 인간의 손에 길러진 것이 분명했다. 그리고 그것은 강제적인 방법이 동원되었을 것이다. 아직 부모의 품 안에 있어야 할 어린 묘인족이 인간 세상에 홀로 나타날 리가 없었다. 레시아는 추악한 인간의 손에 묘인족 한 명이 희생되었다는 생각에 기분이 좋지 않았다.

류센이 의아한 표정을 지으며 자신을 바라봤지만 레시아는 대답하지 않았다. 괜한 말로 자신이 인간을 싫어했다는 느낌을 주고 싶지 않았기 때문이다.

"자, 밤에 또 나가야 하는데 이만 쉬시지요."

레시아는 그렇게 말하곤 티엔과 민트를 데리고 자신의 방
으로 갔다.

그렇게 북적거리던 거리가 밤이 되자 바람 소리만 들릴 정
도로 조용해졌다. 구석진 술집에서 들려오는 소음만이 거리
에서 사람 소리를 만들어냈다.

류센이 눈물이 나올 정도로 하품을 했다. 요 이틀 사이 잠
을 제대로 자본 적이 없었다. 쉬고 싶은 마음이 굴뚝같았지만
언제 언데드가 공격해 올지 알 수가 없기에 마음대로 쉬지도
못했다.

투덜거리던 류센은 문득 허벅지에서 말랑한 느낌이 전해
지자 고개를 내려보았다. 민트가 얼굴을 류센의 허벅지에 비
비고 있었다. 마치 고양이가 주인에게 애교를 부리는 듯한 모
습이었다.

"티엔, 애는 왜 데려왔어?"

"잠이 안 온대요."

"뭐? 어린애는 밤에 잠을 재워야지 안 졸린다고 데리고 나
오면 어떡해?"

"고양이는 야행성이라 밤에 안 잔대요."

류센은 황당한 얼굴로 민트를 바라보았다. 말똥말똥한 눈
동자로 자신을 보는 민트를 보고 있자 그저 한숨만 나왔다.

애물단지가 하나 더 늘었다는 생각에 답답해져 왔다.

"그런다고 애를 데리고 나와? 언데드가 갑자기 공격해 오면 어떡하려고 그래?"

"그게 레시아님이 묘인족은 재빠르니까 위험이 닥치면 잘 도망친다고 해서 데리고 나왔어요."

"에휴, 가지가지 한다."

평소 같으면 귀엽다고 민트의 머리를 한 번 만져 줄 텐데 지금은 상황이 좋지 않았다. 그래도 다행인 건 언데드의 모습이 보이지 않았기에 안심할 수 있다는 거였다. 밤이 제법 깊었음에도 별다른 조짐이 안 보이자 오늘은 위험이 없을 듯했다.

특별히 수상한 움직임을 발견하지 못한 류센은 성으로 돌아갔다. 이제야 푹 쉴 수 있다는 생각에 피곤한 몸을 달랬다. 하지만 그 순간 민트가 귀를 쫑긋거리더니 빠른 속도로 달려가기 시작했다.

"민트!"

민트의 갑작스런 행동에 깜짝 놀란 티엔이 소리치며 쫓아갔다. 류센 역시 투덜거리며 쫓아갈 수밖에 없었다. 민트가 어디 가서 사고라도 친다면 왕자 체면이 뭐가 되겠는가. 일행끼리 있는 것도 아니고 여기는 보는 눈이 많았다.

달려가는 민트는 과연 수인족 최고의 스피드답게 엄청난

속도로 질주해 갔다. 민트는 영주성 안을 이리저리 헤집고 다녔다. 중간에 나타난 갈랫길에서는 개처럼 코를 킁킁거리더니 방향을 정해서 달렸다. 류센은 황당했다. 처음에는 자신들이 묵고 있는 숙소로 달려가는 줄 알았는데 완전히 반대편으로 달려가는 민트를 보고 의아함을 감추지 못했다.

"달밤에 체조하는 것도 아니고 갑자기 왜 저래?"

"헉헉, 저도 몰라요."

류센은 여유롭게 민트를 쫓아갔지만 티엔은 숨이 턱까지 찼다. 류센이 전력으로 달린다면 고양이 한 마리 정도 잡는 것이야 어려운 일이 아니지만 갑작스런 민트의 행동이 수상쩍어 뒤를 쫓아보기로 했다.

민트는 여전히 달렸다. 류센이 가만히 주변을 살펴보니 영주성 지하로 내려가고 있었다. 점점 의구심이 깊어져만 갔다. 대체 무엇이 있기에 저리 달려가는 건지 알 수가 없었다.

"멈춰라!"

갑자기 민트의 앞쪽에서 소리가 들려왔다. 병사들이었다. 창을 꼬나 쥐고 민트를 제지했다. 병사들이 가로막자 민트는 급히 멈춰 섰다. 다른 길로 빠지려 하지 않고 그 앞에서 낑낑거렸다. 민트의 눈은 병사들 뒤편에 있는 문을 향해 있었다.

"응? 넌 민트잖아."

문을 좌우로 막고 있는 두 명의 병사는 기겁했다. 페로스 후작이 찾아 헤매던 묘인족이 나타났기 때문이다. 놀란 표정도 잠시, 곧 희희낙락하며 민트에게 다가갔다. 자신들이 잡기만 하면 상당한 포상을 기대할 수 있었다.

"잠깐 멈춰."

티엔과 보조를 맞추느라 뒤늦게 도착한 류센이 말했다. 병사들은 처음에는 류센이 누군지 몰라 고개를 갸웃거리다가 이내 류센을 알아차리곤 급히 허리를 숙였다.

"와, 왕자님을 뵙습니다."

"밤중에 수고가 많군."

"아, 아닙니다."

가볍게 치하한 류센이 민트를 보았다. 민트의 눈이 병사 뒤편에 있는 문을 향하고 있다는 걸 깨닫고 병사들에게 물었다.

"당신들이 지키고 있는 문은 무엇인가?"

"이, 이거 말씀이십니까?"

병사들의 얼굴이 순식간에 사색이 되었다. 이 문은 지하로 통하는 입구였다. 그리고 지하에는 페로스 후작이 데리고 있는 노예들이 있었다. 문을 지키는 병사들은 후작의 비밀을 알고 있는 몇 안 되는 인물들이었다.

병사 한 명이 표정을 수습하고 앞으로 나와 말했다.

"여긴 영주님의 재산을 모아둔 창고지요. 비싼 보물들이 많으니 저희가 지켜야 하는 게 당연하지 않겠습니까?"

태연한 음성으로 말하는 병사. 그의 말은 충분히 설득력이 있었다. 류셴과 티엔 역시도 자연스런 병사의 태도에 고개를 끄덕였다. 류셴이 민트를 데리고 돌아가기 위해 다가갔다.

"이 고양이가 별것도 아닌 걸 가지고 사람 고생시키네."

"캬앙!"

류셴이 투덜거리며 민트를 잡으려는 순간, 민트가 류셴의 손을 피하며 병사들에게 달려갔다. 당황한 병사들이 막으려고 했지만 그들의 틈을 교묘히 비집고 들어가 문 앞에 도착했다. 하지만 고양이 손으로 문고리를 돌릴 수가 없자 마냥 손톱으로 문을 긁어댔다.

"이 묘인족 아가씨가 왜 이러지?"

병사들이 당황한 표정으로 류셴의 눈치를 살피며 민트를 잡으려고 했다. 류셴 역시 이상하긴 마찬가지. 티엔도 의아한 듯 고개를 갸웃거렸다.

"묘인족이 보석을 좋아하나요?"

그럴 수도 있겠지만 그렇다 해도 저건 너무 심한 행동이었다. 류셴은 결국 마음을 굳힌 듯 병사들에게 말했다.

"문을 열어라."

"네? 하, 하지만 왕자님, 여기는 영주님의 보물 창고인데 허락도 없이 함부로 열 수가 없습니다."

아무리 류셴이 왕자라 하더라도 귀족의 재산을 함부로 구

경할 순 없었다. 하지만 류센은 자신의 결심을 번복할 생각이
없었다.

"책임은 내가 진다. 명령이다. 문을 열어라."

류센은 단호한 어조로 명령했다. 병사들은 서로 눈치를 보
며 우물쭈물할 뿐 문을 열지 못했다. 페로스 후작이 아는 날
에는 목이 달아날 수 있었기 때문이다. 그러한 병사들의 모습
은 수상쩍어 보일 뿐이었다.

류센이 허리에 찬 검을 뽑아 들자, 그제야 병사들은 허겁지
겁 문을 열었다.

문이 열리자 민트는 재빨리 계단을 내려갔다. 류센 역시 따
라 들어갔다.

"이건 뭐야?"

계단을 내려온 류센은 자신의 눈을 의심했다. 굵은 창살에
촘촘히 박혀 있는 거대한 감옥이 보였고, 그 안에는 전라의
여자 수십 명이 갇혀 있었다. 초췌한 몰골의 여자들로 팔다리
에는 무거운 족쇄가 채워져 있었다.

"민트!"

뾰족한 여성의 음성. 티엔이 아니었다. 감옥 안에 있던 여
자가 창살 사이로 민트를 어루만지고 있었다. 류센은 병사들
을 가만히 쳐다보았다.

죽을상을 하고 있던 병사들은 기겁하며 그대로 무릎을 꿇

고 소리쳤다.

　"살려주십시오! 영주님이 시켜서 한 것밖에 없습니다!"

　"페로스 후작이 시켜? 그래, 그건 그렇다 치고, 너흰 다 알고 있었는데 나한테 거짓말을 한 거냐? 감히 나 류센에게 거짓을 고했단 말이냐?!"

　"사, 살려주십시오!"

　"황족 능멸은 사형이다."

　류센이 비릿한 미소를 지으며 판결을 내렸다. 병사들은 사색이 된 채 빌고 또 빌었다. 류센은 그들에게 다가가 조용히 말했다.

　"페로스 후작에 대해 거짓없이 말해라. 그리고 증인이 되어준다면 목숨 정도는 살려주지."

　"아, 알겠습니다."

　류센의 제의에 병사들은 안도하며 페로스 후작이 저질러온 불법 사업들을 낱낱이 고하기 시작했다. 병사들의 얘기가 계속될수록 점점 인상이 험악해지는 류센. 티엔의 목소리에 고개를 돌렸을 때는 악귀처럼 변해 있었다.

　"류센님, 저 여자들을 풀어… 헉!"

　자신도 모르게 뒷걸음질치는 티엔. 다행히 그 모습을 본 류센은 겨우 정신을 차리고 표정을 수습할 수 있었다. 다시금 병사들에게 고개를 돌려 말했다.

"열쇠는 어디 있나?"

"그건 영주님이 가지고 있습니다."

"그딴 놈에게 님 자를 붙이지 마라!"

류센은 호통을 친 뒤 감옥으로 걸어갔다. 여전히 민트를 만지고 있는 여자는 류센이 다가오자 질겁하며 손으로 몸을 가렸다. 중요한 곳만 아슬아슬하게 가린 터라 오히려 색정적인 느낌이었다.

평소 같으면 침을 흘리며 게슴츠레 쳐다봤을 테지만 극도로 분노한 류센은 그녀를 거들떠보지도 않았다.

"인간이 인간을 사고팔다니……."

검을 높이 들어 올리며 중얼거리는 류센. 노예 제도가 있다는 건 알았지만 다 옛날 애긴 줄 알았다. 한데 제국 내에서 직접 보게 되자 화를 참을 수가 없었다.

지이잉.

류센의 분노에 힘입어 검에서 오러가 번쩍였다. 두꺼운 강철이라도 단번에 자를 수가 있는 오러. 그대로 휘둘러 창살을 잘라 버렸다.

"페로스 후작! 죗값을 톡톡히 치르게 해주마!"

류센은 전라의 여자들은 살펴보지도 않고 그대로 계단을 향해 달려갔다. 티엔이 뒤에서 뭐라 소리쳤지만 귀에 들어오지 않았다. 류센은 발끝에 마나를 한껏 넣으며 전력으로 달려갔다. 그 속도는 빛처럼 빨랐다.

콰앙!

잠시 후 페로스 후작의 집무실을 발로 걷어찬 류센. 집사와 대화를 나누고 있던 페로스 후작이 보였다. 류센은 놀란 표정이 완연한 그에게 성큼성큼 다가갔다.

"왜, 왜 이러십니까, 왕자님?"

살인이라도 할 것 같은 류센의 눈빛에 두려움을 느낀 페로스 후작은 식은땀을 흘리고 있었다.

"왜 이러십니까? 몰라서 물어, 이 썩어빠진 돼지새끼야?!"

류센은 페로스 후작을 번쩍 들어 바닥에 내동댕이쳤다. 단칼에 그의 목을 베어버리려다가 생각을 바꿨다. 검을 내려놓고 주먹과 발로 마구 짓밟았다.

퍼퍼퍼퍽!

분노가 극에 달한 류센은 일방적으로 페로스 후작을 구타했다. 페로스 후작은 몸을 잔뜩 웅크린 채 여전히 모르쇠로 일관했다.

"왕자님, 왜 이러십니까? 제가 무슨 죄를 지었다고 이러십니까?"

"이 새끼가 아직도 정신을 못 차리네! 지하에 감금된 여자들을 설마 모른다고 하진 않겠지?"

"……!"

　페로스 후작은 눈을 질끈 감았다. 예상은 했지만 아니길 바랐다. 이제 자신은 모든 것이 끝났다. 그동안 쌓아놓았던 부귀영화가 산산이 흩어질 것이고 목숨마저 잃게 될 것이다. 다른 이도 아닌 제국의 왕자에게 발각됐으니 재고할 여지조차 없이 사형이었다.

　류센은 페로스 후작이 아무런 말도 하지 못하자 콧방귀를 뀌며 다시 주먹을 들어 올렸다. 페로스 후작의 모습을 보니 이종족들의 분노가 이해되었다. 이런 쓰레기들을 단칼에 죽이는 건 오히려 축복이었다. 극한의 고통을 맛보게 한 뒤 서서히 죽일 결심으로 급소를 골라서만 주먹을 꽂았다.

　흠칫!

　페로스 후작을 폭행하던 류센은 어느 순간 등줄기가 오싹한 느낌에 무조건 앞으로 몸을 굴렸다.

　슈각!

　"크악!"

　피한다고 몸을 굴렸지만 이미 늦었다. 섬뜩한 쇠붙이가 등을 쓸고 지나간 후였다. 다행이라면 재빨리 피한 덕분에 뼈는 상하지 않았다는 것이다. 그러나 피부를 가른 탓에 등은 피로 축축해졌다.

　"안 되지요, 왕자님. 저희 주인님을 함부로 때리시다니, 아무리 왕자님이라 해도 곤란합니다."

"크윽! 네놈은……."

귓가에 파고드는 비아냥거림에 류센은 고통을 참으며 고개를 돌렸다. 그곳에는 집사가 태연한 표정으로 서 있었다.

"제 소개가 늦었군요. 저는 폰파인 성의 집사 베라크 남작입니다. 그리고… 블러디 문(Bloody Moon)의 대장 직책도 겸하고 있습니다."

살짝 올라간 입꼬리가 섬뜩했다. 베라크 남작의 진정한 정체는 대륙 3대 암살 길드 중 하나인 블러디 문의 수장이었다. 블랙 엔젤, 새도우 나이트 길드와 함께 최고의 어쌔신 길드로 통하고 있었다.

페로스 후작은 영주가 된 후 불법 사업에 무력을 행사해 줄 실력자가 필요했다. 데리고 온 기사나 병사들은 쓸모가 없었다. 그들을 이용했다간 황실의 귀에 들어가는 건 시간문제였기 때문이다. 그래서 블러디 문 길드와 계약을 맺게 되었다.

사업을 확장하는 중 일어나는 온갖 방해물은 블러디 문에서 해결해 주었다.

그들의 능력을 신임한 페로스 후작은 길드장인 베라크를 옆에 두었다. 영주 직권으로 남작까지는 작위를 내릴 수 있었기에 베라크는 쉽게 집사가 될 수 있었다.

"크으으… 고맙군, 베라크."

"아닙니다, 후작님. 미리 최악의 상황을 대비한 덕이지요."

페로스 후작과 베라크 남작은 민트가 류센의 곁에 있는 것을 보고 이런 상황을 염두에 두고 있었다. 조용히 넘어가길 바랐지만 이렇게 된 거, 어쩔 수가 없었다.

"네놈들, 감히 제국의 왕자인 나를 죽이겠다는 거냐?!"

"못할 것도 없지요."

천연덕스럽게 대답하는 베라크 남작. 류센은 기가 막혔다. 이건 반역이었다. 제국 역사상 단 한 번도 없었던 반역이 지금 눈앞에서 벌어지고 있었다.

"후후, 어이가 없군. 고작 어쌔신 하나 믿고 이런 짓을 벌였단 말이냐, 페로스 후작?"

류센은 등의 고통도 잊은 채 실소를 흘렸다. 고작 어쌔신 하나를 믿고 제국에 반기를 든 페로스 후작의 선택이 우스웠다. 하지만 베라크 남작은 고개를 흔들며 말했다.

"하나가 아니지요."

베라크 남작이 손가락을 부딪치며 소리를 내자, 수많은 그림자가 천장에서 떨어져 내렸다. 온통 검은색에 눈동자만 빠끔히 나온 복장. 전형적인 어쌔신의 모습이었다. 그 수는 족히 일백 명은 되어 보였다.

"왕자님, 어떻습니까? 하나하나가 모두 최고의 어쌔신들입니다."

"그렇군. 강해 보여. 하지만 난 여전히 이해할 수 없는데?

지금 당장 날 죽이는 건 가능할지 몰라도 뒷일은 어찌 감당하려고?”

류센의 말은 틀린 점이 없었다. 류센을 죽이는 건 가능해도 그 뒤에 제국의 분노를 어찌 감당할 속셈인가. 모르긴 해도 어쨰신 백 명쯤은 한 시간도 안 걸려 전멸하고 말 것이다.

그러나 베라크 남작은 오히려 비릿한 미소를 지었다. 그 모습에 고개를 갸우뚱거리는 류센을 보며 베라크는 어깨를 으쓱거리며 말했다.

“왕자님, 큰 사업을 하다 보면 이 나라 저 나라에 거래처가 있는 법입니다. 그리고 저희는 왕자님을 죽일 생각이 없습니다.”

“…설마?”

베라크 남작의 말을 잠시 생각해 보던 류센은 곧 대경실색했다. 페로스 후작은 이미 다른 나라와 거래를 하고 있었다. 오래전에 제국을 배신했다는 소리다. 그리고 자신은 죽이지 않고 인질로 데려갈 속셈인 것이다.

“후후, 이제야 아셨습니까, 왕자님?”

“크으, 페로스 후작 네 이놈! 인류를 저버린 죄를 저지른 것도 모자라 이젠 자신을 낳아준 나라까지 배신해?! 네놈을 죽이지 못하면 내가 이 나라 왕자가 아니다!”

류센은 원래 나라에 대한 충성심 같은 건 없었다. 하지만 황제부터 시작해 귀족 중에는 나쁜 인간이 없었다. 근면 성실한 황제와 청렴결백한 귀족들. 여행을 다니며 본 지방의 영주들도 모두 충성심이 높았다. 덕분에 대부분 백성들은 평안한 생활을 할 수 있었다. 그래서 이 나라가 좋았다. 크라이드 제국의 왕자라는 것에 자부심을 느꼈다.

그래서 페로스 후작의 반인륜적인 모습은 류센에게 커다란 분노를 안겨주기 충분했다.

머리꼭대기까지 치솟은 분노에 류센은 고통도 잊은 채 페로스 후작을 향해 달려갔다. 단숨에 검을 뽑아 그대로 찔러갔다. 하지만 베라크 남작이 가만있을 리 만무했다. 페로스 후작 앞에 당당히 서서 류센의 공격을 받아넘겼다.

챙챙챙!

"크윽!"

류센이 오만상을 찌푸렸다. 검끼리 부딪칠 때마다 등의 상처가 더욱더 큰 고통을 주었다. 제대로 지혈도 하지 않은 터라 싸움이 격해질수록 상처는 벌어져만 갔다.

"후후, 포기하시지요, 왕자님. 제가 편안하게 모셔 드리겠습니다."

베라크 남작이 조롱 섞인 음성으로 말했다. 자신이 제대로 실력 발휘를 한다면 류센을 죽이는 건 어려운 일이 아니었다. 하지만 방패막이가 되어줄 인질을 죽일 수는 없었다. 적당히 공격을 막으며 류센의 체력을 떨어뜨릴 심산이었다.

　베라크 남작의 음흉한 계획은 틀리지 않았다. 류센은 점점 호흡이 거칠어져 갔다. 손아귀의 힘도 빠져 검이 무거웠다. 두 눈동자마저 점점 암울해져만 갔다.

　콰앙!

　그때 갑자기 폭음이 울렸다. 덜렁거리던 문짝이 아예 박살이 났다. 난데없는 소란에 잠시 싸움을 중단한 류센과 베라크 남작. 두 사람은 소리가 들린 방향으로 고개를 돌렸다. 그리고 류센은 기쁨에 찬 표정을, 베라크 남작은 혀를 차며 눈살을 찌푸렸다.

　"락크!"

　거대한 바스타드 소드를 어깨에 걸친 락크가 만면에 미소를 띤 채 류센을 바라보고 있었다. 마치 '나 잘했지? 라고 말하는 것 같았다. 락크의 커다란 덩치를 비집고 레시아와 티엔도 모습을 드러내었다.

　"어떻게 알고 오셨나요?"

　류센이 레시아를 보며 물었다. 그러자 레시아가 락크를 힐끔 바라보았다. 락크가 허리를 숙이더니 바닥에 있는 무언가를 베라크 남작에게 던졌다. 레시아가 말했다.

　"선물 잘 받았습니다."

　"멍청한 놈!"

베라크 남작은 자신의 발치에 떨어진 어쌔신 부하를 보며 투덜거렸다. 묘인족 소녀 민트를 데려오기 위해 보냈던 어쌔신이 도리어 제압되어 나타났다. 하지만 아직 이해되지 않는 것이 있었다. 그 궁금증을 해결하기 위해 베라크 남작이 입을 열었다.

"어떻게 여기로 바로 올 수 있었지? 내 부하는 고문 같은 것에 쉽게 자백할 놈이 아닌데……."

"티엔이 가르쳐 줬지요. 그리고 지하에 갇혔던 여자들은 모두 밖으로 나왔습니다. 아마 곧 기사들이 나타날 거예요. 그만 포기하세요."

레시아의 설명에 티엔이 쑥스러운 미소를 보였다. 그녀는 류센이 뛰쳐나가자마자 레시아에게 달려가 상황을 설명했다. 그 후 같이 영주 집무실로 오던 중 민트를 잡으려던 어쌔신을 발견해 제압한 후 끌고 온 것이다.

류센은 몰래 엄지손가락을 치켜 보이며 칭찬해 준 후 베라크 남작을 보고 소리쳤다.

"자, 들었지? 기사들이 몰려온단다. 이젠 포기하시지?"

이곳 폰파인 영지에는 서부의 수도답게 수많은 기사들이 상주하고 있었다. 전쟁 지역이 아닌지라 오러를 발출할 정도의 실력자는 몇 명 없지만 그래도 기사 작위는 폼으로 있는 것이 아니었다. 어쌔신이 백 명이 된다 해도 정면대결을 펼치면 충분히 승산이 있었다.

"정말 귀찮게 하는군. 페로스 후작님, 이쯤에서 물러나야 겠습니다."

"류센 왕자는?"

"일단 도망가는 게 급선무입니다. 어차피 우리가 어느 나라로 도망갔는지 어떻게 알겠습니까?"

"제길! 할 수 없군."

페로스 후작은 투덜거리며 벽장 뒤에 숨겨둔 비밀 금고에서 중요 서류를 끄집어내었다. 류센은 그 모습을 보고 소리쳤다.

"이놈! 쉽게 도망가게 놔둘 줄 아느냐?!"

"어쌔신은 도망치는 능력도 뛰어나지."

베라크 남작은 여전히 여유로운 표정으로 중얼거렸다. 발끈한 류센이 덤벼들려고 했지만 레시아가 말렸다.

"기다리세요. 무슨 함정이 있을지도 몰라요. 지금 기사들과 병사들이 오고 있으니까 그들과 함께 싸우도록 하지요."

엘프족은 귀가 아주 좋았다. 레시아의 귀에는 일단의 무리가 계단을 급히 뛰어오는 소리가 들렸다. 아무튼 류센은 일리가 있는 말인지라 간신히 화를 억눌렀다.

페로스 후작이 서류와 귀중품을 챙기는 소리만 가득한 장내. 류센은 눈을 번뜩이며 지켜보았고, 베라크 남작은 태연한 표정을 고수했다.

"다 챙겼네. 근데 류센 왕자는 정말 필요없겠는가?"

"후후, 저한테 다 생각이 있습니다."

최악의 상황을 대비해 류센을 인질로 잡고 있으면 목숨이 하나 더 생기는 것과 마찬가지였다. 아무리 대단한 제국의 기사라도 왕자의 목숨을 함부로 버리지는 않을 터. 베라크 남작이 무슨 생각을 하는지는 몰라도 페로스 후작은 일단 믿을 수밖에 없었다. 지금은 그저 하자는 대로 하는 수밖에 없었다.

타타타탁!

바닥을 차는 소리가 시끄럽게 들렸다. 곧이어 얼굴이 땀범벅인 기사들과 병사들이 도착했다. 그들 사이로 갑주를 잘 차려입은 한 명의 기사가 앞으로 나왔다.

"영주님! 정말 사실입니까?"

나선 인물은 류센과도 안면이 있는 알카트였다. 앞뒤 다 잘라먹은 말이지만 여기 있는 사람들은 모두 무슨 뜻인지 알 수 있었다.

"그래, 너희들이 본 것이 맞다."

"어떻게 그럴 수가……!"

페로스 후작이 순순히 시인하자 알카트를 비롯해 기사와 병사들은 충격에 빠진 모습이었다. 그들은 여기까지 달려오면서도 반신반의했다.

페로스 후작은 폭정을 일삼던 영주가 아니었다. 좋은 영주라 말할 수는 없지만 나라에 세금도 충실히 내고 기사들에게도 적당한 대우를 해주었다. 가끔씩 재물도 풀어 백성들에게 나눠주던, 나름대로 괜찮은 영주였다.

자신들이 모시던 영주가 그런 패륜적인 일을 저질렀다는 사실에 모두 배신감을 느낄 수밖에 없었다. 류센이 알카트에게 다가가 자신의 등을 보여주며 말했다.

"페로스는 대륙 3대 어쌔신 길드 중 블러디 문과 손을 잡았다. 따지러 온 나를 공격해 이 모양으로 만들어놓았다."

배신감에 치를 떨던 그들은 서서히 분노하기 시작했다. 특히 기사 급 인물들은 부상을 입은 류센을 보고 극도로 분노했다.

기사들은 어려서부터 오로지 황족에게만 충성을 하도록 교육받았다. 고통에 힘겨워하는 류센의 모습은 망설이던 그들에게 확신을 심어주었다.

"페로스 이 더러운 놈! 죄없는 사람들을 노예로 팔아먹으려는 짓도 죽을죄인데 감히 왕자님의 몸에 상처를 입히다니, 이건 반역이다!"

알카트가 흥분된 어조로 소리쳤다. 다른 이들도 경멸 어린 눈빛으로 페로스 후작을 바라보았다.

"자, 이제 어쩔 거지?"

레시아에게 자신의 등을 맡긴 채 류센이 말했다. 자신의 상처를 치료하는 레시아의 부드러운 손길과 곧 절망할 페로스 후작을 보니 상쾌한 기분이 들었다.

하지만 베라크 남작은 긴장감이라곤 전혀 없는 자연스러운 어조로 말했다.

"후후, 류센 왕자. 이미 끝난 게임이다 생각하는 모양이군."

"왜? 마지막 발악이라도 해보게?"

"후후, 이제부터 우리가 왜 3대 길드에 속하는지 보여주지."

베라크 남작은 이죽거리며 페로스 후작을 번쩍 들었다. 도망치려 한다는 걸 안 페로스 후작은 베라크 남작의 어깨를 꽉 잡았다.

자신의 어깨를 단단하게 붙잡을 걸 확인한 베라크 남작은 창문을 향해 뛰며 소리쳤다.

"하하핫! 잡고 싶으면 어디 한번 쫓아와 보시지!"

와장창!

베라크 남작이 창문을 깨는 것과 동시에 방 안을 가득 메웠던 백 명의 어쌔신들 역시 다른 창문을 깨고 탈출했다. 그 모습을 본 류센이 기겁하여 소리쳤다.

"저런 미친! 여긴 8층이란 말이다!"

영주의 집무실은 꽤나 높은 곳에 위치하고 있었다. 지상으로부터 수십 미터의 높이였다. 이곳에서 떨어진다면 사망이 확실시되었다. 물론 실력자라면 죽진 않겠지만 최소 팔다리 하나쯤은 부러질 각오가 되어야 했다.

류센이 급히 창문으로 다가가 아래를 내려다보았다. 그러나 아직 어둑한 밤 시간이고 어쌔신들은 모두 검은 복장인지라 바닥이 자세히 보이지 않았다.

"내려간다!"

류센은 소리치며 몸을 돌렸다. 어쌔신들과 같이 창문을 뛰어내리는 게 아니라 계단으로 향해 열심히 발을 놀렸다. 다른 사람들도 허겁지겁 계단을 내려가기 시작했다.

"일이 틀어졌으니 자살이라도 하겠다는 거야 뭐야?"

잠깐 그런 생각이 들었지만 곧 고개를 가로저었다. 자신만만한 베라크 남작의 모습은 자살자로 보이지가 않았다. 하지만 아무리 생각해 봐도 이런 위험천만한 행동을 할 이유를 알 수가 없었다.

후다닥 지상으로 내려온 류센 일행. 그리고 입을 쩍 벌린 채 경악을 금치 못했다.

없었다. 단 한 명의 어쌔신도 보이지 않았다. 주변을 이리저리 살펴보아도 시체는커녕 핏자국조차 보이지 않았다. 도무지 믿을 수 없는 상황에 류센은 방방 뛰며 찾으라고 소리쳤다.

다른 사람들도 믿기 힘든 건 마찬가지인지라 여기저기 돌아다니며 수색에 나섰다.

"어? 저게 뭐지?"

주변을 살피던 락크의 눈에 이상한 것이 보였다. 근처에 있던 류센이 다가가 물었다.

"뭐야? 뭐 찾았어?"

"아니, 저기 위에 이상한 게 보여서……."

락크가 손가락으로 하늘을 가리켰다. 류센이 눈을 돌려 살펴보았지만 둥그런 달만 떠 있을 뿐 특별한 것은 보이지 않았다.

"뭐가 있다는 거야?"

"자세히 좀 봐봐. 뭔가 반짝거렸단 말이야."

답답하다는 듯 락크가 다시 하늘을 가리켰다. 류센이 고개를 갸웃거리며 다시금 눈에 힘을 주어 살폈다. 그 순간 무언가 반짝거리는 것이 보였다. 달빛도 아니고 별빛도 아니었다.

"너 이대로 가만있어 봐."

류센은 락크의 어깨를 밟고 올라갔다. 그리고 손을 뻗어 뭔가 잡으려는 시늉을 하였다.

"어? 이게 뭐지?"

손끝에 무언가가 걸렸다. 실처럼 얇지만 쇠처럼 단단한 느낌을 주는 물체였다. 끌어당겨도 어딘가에 걸린 듯 움직이지 않았다. 레시아를 불러 보여주었다.

"이건 미스릴 실이군요."

"미스릴 실?"

"네, 구하기 굉장히 어려운 물건인데 이런 곳에서 보다니……."

류센은 그제야 어쌔신의 모습이 보이지 않는 이유를 알아차릴 수 있었다. 미스릴이란 물건은 이 세상에서 가장 단단한 물질이다. 가느다란 실로 만들었다 해도 성인 여러 명의 무게는 충분히 감당할 정도로 질기고 단단했다. 베라크 남작을 비롯한 어쌔신들은 공중에서 이것을 밟고 땅으로 내려왔을 것이다.

"이런 젠장! 이동 마법진이다!"

베라크 남작의 의도를 알아챈 류센이 소리쳤다. 도주 방법은 여러 가지 있지만 가장 간편하고 쉬운 것은 이동 마법이다. 이곳에 설치한 이동 마법진을 이용하면 간단하게 빠져나갈 수 있었다.

류센은 이동 마법진이 설치된 장소로 몸을 날렸다. 다른 기사들과 병사들도 류센의 뒤를 급히 따라갔다.

앞뒤 재지도 않고 달려가는 류센. 하지만 곧 멈출 수밖에 없었다.

슈확!

눈앞에 단검 한 자루가 허공을 꿰뚫으며 지나갔다. 한 걸음만 더 앞으로 갔으면 머리가 박살났을 상황. 자신도 모르게 한 방울 식은땀을 흘렸다.

"뭐, 뭐야?"

운 좋게 목숨을 구한 류센이 더듬거렸다. 어디서 나타난 단검인가. 하지만 침착하게 상황을 살필 겨를이 없었다.

푸욱! 푸욱!

"크아악!"

살갖을 뚫는 섬뜩한 음향과 동시에 비명 소리가 밤하늘을 뒤덮었다. 놀란 류센이 뒤를 돌아보자 따라오던 기사와 병사들이 쓰러지고 있었다. 그들도 역시 어디서 단검이 날아오는지 몰라 허둥거리고 있었다. 그리고 그 사이로 요사스런 단검이 계속 날아오고 있었다.

"빌어먹을 어쌔신……."

류센은 도망쳤던 어쌔신 무리라고 생각했다. 어둠 속에 숨어 공격을 즐기는 부류는 어쌔신밖에 없었다.

"모두 흩어져! 엄폐물을 찾아 몸을 숨겨라!"

류센은 목이 터져라 소리를 질렀다. 순식간에 무려 백 명 가깝게 죽었다. 어쌔신들은 모두 하나같이 실력자들인지라 단검 하나에 한 명씩 죽어갔다. 류센을 비롯해 몇몇 기사들만 간신히 막거나 피했을 뿐 다른 사람들은 모두 바닥에 몸을 뉘일 수밖에 없었다.

류센의 명령에 모두들 급히 엄폐물을 찾아 몸을 숨겼다. 담벼락이나 집 같은 곳에 몸을 숨겨 더 이상의 희생자는 나오지 않았다. 류센의 어둠 속을 바라보며 어쌔신의 위치를 찾기 위해 애를 썼다. 하지만 그건 쉬운 일이 아니었다. 완벽하게 어둠과 동화된 어쌔신을 찾기란 사막에서 바늘 찾기나 마찬가지였기 때문이다.

류센이 머리를 굴리는 와중에도 어쌔신들은 계속 움직였다. 단검 공격이 소용없게 되자 어둠에서 슬며시 나와 숨어 있는 병사나 기사들에게 몰래 다가갔다.

극도로 긴장한 기사들과 병사들은 자신의 등 뒤에서 어쌔신이 다가온 줄도 모르고 다른 곳만 뚫어져라 바라보고 있었다.

"크악!"

"으아악!"

여기저기에서 비명 소리가 난무했다. 어쌔신들은 상대를 죽인 후 바로 몸을 숨기고 상황을 살핀 뒤 다음 목표물을 노렸다. 아무것도 보이지 않는 캄캄한 어둠 속에서 비명 소리만 들리자 기사들과 병사들은 공포에 떨기 시작했다.

"젠장! 어떡하지?"

류센은 속만 탈 뿐 위기를 타개할 방법을 생각하지 못했다. 어째신이 한두 명이면 어떻게 해보겠는데 무려 백 명이나 되는 어째신들이 사방에서 활개를 치자 함부로 몸을 움직일 수가 없었다.

"제가 마법으로 주변을 밝혀보죠."

레시아가 말하고는 정신을 집중해 주문을 외웠다.

"라이트!"

1서클 빛의 주문인 라이트 마법. 레시아는 마나를 가득 집어넣어 일반적인 라이트의 크기를 능가하는 특대 라이트를 만들어 허공에 띄웠다. 주변이 대낮처럼 환해지자 상황은 금세 반전되었다. 어째신의 모습이 보이자 용기백배한 기사들과 병사들이 대응하기 시작했다. 정면 대결에서는 아무래도 어째신들이 약했다. 몇 명의 어째신이 비명도 없이 죽어갔다.

"좋아! 이대로 무찌르자!"

류센도 호기롭게 소리치며 주변에서 허둥거리던 어째신의 목을 잘라 버렸다. 쉽게 사람을 죽일 수 없는 류센이었지만 이들은 사람으로 보이지가 않았다.

어째신들과의 전투에서 승기를 잡을 무렵, 퍽 하는 소리와 함께 라이트가 깨져 버렸다. 다시 주변은 어둠에 휩싸였다.

"응? 어떻게 된 거지? 레시아님, 라이트가 꺼졌는데요?"

"꺼진 게 아니고 깨진 겁니다. 누군가 강력한 힘으로 구체를 박살 내버렸어요."

"그럼 다시……."

"다시 만들어도 또 깨질 거예요."

"도대체 누가 그런 짓을 했죠?"

"아마도 베라크 남작이란 인간이 그랬겠죠."

비록 1서클 마법이지만 레시아가 자신의 마나를 몽땅 퍼부어 만든 라이트였다. 그걸 강제로 깨려면 레시아보다 더한 마력을 가진 이가 아니고서는 불가능했다. 결국 그만한 실력자는 베라크 남작밖에 없었다.

"끄응, 이제 어쩌지?"

"그래도 꽤 많은 수의 어쌔신을 잡았으니 그들도 움츠려 있을 거예요. 이제부턴 우리가 찾아보도록 하지요. 우리 실력이면 충분히 가능할 거예요."

레시아의 말처럼 상당수의 어쌔신이 죽었다. 정면대결에 약하고 수많은 기사와 병사들에 비해 백 명의 어쌔신은 그리 많은 숫자가 아니었다.

류센은 레시아의 의견을 받아들여 따로 떨어져 숨어 있는 어쌔신들을 찾아보기로 했다. 락크와 레시아는 혼자서도 제 몫을 해내겠지만 티엔은 위험했기에 류센은 근처 기사들이 모여 있는 곳으로 그녀를 데려다 놓았다.

"조심하세요."

"걱정 마. 언데드와도 싸웠는데 어쌔신 정도야 뭐."

걱정하는 티엔을 보면서 류센은 미소로써 화답해 주었다.

과연 티엔을 제외한 다른 일행의 실력은 남달랐다. 락크는 특유의 동물적인 감각에 의존하여 어쌔신을 때려잡고 있었다. 아무리 뛰어난 어쌔신이라도 상대를 죽이기 직전 작은 살기 정도는 흘린다. 락크는 그것을 놓치지 않고 아무것도 보이지 않는 곳에 바스타드 소드를 찔러 넣었다. 그러면 피 곤죽이 된 어쌔신이 나타나곤 했다.

레시아는 정령들을 불러냈다. 정령들에게 어쌔신의 인상 착의를 가르쳐 준 뒤 주변을 수색케 했다. 친화력이 없는 이상 보통 사람들 눈에는 보이지 않는 정령들. 어둠 속에 숨은 어쌔신이라 해도 마찬가지였다. 자신은 안전하다 생각했던 어쌔신들은 오히려 레시아에게 뒷덜미를 잡혀 죽음을 맞이했다.

류센이 가장 어렵게 어쌔신과 상대했다. 동물적인 감각도 정령도 없어 순전히 몸으로 때웠다. 어려서부터 혹독하게 훈련한 검술이 있었기에 위기에서도 목숨을 부지할 수 있었다.

"으윽!"

어쌔신 하나가 얕은 신음만 남긴 채 이승과 이별을 고했다. 그 모습을 지켜보던 류센은 땀을 닦으며 투덜거렸다.

"젠장, 별 실력도 없는 게 갑자기 나타나고 지랄이야. 깜짝 놀랐네.”

류센의 불만은 아주 컸다. 뒤에서 덮치는 건 기본이고 땅에서 불쑥 나타나질 않나, 벽인 줄 알았더니 위장한 어쌔신이 단검을 뽑아 들고 있기도 했다.

류센을 보호하겠다며 쫓아온 기사들이 아니었다면 벌써 죽었을지도 몰랐다. 실제로 싸우면 한 칼에 죽을 놈들이 숨어서 기습만 하자 짜증이 안 날 수가 없었다.

류센이 투덜거리고는 있지만 어쌔신들의 수색 작업은 순조로웠다. 락크와 레시아가 활약하고 몇몇 기사들과 병사들이 근처에서 나무판자를 가져와 곳곳에 횃불을 밝히자 더 이상 어쌔신들은 어둠 속에 숨을 수가 없었다.

곳곳에서 환호성이 전투의 승리를 예감하게 했다. 덕분에 류센의 짜증도 한결 누그러졌다.

“후후, 기쁜가 보군.”

“헉! 누, 누구냐?”

끈적한 음성에 류센은 온몸에서 소름이 돋았다. 기겁한 채 돌아보니 어느새 따라오던 기사들은 모두 바닥에 누워 있었다. 그리고 그들 사이로 오만하게 서 있는 사람. 베라크 남작이었다.

“어, 언제……?”

류센은 두려움을 느꼈다. 그도 그럴 것이, 자신의 바로 뒤를 쫓아오던 기사들이 소리없이 죽었기 때문이다. 베라크 남작이 마음만 먹었다면 이미 자신은 죽은 목숨이었을 것이다.

"나를 다른 어쌔신들과 동급으로 보지 말라고. 괜히 내가 대장 노릇 하는 건 아니지."

"흥! 어쨌든 이제 나타났으니 내 손으로 네놈의 목을 따주마."

"큭큭큭, 그 두려움이 가득한 눈동자는 뭐지? 이거 참, 웃기지도 않는군."

"크윽!"

류센이 나름 당당한 모습을 보이려고 했지만 이미 마음속으로 공포를 느낀 후였다. 노련한 베라크 남작이 그것을 놓치지 않았다.

"이봐! 여기 베라크……!"

류센은 도움을 요청할 요량으로 소리쳤지만 어느새 다가온 베라크 남작에게 제압당했다. 그야말로 눈 깜박할 사이에 끝나버렸다. 류센 역시 놀라 눈만 크게 떴다. 자신 역시 상당한 실력자인데 너무 쉽게 제압당해 버렸다. 이것을 보아 베라크 남작은 상상이상 엄청난 실력자라는 것을 알 수 있었다. 아무튼 베라크 남작은 한 손으로 류센의 입을 막고 남은 손으로 검을 류센의 가슴에 가져갔다. 조금이라도 허튼짓을 하면 죽이겠다는 무언의 행동이었다.

"후후, 계획은 성공했다. 류센 왕자만 잡으면 부하 녀석들은 아무래도 상관없지."

베라크 남작은 사악한 미소를 머금었다. 류센이 이동 마법진으로 쫓아오리라 예상했다. 함정을 설치하고 부하들을 매복시켰다. 어둠 속에서 어쌔신의 능력은 상상을 불허할 정도로 강했다. 쉽게 류센을 잡으리라 생각했지만, 상황은 반전되어 오히려 부하들이 당했다. 그러나 부하들의 희생은 상관없었다.

대신 류센을 잡았으니 베라크 남작은 손해 본 장사는 아니라고 생각했다. 보통 인물도 아닌 바로 대제국의 왕자였으니까.

하지만 세상엔 완벽한 계획이란 없는 법. 베라크 남작은 완벽하다 생각했겠지만 방해하는 인물이 있었다. 베라크 남작조차도 생각지 못한 의외의 인물이었다.

그 인물은 바로 티엔. 그녀는 류센이 걱정스러워 계속 지켜보고 있었다. 처음에는 어두워 잘 보이지 않았다. 하지만 포기하지 않고 류센이 가는 방향에 계속 눈길을 두었다. 그리고 군데군데 횃불이 밝혀지기 시작하자 류센의 모습을 찾을 수가 있었다. 너무 멀어 희미한 윤곽밖에 보이지 않았지만 기사들과 함께 있는 모습을 보고 안심할 수 있었다.

그러나 류센을 따라가던 기사들이 하나둘 쓰러지자 놀랄

수밖에 없었다.

　놀란 그녀는 호위하는 기사들을 뿌리치고 레시아에게 다가가 자신이 본 것을 말했다. 레시아 역시 크게 놀라며 기사들과 함께 류센을 구출하기 위해 나섰다.

　"이렇게 된 거죠."

　"음……."

　레시아가 설명을 마치자 베라크 남작은 침음성을 흘렸다. 어느새 사방팔방에 기사들과 병사들로 가득 찼다. 자신도 모르는 사이에 이미 포위된 것이다.

　락크와 레시아는 눈여겨보고 있었지만 티엔만은 예외였다. 자신에게 아무런 위험이 되지 않는다고 여겼기 때문이다. 하지만 이렇게 되니 뼈아픈 실책이 아닐 수가 없었다.

　베라크 남작이 자신의 실수라고 자책하지만 사실 티엔이 대단한 것이었다.

　언제 어쌔신이 뒤에서 나타나 칼을 휘두를지 모르는 상황에 다른 사람을 살필 겨를이 어디 있겠는가. 그저 자신의 몸을 지키기에 바빴다. 류센에게 애틋한 감정을 가지고 있는 티엔은 끝까지 눈을 떼지 않았기 때문에 류센의 위기를 볼 수 있었다.

　"상황이 역전됐군."

　베라크 남작의 손에 잡힌 류센이 비아냥거렸다. 어디에도 빠져나갈 구멍은 없었다. 류센의 비아냥거림에 인상을 찡그리던 베라크 남작은 곧 표정을 수습하였다.

"글쎄? 꼭 그렇지만은 않은걸. 이대로 왕자님과 함께 이동 마법진을 타면 끝나는 일 아닌가?"

"큭! 쉽게 보내줄 것 같으냐?!"

"이러면 보내줄 것 같은데?"

베라크 남작은 류센의 목에 검을 가져다 댔다. 그리고 다른 사람들이 허튼짓을 하지 못하도록 제자리에서 한 바퀴 돌며 류센의 모습을 보여주었다.

"저런 간악한 놈! 왕자님을 인질로 잡다니!"

"더러운 새끼, 네놈을 갈아 마시지 않으면 성을 간다!"

사방에서 욕설이 가득했다. 온갖 욕으로 베라크 남작의 행동을 비난했다.

하지만 움직일 순 없었다. 그걸 보고 베라크 남작은 비릿한 미소를 지었다.

"후후, 함부로 움직였다간 어떻게 되는지 알겠지? 자자, 길을 트라고."

사람들은 분기탱천했지만 어쩔 수가 없다는 듯 천천히 뒤로 물러섰다. 레시아도 락크와 티엔을 보며 물러서자고 말했다.

"그럼 류센님은요?"

티엔이 울먹거리며 말했다. 레시아가 다가와 말했다.

"걱정 마요. 곧 구해낼 수 있어요."

"어떻게요? 저러다 이동 마법진을 타고 가버리면 어떡해요?"

"그, 그건……."

레시아라고 뾰족한 수가 있을 리 없었다. 그저 티엔을 달래기 위한 말이었을 뿐이었다. 아무리 생각해도 도저히 방법이 없었다. 저렇게 바짝 밀착된 상황에서는 자신의 뛰어난 궁술로도 눈에 보이지 않는 정령술을 쓴다고 해도 만에 하나 베라크 남작이 눈치를 챈다면 류센의 목숨이 위험했다. 너무나 위험한 도박이었다.

"난 괜찮아! 어서 공격해서 이 자식을 죽여 버려!"

류센이 소리쳤다. 용감한 그의 행동에 다른 사람들은 모두 감동한 표정을 지었다. 왕자의 직위에도 아랑곳하지 않고 대의를 위해 희생하려는 류센의 모습을 본 그들은 더욱더 비분강개했다. 억울하고 분하지만 함부로 움직일 수는 없었다. 여기서 류센을 죽일 순 없다고 판단했기 때문이다. 그저 매서운 눈빛으로 베라크 남작의 일거수일투족을 지켜보았다.

'휴, 다행이군. 이쯤 했으면 체면은 차렸겠지?'

가만히 있는 사람들을 보며 류센은 몰래 안도의 한숨을 쉬었다. 사실 아직 죽고 싶은 마음은 눈곱만큼도 없었다. 아직도 자신은 숫총각이었다. 이대로 죽으면 억울해서라도 또다시 환생하고 말 것이다.

"크크크크, 크하하하! 하여간 너란 인간은 참 웃긴 놈이다. 크크크!"

갑자기 들려온 웃음소리에 사람들은 어리둥절했다. 베라크 남작 역시 어리둥절한 표정으로 주변을 두리번거렸다. 하지만 레시아의 얼굴은 화색을 띠었다. 아는 사람의 목소리였기 때문이다.

"발키리스님……."

레시아의 중얼거림에 티엔과 락크가 고개를 갸웃거렸다. 그러다 곧 류센의 머리 위에 나타난 인물을 보고 눈이 휘둥그레졌다.

"크크. 어이, 류센. 멋있는 척하면 재밌냐?"

류센의 머리 위에 나타난 발키리스는 여전히 웃음을 멈추지 않았다. 이미 류센이 안도하는 표정을 보았기 때문이다. 정말 류센이란 인간은 알면 알수록 '별난 인간'이라는 생각이 들었다.

"넌, 넌 뭐냐? 어디서 갑자기 나타난 거야?"

류센이 대답하기도 전에 기겁한 표정의 베라크 남작이 소리쳤다. 발키리스는 발로 그의 머리를 꾹 밟으며 말했다.

"인비지빌리티(Invisibility:투명 마법), 플라이(Fly)."

"마, 마법사?! 게다가 더블 스펠!"

베라크 남작은 경악을 금치 못했다. 마법사는 희귀한 족속들이다. 하지만 사업상 몇 번 만난 적은 있었다. 그러나 두 가지 마법을 동시에 쓸 수 있는 마법사는 본 적도 들은 적도 없었다.

"이익! 죽어랏!"

멀리 떨어져 있으면 마법사가 유리하겠지만 이처럼 가까이 붙어 있으면 전사가 유리하다. 이것은 불변의 원칙이며, 베라크 남작은 아무리 강한 마법사라도 자신의 검을 피할 수가 없으리라 생각했다. 상대가 순수 마법사라면 그의 판단은 옳았을 것이다.

"허억!"

검을 휘두르기도 전에 눈앞에 신발 밑창이 보인다. 발키리스는 그대로 발을 내질러 베라크 남작을 깔아뭉개 버렸다.

퍼억!

베라크 남작의 머리가 땅을 뚫고 들어갔다. 머리가 땅에 묻히고 다리가 하늘 높이 솟아올랐다. 류센이 질겁한 듯 중얼거렸다.

"흐미, 잔인해라."

"시끄러! 누구 때문에 내가 이런 짓을 하는 건데!"

"하하하! 농담, 농담! 발키리스, 하루 만에 보는 건데도 왜 이렇게 오랜만에 보는 것 같냐? 진짜 반갑다!"

류셴은 웃으며 발키리스를 껴안았다. 헤어진 지 겨우 하루가 지났을 뿐인데 느낌상으로는 몇 달은 지난 것 같았다. 그만큼 하루가 길게 느껴졌다는 뜻이다.

"아차, 이럴 때가 아니지. 여봐라! 당장 페로스 후작을 잡아오고 주변을 수색해 살아 있는 어쌔신을 몽땅 잡아오도록 하여라!"

"충!"

일이 어떻게 돌아가는지는 모르겠지만 기사들과 병사들은 희희낙락하며 뛰어갔다. 류셴이 안전하다는 사실만으로도 충분히 사기충천해졌다. 그들은 의기양양한 모습으로 수색에 열을 올렸다.

류셴이 명령을 내리는 사이 일행이 모두 모였다. 티엔과 레시아가 발키리스를 보며 함박웃음을 지었다.

"생각보다 빨리 오셨네요?"

반가운 가운데서도 레시아는 의아한 표정이었다. 하루가 지나고 이틀이 채 되지도 않은 짧은 시간에 드래곤 로드를 만나고 설득까지 했단 말인가.

발키리스가 고개를 끄덕였다. 자신감이 가득한 어조로 말했다.

"물론! 아무리 멀다 해도 나는 드래곤. 워프 한 번이면 끝이지. 그리고 로드와도 만나서 얘기가 잘됐다.”

“그럼?”

레시아의 얼굴이 환해졌다. 자신만만한 모습의 발키리스를 보고 기쁨을 주체하지 못했다. 기쁨을 주체하지 못한 나머지 큰 목소리로 말했다.

“드래곤! 드래곤족이 참여하기로 결정했습니까?!”

“후후, 당연하지!”

발키리스 역시 만면에 미소를 그린 채 손가락으로 브이 자를 그렸다.

레시아는 개구쟁이처럼 팔짝팔짝 뛰며 좋아했다. 정숙한 그녀에게서는 보기 힘든 장면이었다. 다른 사람들도 눈이 휘둥그레지며 놀라워했다. 레시아의 모습도 의외지만 그 대단한 드래곤들이 개입하기로 결정했다는 사실에 놀라움을 금치 못했다.

드래곤이 어떤 존재인가. 단 하나의 드래곤만으로도 나라 하나쯤은 간단하게 멸망시킬 수 있는 엄청난 존재이다. 그런 드래곤이 하나도 아니고 드래곤족 전체가 참여하게 되었으니 대단한 전력이 아닐 수 없었다.

일행 모두 기쁨에 젖어 즐거워하는 것도 무리가 아니었다. 류센 역시 레시아를 껴안으며 기뻐(?)하고 있었는데, 그때 방해하는 인물이 있었다.

“어? 민트 양.”

레시아가 류센을 팽개치고 달려갔다. 땅에 처박힌 류센이 투덜거리는 사이 일행은 모두 민트를 바라보고 있었다.

“어디 다친 덴 없니?”

티엔이 걱정스러운 듯 민트의 여기저기를 살폈다. 다행히 민트의 몸은 아무렇지도 않았다. 그저 야옹거리며 애교를 부릴 따름이었다. 정작 다른 사람이 고마움을 표하며 나왔다.

“민트를 구해주시고 저희를 구해주신 분들이죠? 정말 감사합니다.”

헐렁한 로브를 입은 아가씨가 나오며 말했다. 일행은 모두 고개를 갸웃거렸다. 처음 보는 여자였기 때문이다. 그 여자는 일행의 표정을 보고 이해한 듯 다시금 입을 열었다.

“저는 제시라고 해요. 아까 지하 감옥에서 류센 왕자님이 구해주신 덕분에 이렇게 나올 수 있었습니다. 다시 한 번 감사드립니다.”

“아!”

티엔이 기억난 듯 탄성을 흘렸다. 제시를 자세히 살펴보니 지하 감옥에서 민트가 창살 사이로 애교를 부리던 여자였다. 지금도 민트는 제시의 다리를 비비적거리며 친근감을 보여주고 있었다.

“감사할 필요 없습니다. 레이디께서 그런 고초를 겪은 것은 다 나라에서 잘못한 때문이지요. 오히려 제가 죄송하다는 말씀을 드리고 싶습니다.”

류센이 불쑥 나와 고개를 숙이며 말했다. 죄도 없는 사람이 노예로 팔려 갈 뻔했다. 페로스 후작의 짓이지만 그런 인간을 영주로 보낸 사람은 황제였다. 류센은 왕자로서 죄책감을 느꼈다.

“아니에요, 왕자님. 그러지 마세요.”

제시가 펄쩍 뛰며 손사래를 쳤다. 평민에 불과한 자신에게 왕자가 고개를 숙이니 당황스러워 허둥지둥했다.

“괜찮습니다. 아무튼 그간 고생하셨고, 적절한 보상금과 함께 고향으로 보내 드리겠습니다.”

류센은 자기가 할 수 있는 최선의 방법으로 제시를 위로해 주었다. 왕자의 호의에 감격한 제시가 눈물을 흘리며 고마워했다.

“흑흑, 감사해요. 드디어 집으로 돌아갈 수 있겠군요.”

어느 날 갑자기 잡혀와 지하 감옥에서 지낼 당시 얼마나 암울했던가. 고향으로 돌아가는 꿈만 여러 번 꿨다. 제시뿐만이 아니라 그녀의 동료 여자들 역시 기쁨의 눈물을 흘렸다.

류센이 안쓰럽게 그 모습을 지켜보다 눈을 반짝였다. 알카트가 다가오고 있었다.

“기사 알카트, 왕자님의 명에 따라 페로스 후작을 잡아왔습니다.”

페로스 후작의 행색은 추레했다. 일이 틀어졌다는 걸 알아 챈 후 더러운 옷으로 갈아입고 진흙을 얼굴에 묻혀 거지 행세를 하고 도망치려 했다. 나름 변장을 했지만 오랫동안 그를 지켜본 알카트의 눈을 피할 수는 없었다.

“수고했군. 제시 양과 다른 아가씨들, 잠깐 이쪽을 봐주세요.”

제시를 비롯해 여자들이 페로스 후작을 바라보았다. 그녀들의 눈동자는 원한에 서린 무서운 눈빛이었다. 류센이 말했다.

“복수하셔도 됩니다. 때려도 좋고 죽여도 좋고…….”

류센은 그렇게나마 여자들의 원한을 풀어주고 싶었다. 하지만 사람을 때려본 적이 없는 선량한 아가씨들이 갑자기 폭력을 행사할 순 없었다. 모두 눈치만 볼 뿐 움직이질 않았다. 그러는 와중에 제시가 용기를 내어 땅에 굴러다니는 돌멩이를 하나 들어 던졌다.

퍽!

제시가 던진 돌멩이가 페로스 후작의 이마에 맞았다. 페로스 후작은 비명을 질렀고, 이마에선 피가 줄줄 흘러내렸다. 아무튼 제시의 용기가 다른 여자들에게 전염이 된 듯 모두 돌멩이를 들어 마구 던졌다.

페로스 후작이 살려달라며 소리를 쳤지만 아무도 그녀들을 말리지 않았다.

한동안 돌세례는 계속됐고, 결국 페로스 후작은 기절해 버렸다. 그제야 멈추는 여자들. 제시가 후련한 표정으로 류센에게 고개를 숙였다.

"감사합니다."

"흠흠, 별말씀을……."

여자가 한이 맺히면 오뉴월에도 서리가 내린다더니 류센은 질린 표정을 숨기기에 바빴다. 그때 알카트가 다가와 말했다.

"페로스 후작은 어떻게 할까요? 감옥에 가둘까요?"

"무슨 소리를 하는 거야? 죽여!"

재판까지 갈 필요도 없었다. 상대는 고위 귀족이지만 이런 짓을 하고도 살아남을 순 없었다. 알카트는 무서운 표정의 류센을 보고 고개를 끄덕였다. 그는 페로스 후작을 데리고 뒤편으로 갔다. 곧 피칠을 한 알카트가 나오더니 병사들이 페로스 후작의 시체를 들고 사라졌다.

"대충 정리가 됐나?"

아까부터 조용히 있던 발키리스가 말했다. 인간들의 일에 드래곤인 자신이 끼어들고 싶지가 않아 지금껏 말을 아꼈다.

"뭐, 대충 끝난 것 같군."

류센은 피곤한 듯 미간을 꾹꾹 누르며 답했다. 근 이틀간 잠 한번 제대로 자본 적이 없다. 갑자기 나타난 언데드와 부패 귀족. 이틀 사이에 몇 번이나 죽을 고비를 넘겼다. 상급 익스퍼트 기사라도 피곤함을 느낄 정도였다.

"잠 좀 자둬. 이제부터가 시작이니까."

발키리스는 의미심장한 어조로 말했다. 류센은 잠시 그를 바라보다가 고개를 끄덕였다. 조만간 큰 전쟁이 일어날 것이다, 대륙 전체를 건 어마어마한 전쟁이.

Chapter 24
전쟁의 시작

드래곤은 다섯 가지 색깔로 종류를 구분한다. 레드, 블랙, 화이트, 블루, 그린. 이렇게 다섯 종류의 드래곤이 대륙에 존재한다. 원래는 실버족까지 있었는데 실버족은 오래전 마왕 강림 때 멸족하였다. 그래서 드래곤들은 언제나 마왕 강림을 두려워했다. 지상 최고의 생명체지만 마왕에게는 어린아이 수준에 불과했다.

그린 드래곤 가르타인은 현 최고령 드래곤이며 드래곤 로드이기도 했다.

대륙 남부의 광활한 수림(樹林) 지대에 그의 레어가 있었다. 지금 레어 안에는 여러 종족이 가득 메우고 있었다. 오크, 고블린, 오우거 같은 몬스터부터 시작해 엘프, 드워프, 인간이나 수인족 같은 몬스터와 적대하는 종족도 있었다.

이상하게도 서로 반목하는 종족들이 모였음에도 싸우지 않았다. 더욱이 이곳은 지상 최강의 종족 드래곤의 레어인데도 불구하고 드래곤은 보이지 않고 여러 종족만이 시끌벅적 시장판처럼 떠들고 있었다.

사실 이곳에 모인 여러 종족은 원래는 하나의 종족이었다. 바로 드래곤이 폴리모프를 한 모습이었기 때문이다.

"조용! 조용! 정숙하시오!"

노인 한 명이 나서더니 크게 소리쳤다. 모여 있던 여러 드래곤들은 그의 말에 입을 다물었다. 겉보기에는 볼품없는 늙은 노인의 모습이지만 그는 이곳 레어의 주인이자 드래곤 로드인 가르타인이었다.

드래곤 로드라고 해서 인간처럼 권력을 가진 건 아니었다. 그저 최고 연장자에 대한 예우 차원에서 로드 직위에 앉히는 것뿐이었다. 하지만 늙었다고 무시하는 드래곤은 없었다. 마법이란 학문은 오래 익힐수록 더욱 강한 법이었기 때문이다.

"흠흠, 모두들 얘기는 들어 알고 있을 터. 더 이상 말은 하지 않겠소."

마왕 강림은 이미 모든 드래곤이 알고 있었다. 그런 중차대한 일이 아니었다면 이곳에 모이지도 않았을 것이다.

엘프 모습을 한 드래곤이 나서며 말했다.

"로드이시여, 마왕이 강림했다는 말이 사실입니까?"

그 말과 동시에 여기저기서 수군거리는 음성이 들렸다. 마왕이란 존재는 쉽게 인간계에 강림할 수가 없었다. 로드의 말을 믿지 못하는 건 아니지만 마왕이란 이름의 무게감을 생각하면 신중할 필요가 있었다.

"사실이네. 레드의 어린 드래곤 발키리스가 찾아와서 말했을 때는 나도 믿지 않았지. 설마하는 심정으로 확인해 보니 정말 마왕이 강림했더구먼."

"어떻게 확인하셨단 말씀이십니까?"

"자네들은 서쪽 방향에서 음산한 기운이 느껴지지도 않는가? 이 정도 기운이라면 필시 마왕 급 존재가 나타난 게 분명해."

드래곤들은 정신을 집중해 서쪽의 기운을 살펴보곤 화들짝 놀랐다. 드래곤인 자신들이 공포를 느낄 정도로 음산하고 더러운 기운이 넘실거렸기 때문이다.

"최소 중급 이상의 마왕인 것 같은데……."

가르타인 다음으로 연장자인 블루 드래곤 바칼이 중얼거렸다. 가르타인이 고개를 끄덕이며 말했다.

"그 정도 되는 것 같아."

"그럼 불행 중 다행이군요."

바칼센은 조금 안심한 표정으로 말했다. 처음 이 대륙에 강림한 마왕은 상급 마왕이었다. 원래 가진 힘의 반의반도 발휘 못했음에도 실버족이 멸족당했다. 한데 이번에 강림한 마왕이 중급 정도라면 승산이 꽤나 높았다.

"하지만 절대 방심하면 안 되네. 마왕들이 원래 가진 힘을 제대로 못 쓴다 하더라도 엄청나게 강하다는 사실을 잊어서는 안 돼."

드래곤들은 가르타인의 말에 고개를 끄덕였다. 상대는 마왕이다. 이 세상에서 가장 단단한 물질인 드래곤 본(Bone)을 가볍게 부러뜨릴 수 있다. 절대 방심할 존재가 아니었다.

드래곤들 중에 아직 마왕과 대적해 본 경험이 없는 어린 드래곤들은 연장자들이 옆에서 조언을 해주고 있었다. 오래전 마왕 강림 때 많은 드래곤이 죽어갔다. 이번에도 그때만큼 드래곤들이 죽는다면 종족 자체가 멸망할지도 몰랐다.

"우린 누구를 위해 싸우는 것이 아니다. 대륙을 구하려고 싸우는 것도 아니다. 드래곤을 위해, 우리 종족을 위해 싸우는 것이다. 도망치지 말고 당당하게 맞서 싸워라. 우린 위대한 종족인 드래곤이다!"

"와아아!"

가르타인의 모습은 마치 전쟁에 앞서 지휘관이 병사들의

사기를 높여주는 것과 비슷했다. 아무튼 가르타인은 자부심이 가득한 어조로 소리쳤다.

류센은 거의 반나절을 자고 나서야 눈을 떴다. 류센뿐만이 아니라 발키리스를 제외한 티엔, 레시아, 락크 역시도 꿈나라에 빠져 있다가 간신히 일어났다.

그들은 마치 언데드처럼 흐느적거리며 일어났다. 잠을 오래 자서 몸에 힘이 없었다. 간단히 씻고 나오자 이젠 배가 고팠다. 음식을 시켜 배가 터질 때까지 먹고 나서야 겨우 정신을 차릴 수가 있었다.

"잘들 쉬었나?"

발키리스가 빙그레 웃었다. 언데드에서 인간으로 변해가는 모습이 사뭇 재밌기만 했다. 류센이 그를 보며 말했다.

"별일 없었어?"

"조용해. 마치 거짓말처럼 아무런 일도 없어."

"진짜 마왕이 강림했을까?"

류센은 확신할 수가 없었다. 신탁의 예언도 있었고 언데드 무리도 봤지만 무슨 신화(神話) 속 얘기도 아니고 마왕이란 단어가 가슴에 와 닿지 않았다.

"마왕이 분명해. 나도 확신할 수 없었는데 로드께 말씀드리니 맞다고 하시더군."

"휴우!"

류센은 답답한 듯 한숨을 내쉬었다. 이번엔 얼마나 많은 사람들이 죽어갈까. 자신이 영웅이 되지 않아도 좋고, 여자나 쫓아다니는 변태란 소리를 들어도 좋으니 마왕의 강림 같은 건 꿈이었으면 좋겠다.

"참, 황도에서 연락 온 것은 없어?"

경비를 서고 있는 알카트에게 류센이 물었다. 알카트는 고개를 흔들며 말했다.

"아직 없습니다."

"빨리 연락을 넣어. 급하다고."

"알겠습니다."

밖으로 나가려던 알카트를 발키리스가 제지했다. 알카트는 움찔했다. 왕자인 류센의 명령을 당연히 수행해야 하지만 발키리스의 정체를 들었기 때문에 갈피를 잡지 못했다. 이미 드래곤이 협력하기로 했다고 류센이 밝혔다. 대륙이 망하느냐 마느냐 하는 절체절명의 위기에 언제까지 숨길 수도 없었기 때문이다.

"인간들의 힘은 필요없어."

"그게 무슨 말이야?"

류센이 의아한 표정을 지었다. 그 많은 언데드를 상대하려면 실력 좋은 기사들은 필수였다.

"훗, 자고 일어나더니 그새 까먹었어? 우리 드래곤이 모두 참여한다니까. 언데드 같은 저급 마물은 브레스 한 방이면 끝이지."

"오호!"

"문제는 마왕이야."

"음……."

발키리스의 말에 희비가 엇갈린 표정인 류센. 류센은 조심스레 입을 열었다.

"발키리스."

"응?"

"혹시 마법 중에 언데드로 변한 인간을 다시 돌려놓을 수 있는 마법도 있어?"

류센은 그런 마법이 있기를 기대했다. 아직도 류센의 뇌리 속엔 언데드로 변한 소녀를 죽였던 기억이 남아 있었다. 아무것도 모른 채 언데드로 변한 인간들. 가능하다면 어떠한 희생을 치르더라도 그들을 돌려놓고 싶었다.

발키리스가 고개를 저었다.

"불가능해. 그들의 육체는 살아 있지만 영혼은 이미 떠나고 없어. 마법 중에 영혼을 불러올 마법은 존재하지 않아."

"…그래, 할 수 없지, 뭐."

류센은 씁쓸한 마음이었다. 그들은 아무런 의미도 없이 죽어버린 것이다. 발키리스가 그런 그를 보며 말했다.

"지금부터라도 인간들이 희생되지 않도록 해야지."

"그거야 당연하지. 절대 그런 일은 없을 거야."

"우리도 도울게요."

레시아와 티엔이 류센을 따뜻한 눈빛으로 바라보았다. 괜스레 멋쩍은 기분이 든 류센은 애꿎은 락크만 놀렸다.

"이 자식! 돼지냐, 사람이냐? 도대체 몇 인분을 해치우는 거야?"

"크악! 나보고 돼지라고?!"

"야! 먹던 건 넘기고 말해! 찌꺼기 튀잖아!"

툭탁거리는 두 사람을 보며 일행은 웃을 수 있었다.

엉망진창의 식사가 끝나고 티타임을 즐기는데 시끄러운 소리가 들렸다. 류센은 인상을 찌푸리며 알카트를 바라보았다.

"뭔데 이리 소란이야?"

"알아보겠습니다."

"잠깐!"

'또… 저게. 드래곤만 아니었다면……'

알카트는 또다시 자신을 제지한 발키리스를 보며 짜증이 솟구쳤다. 그러나 감히 표현하지 못하고 공손히 말했다.

"무슨 일이신지요?"

"아무래도 로드께서 오신 것 같다."

발키리스는 알카트를 무시한 채 류센을 바라보며 말했다. 류센이 놀란 얼굴로 벌떡 일어났다.

"정말? 그럼 어서 나가봐야지. 알카트, 어서 가서 손님 맞이할 준비를 해라."

"예, 예."

기사인 자신을 시종처럼 부리다니. 그러나 어쩌랴. 계급이 깡패인 것을. 괜히 류센과 첫 대면에서 찍힌 자신의 잘못이었다. 알카트는 한숨을 쉬었다.

류센이 나와 보니 기가 막혔다. 드래곤은 안 보이고 몬스터를 비롯해 여러 종족이 한데 뒤섞여 기사들이나 병사들을 쥐어 패고 있었다.

"이 미개한 인간족들이 감히 이 몸에게 손을 대다니, 파이어 볼!"

"으아아악!"

"너도 죽어라! 라이트닝 볼트!"

"왕자님을 지켜라!"

"크윽! 여보, 나 먼저 가오……."

개판이란 말이 딱 어울리는 상황이었다. 인간을 벌레처럼 보는 드래곤들은 아무렇게나 마법을 난사하고 기사들과 병사들은 류센을 지킨답시고 마구 덤벼들었다. 류센은 황당한 표정을 감추지 못했다. 발키리스 역시 어이가 없는 듯 잠시 넋

놓고 보다가 급히 말리고 나섰다.

"뭣들 하십니까? 그만들 하세요!"

발키리스가 소리치자 거짓말처럼 드래곤들이 멈췄다. 류센은 새삼 대단하단 눈길로 그를 바라보았다. 말 한마디로 소란을 잠재우는 모습이 멋있어 보였다.

하지만 류센의 눈빛이 변하기엔 그리 오랜 시간이 필요하지 않았다.

드래곤들은 황당했다. 발키리스는 이제 겨우 오백 살이 되어 성인이 된 어린 드래곤이었다. 지금 여기 모인 드래곤 중에 그보다 어린 드래곤은 없었다.

"호호호, 아들. 간만에 우리 뜨겁게 불타올라 볼까? 어른들 앞에서 어디 감히 큰소리야?"

발키리스의 부모인 엘리어스가 비릿한 미소를 지으며 주먹을 흔들어 보였다. 다른 드래곤들도 한마디씩 던졌다.

"이제 겨우 성룡이 된 주제에 감히 죽으려고 작정했나?"

"뭐야, 엘리어스의 자식놈이잖아. 엘리어스, 똑바로 교육시킨 거야?"

여기저기서 들려오는 소리에 발키리스의 표정이 새파래졌다. 특히 변태 기질이 다분한 엘리어스의 미소는 섬뜩할 정도였다.

"후후, 이제 보니 발키리스도 별거 아니군."

"죽을래?"

불난 집에 부채질하는 것도 아니고 류센의 놀림에 발키리스는 얼굴이 빨개지며 투덜거렸다.

다시 장내는 시장판으로 변해 시끌벅적해졌다.

가르타인이 한숨을 쉬며 고개를 절레절레 흔들었다. 개성 강한 드래곤들을 한곳에 모으니 통제하기가 여간 힘든 게 아니었다.

"자자, 모두 조용히들 하시오!"

로드인 가르타인이 소리치자 그제야 조용해진 드래곤들. 그 모습에 가르타인이 혀를 차며 말했다.

"인간들이 보는 앞에서 이게 무슨 추태요. 위대한 종족답게 권위있는 모습을 보이진 못할망정 소란이나 피우다니! 에잉!"

드래곤들은 눈을 돌리며 딴청을 피웠다. 아무튼 주변이 정리되자 가르타인은 발키리스를 불렀다.

"그래, 신탁에서 말한 인간이 누구냐?"

가르타인은 괜히 이곳에 온 것이 아니었다. 이미 엘프라도에 들러 레니시안과 대화를 나눈 후였다.

"이 사람입니다."

발키리스는 류센을 지목했다. 류센은 드래곤 로드라는 명함에 위축되지 않고 당당한 자세로 자신을 소개했다. 사실 가르타인이 노인의 모습인지라 별로 무섭지도 않았다.

"크라이드 제국의 왕자 류센 크라이드라고 합니다."

"흠."

가르타인은 류센을 찬찬히 살폈다. 류센은 나름 잘 보이기 위해 방긋 미소를 짓다가 문득 이상한 느낌에 고개를 갸웃거렸다. 무언가가 자신의 몸을 더듬는 듯한 끈적끈적한 느낌이 느껴짐과 동시에 머리가 아파오기 시작했다.

발키리스는 의아했다. 류센이 질린 표정으로 벌벌 떨고 있었기 때문이다. 그 모습을 이상하게 생각하다가 가르타인을 보고 깜짝 놀랐다. 가르타인의 눈동자에서 기괴한 빛이 뿜어져 나오고 있었다. 필시 정신계 마법을 펼치는 거라 생각하고 급히 류센 앞을 막아섰다.

"로드, 무슨 짓입니까?"

그제야 마법을 멈춘 가르타인. 류센은 지친 듯 그 자리에서 주저앉으며 기절해 버렸다. 발키리스는 잔뜩 화난 표정으로 이유를 물었다.

"도대체 왜 정신계 마법을 펼친 겁니까? 인간이 버텨낼 리 없잖아요."

가르타인은 태연한 표정으로 말했다.

"인간 하나가 죽든 말든 그게 무슨 상관이냐?"

"류센은 신탁에서 예언한 인간이란 말입니다!"

"안 죽었으니 됐잖아. 별로 심하게 한 건 아니니 부작용도 없을 거다.”

“이익!”

여전히 태연한 표정으로 말하는 가르타인. 발키리스는 더 이상 따져 봤자 소용이 없다고 판단하곤 이내 류센의 상태를 살펴보았다. 다행히 몸에는 아무런 이상이 없었다. 그저 지친 것뿐이라 휴식을 취하면 곧 원상태로 돌아올 듯 보였다.

‘이상하군. 기억을 읽을 수 없다니…….’

가르타인은 신탁을 들었을 때 인간이 구세주란 말을 믿을 수가 없었다. 그래서 류센의 몸을 살펴보고 머릿속을 뒤져 보았다. 무언가 특별한 것이 있을 거라 생각했기 때문이다. 하지만 이상하게도 기억을 읽을 수가 없었다. 마치 철옹성을 앞에 둔 듯 아무리 두드려도 문이 열리지 않았다.

‘뭔가 있긴 있단 소리인데…….’

가르타인은 류센이 보통 인간이 아니라고 판단했다. 드래곤 최고의 마법 실력으로 인간의 기억을 못 읽을 리가 없었기 때문이다.

사실 류센의 정신은 좀 특별한 구석이 있었다. 환생이란 메리트를 가지고 있는 류센의 정신세계는 보통 인간과는 다르게 방어력이 월등히 뛰어났다. 어쩌면 신의 뜻인지도 몰랐다. 만약 가르타인이 류센의 전생을 보았다면 아무리 드래곤이라 해도 큰 충격에 빠졌을 것이다.

"끄응."

류센이 머리를 흔들며 일어났다. 발키리스를 비롯해 일행 모두가 걱정스런 눈빛으로 자신을 바라보고 있는 것이 보였다.

"하하! 괜찮아, 괜찮아. 아무렇지도 않아."

류센은 자리에서 벌떡 일어나 옷을 툭툭 털며 엄지손가락을 들어 보였다. 그 제스처에 일행은 안도의 한숨을 쉴 수 있었다.

"미안하다. 내가 일찍 알아차렸어야 하는데……."

"괜찮다니까."

발키리스의 사과에 류센은 손사래를 쳤다. 웃음을 잃지 않는 모습에 가르타인도 양심에 찔렸는지 헛기침을 터뜨리며 말했다.

"험험, 미안하게 됐군."

"하하하, 괜찮습니다. 로드께서 무슨 생각이 있으셔서 그런 것이겠지요."

사과하는 모양새가 영 나쁘지만 류센은 여전히 미소를 지었다. 사실 류센의 성격상 기분 나쁘지 않을 리가 없었다. 다른 사람들이 보는 앞에서 체면을 구겼으니 왕자로서의 위엄도 손상되었다.

그러나 류센은 참았다. 상대가 드래곤이라서 참은 것이 아니라, 마왕을 무찌를 핵심 전력이라서 참았다. 자신이 참으면 미안해서라도 열심히 도와주리라 생각했기 때문이다. 부글부글 끓어오르는 분노를 억지로 누르고 겉으로는 활짝 미소를 만들어 보였다.

"자, 들어가시지요. 여러분을 위해 제국에서 가장 맛있는 차를 준비했습니다."

"험험, 그럴까?"

류센이 이토록 숙이고 나오자 가르타인은 그저 따를 수밖에 없었다.

마왕과의 전쟁을 위해 개입한 드래곤은 정확히 97마리. 아직 해츨링을 벗어나지 못한 드래곤을 제외하고 대륙에 존재하는 모든 드래곤들이었다.

가르타인은 승리를 믿어 의심치 않았다. 이 정도의 드래곤이 일제히 브레스를 뿜어낸다면 마왕이라도 버틸 재간이 없을 거라 생각했다.

"선공(先攻)이다."

조용히 티타임을 즐기는 분위기에서 가르타인이 말했다. 모두들 찻잔을 내려놓고 그를 바라보았다.

"자신들의 정체가 밝혀졌음에도 조용한 것은 무언가 준비하고 있다는 뜻이다. 그것이 준비되기 전에 먼저 치는 것이 가장 좋은 방법이야."

가르타인은 역시 노련했다. 르케도스는 지금 한창 언데드를 강화시키고 있었다. 물론 그것까진 모르겠지만 어느 정도 눈치를 챈 것만으로도 대단했다.

"그것도 좋지요. 이런 폭풍전야 같은 분위기는 별로 마음에 안 듭니다."

호전적인 레드 일족의 발키리스가 동조하고 나섰다. 화끈하게 한판 붙고 말지 기다리는 건 성격에 맞지 않았다.

다른 드래곤도 피차일반. 아무리 상대가 마왕이라도 드래곤의 자부심에 상처를 입힐 순 없었다. 당당하게 정면으로 부딪쳐 승부를 내고 싶었다.

"일단 여기서 본체로 현신한 후 마왕 본진으로 날아가 브레스를 일제히 뿜는 거야. 아마 마왕은 한 번에 안 죽을 수도 있으니 블루족과 화이트족은 가장 강한 마법을 뿌리고 레드와 블랙, 그린족은 브레스를 준비해 마법이 끝나면 재차 발출하도록 하고, 그다음에는……."

가르타인은 자신이 생각한 작전을 자세히 설명해 주었다. 다른 드래곤들은 모두 고개를 끄덕이며 귀를 기울였다. 류센은 여기서 완전히 제외되었다. 류센뿐만이 아니라 인간족 전체가 제외되었다. 하지만 류센은 그걸 말하지 않았다.

‘아주 대륙을 몽땅 날려 버리려고 하나······.’

그랬다. 가르타인의 작전은 완전 화력전이었다. 대륙 지도가 바뀔 정도로 어마어마한 파괴력을 가진 마법들만 쏟아 부으니 인간이 근처에 있다간 뼈도 못 추릴 듯했다. 레시아와 티엔 역시도 기가 질린 얼굴로 침묵을 지켰다. 즉흥적인 작전인 것 같지만 드래곤의 힘을 가장 잘 보여줄 수 있는 작전이었다.

한동안 작전을 설명하던 가르타인이 일어서며 소리쳤다.

"좋아! 이대로만 한다면 반드시 이길 수 있다! 다시 한 번 말하지만, 위험하면 도망쳐라! 자존심은 둘째고 목숨이 우선이다!"

"예, 로드!"

가르타인은 승리를 예감했지만, 그 가운데 얼마나 많은 드래곤이 희생될지 몰랐다. 최대한 드래곤이 목숨을 잃지 않게 작전을 구상했지만 마왕이 순순히 당해줄 리 만무했다. 아마도 많은 드래곤들이 목숨을 잃을 것이다.

아무튼 드래곤들은 폴리모프를 해제하기 위해 밖으로 나갔다. 그때 문이 벌컥 열리면서 의외의 인물이 나타났다.

"왕자님!"

나타난 사람은 발자크 백작이었다. 그는 주변에 있는 여러 종족의 모습은 보이지도 않는지 곧장 류센에게 다가가 말했다.

"됐습니다. 황제께서 허락하셨습니다. 군대가 출발했으니 며칠 후에 당도할 것입니다."

"……."

류센은 아무 말 없이 묵묵히 발자크 백작을 바라보았다. 이상한 분위기에 발자크 백작은 의아했지만 다시 호탕하게 웃으며 말했다.

"하하하! 제가 좀 애를 썼지요. 저의 노고를 잊으시면 안 됩니다."

그럼에도 류센의 표정은 좀처럼 변하지가 않았다. 발자크 백작은 이상한 느낌에 자꾸만 불안해져 갔다.

"저기… 왕자님?"

"휴! 당신이 그럼 그렇지, 아주 뒷북치는 데는 소드 마스터라니까. 답답하다, 진짜."

"뒤, 뒷북?"

자신의 가슴을 펑펑 치는 류센과 눈만 데룩데룩 굴리고 있는 발자크 백작. 가르타인은 코웃음을 치며 말했다.

"큭큭, 어지간히 도움을 주고 싶나 보군. 좋다, 정 그렇다면 따라오도록 해. 발키리스, 네가 인간들을 데리고 와라."

원래 가르타인은 류센을 버리고 갈 생각이었다. 신탁의 예언을 그냥 믿기에는 드래곤의 자존심이 상했다. 고작 인간에

게 대륙의 운명을 맡긴다면 드래곤의 체면이 얼마나 우습겠
는가. 하지만 생각이 바뀌었다. 류센을 데리고 가 드래곤의
힘을 보여줄 생각이었다. 신탁의 예언이 틀렸음을 증명해 보
이고 싶었다.

"와! 정말 따라가도 돼요?"

"우욱! 내가 왜 인간 놈들을 데리고 가야 해!"

기뻐하는 류센이 발키리스에게 달라붙자 발키리스는 우거
지상을 하고 류센을 밀어내려고 안간힘을 썼다. 한 편의 연극
같은 그들의 모습에 다른 이들은 두려움을 조금 떨쳐 버릴 수
있었다.

마왕이다. 사악하고 강력한 마왕과의 전쟁이 임박했다.

"오오오!"

해골밖에 없는 얼굴이라 표정은 알 수 없지만 음성은 환희
로 가득했다. 르케도스는 자신의 역작인 언데드 군대를 보며
기뻐했다. 대부분 일반 사람들로 시작한 언데드였지만 이제는
웬만한 기사보다 강했다. 보통 언데드 하면 느릿하고 더러운
체액을 뿌리는 것으로 생각하겠지만 휴먼 언데드는 달랐다.

살아 있는 사람의 영혼만 쏙 빼버리고 주술로써 르케도스
의 명령에 따르게 했다. 그런 인간들의 뇌를 수술하여 육체의
힘을 모조리 끌어내게 하였다. 그렇게 개조, 강화된 언데드

들. 육체의 한계를 넘어선 힘을 쓸 수 있기 때문에 기사들보다 강하다 할 수 있었다. 그런 식으로 만든 언데드의 숫자가 무려 십만에 이르렀다. 그중에 인간이 약 삼만 정도이고 나머지는 오우거나 트롤 같은 중형 몬스터였다. 그 몬스터들 역시 원래 가진 힘보다 몇 배 더 강해졌다.

"이 정도면 제국의 군대는 식은 죽 먹기야."

기사 급만 십만이다. 전쟁 와중에 발생한 사망자를 하급 언데드로 소환할 수도 있었다. 9서클 마스터인 자신과 30명의 흑마법사라면 충분히 가능하리라 생각했다. 그렇게 되면 군대는 순식간에 몇 배나 불어나게 된다. 더욱이 죽었던 동료가 언데드로 변해 나타난다면 적의 사기는 얼마나 떨어질 것인가. 르케도스는 전쟁의 승리를 확신했다.

"설사 드래곤이 끼어든다고 해도……."

르케도스가 언데드만 믿고 그렇게 말하는 것은 아니었다. 아무리 강화한 언데드라도 드래곤의 마법 앞에서는 무용지물이다. 그러나 따로 믿는 구석이 있었다. 그건 바로 자신이 계약하고 소환한 마왕, 마계의 전투 집단 발록들의 왕을 믿는 때문이었다.

인간계에 강림한 마왕은 원래 가진 힘의 반의반도 못 썼다. 하지만 마왕은 마왕. 힘이 약해졌다 해도 인간에게 당할 마왕은 없었다. 문제는 언제나 드래곤이었다. 발록 마왕은 인간계에 강림한 후 계속 소환 의식을 치렀다.

약해진 자신의 힘으로는 드래곤을 상대할 수 없다고 여겼기 때문이다.

몇 차례 실패 끝에 얼마 전 마계의 발록을 세 마리 소환하는 데 성공했다. 그것도 온전한 힘을 가진 발록 세 마리. 마계의 발록은 에이션트 드래곤을 능가하는 힘을 가졌다. 그렇기에 르케도스가 자신감을 가져도 문제없었다.

"르케도스님, 큰일 났습니다!"

"뭐냐?"

"폰파인 영지로 보냈던 휴먼 언데드에게서 연락이 왔는데……."

"왔는데?"

"드, 드래곤이 나타났다는 보고입니다."

휴먼 언데드의 장점이 또 한 가지 있었다. 겉모습은 보통 인간과 다를 바 없으니 명령만 내리면 첩자로서 활용할 수가 있었다. 르케도스는 언데드 군대의 증강을 위해 여러 도시에 첩자를 파견했다. 폰파인 영지에서 류센이 발키리스의 정체를 밝힌 것이 화근이었다.

"오호, 그렇단 말이지?"

두려움에 떨고 있는 흑마법사에 비해 르케도스의 두 눈구멍에서는 섬뜩한 광망이 터져 나왔다. 어차피 드래곤과는 언젠가

한 번은 붙어야 할 것. 만반의 준비가 끝났기에 자신있었다.

"저기… 하나 더 보고드릴 것이 있습니다."

"뭐지?"

"저번에 놓아주었던 인간 중에 말입니다, 젊은 남자가 크라이드 제국의 둘째 왕자 류센 크라이드라고 합니다."

폰파인 영지는 이미 류센과 드래곤의 이야기로 떠들썩했다. 둘 다 일반 사람들이 보기 힘든 존재였기 때문이다.

"그래? 우하하하! 이거 잘됐구나! 하늘이 나의 복수를 도와주는구나! 크하하하!"

르케도스는 광소를 터뜨렸다. 자신의 영혼을 팔아서 복수를 꿈꿨다. 아직도 생생히 기억한다. 세르나 공주의 참혹한 모습이. 오랫동안 기다려 온 복수의 시간이 도래하자 흥분을 감추지 못했다.

"와라! 너희들의 피와 살을 갈아서 축배를 들어야겠구나! 크하하하!"

흑마법사는 르케도스의 광기에 몸을 잘게 떨며 두려워했다.

"폴리모프 해제!"

밖으로 나온 가르타인이 그렇게 소리치자, 그의 몸에서 새하얀 섬광이 번쩍였다. 엄청난 빛에 모두들 눈을 감고 고개를 돌릴 수밖에 없었다.

류센 역시 눈을 감고 빛이 사라지길 기다렸다가 살며시 눈을 떴다. 그리고 깜짝 놀랐다. 방금 전까지 없었던 커다란 벽이 눈앞에 나타났기 때문이다. 이상하게 여기고 천천히 고개를 위로 들었다. 하지만 그래도 벽이 끝나지 않았다. 하늘을 보듯 고개를 꺾고 나서야 벽의 정체를 알 수 있었다.

"으헉!"

고개를 무리하게 꺾느라 목이 아픈 것도 불구하고 류센은 경악성을 토했다. 생전 처음 보는 생명체가 태양을 가리고 있었다.

머리에 난 뿔은 하늘을 찌를 듯했고, 모든 걸 찢어발길 것 같은 광포한 두 눈동자는 섬뜩했다. 삐죽삐죽 돋아난 송곳니는 그 어떤 단단한 물체라도 쉽게 씹어 먹을 듯 보였다. 그 아래 늘씬하게 뻗은 목과 앙증맞은 앞발은 귀엽게 보이기도 했지만 두꺼운 몸통과 굵직한 발은 튼튼한 철벽을 보는 듯한 느낌이었다. 길고 투실한 꼬리와 퍼덕거리는 날개 역시 빼놓을 수 없었다.

"헤……!"

지켜보던 사람들은 너나 할 것 없이 입을 쩍 벌렸다. 반쯤 넋 나간 표정으로 입가에 침이 흐르는 것도 모른 채 구경하기에 바빴다.

"이봐, 정신 차려."

발키리스가 침을 흘리고 있는 류센을 보다 못해 흔들어 깨웠다. 덕분에 일찍 정신을 차린 류센은 침을 닦으며 말했다.

"저, 저게 드래곤이야?"

아직 정신을 제대로 못 차렸는지 류센의 혀가 꼬였다. 더듬거리며 경악하는 류센의 모습에 발키리스는 자부심이 가득한 표정으로 고개를 끄덕였다.

"그래. 저것이야말로 진정한 드래곤, 에이션트 드래곤의 모습이지."

"으아! 도대체 얼마나 큰 거야? 뭘 먹었기에 저렇게 크냐?"

백 미터는 가뿐히 넘길 것 같은 높이에 류센은 기가 질렸다.

"드래곤은 굳이 음식을 먹지 않아도 살아가는 데 지장이 없어. 일정량의 마나만 섭취하면 충분하지."

발키리스가 류센의 생각을 고쳐 주었다. 드래곤은 해츨링 시기에는 음식을 섭취하지만 성룡이 된 후에는 굳이 음식을 먹지 않아도 되었다. 대기 중에 떠도는 마나를 섭취함으로써 생활할 수 있었다. 특히 가르타인 같은 에이션트 급 드래곤은 몸 전체가 마나덩어리라고 봐도 무방했다.

"너도 저 정도 크냐?"

"아니. 난 갓 성룡이 된 드래곤이라 50미터 조금 넘을걸?"

류센과 발키리스가 두런두런 대화를 나누는 사이 하나둘 사람들은 정신을 차렸다. 하지만 채 수습하기도 전에 또다시 놀랄 수밖에 없었다.

퍼덕퍼덕!

드래곤으로 현신한 가르타인이 날개를 움직였던 것이다. 워낙에 큰 날개라 느릿하게 움직였다. 사람들은 설마하는 심정으로 지켜보았다. 드래곤이 날 수 있다는 얘기는 들었지만 실제로 보니 몸집이 너무나 거대해서 날 수 있을지 의문이었다.

류센도 대화를 멈추고 신기한 표정으로 지켜보는데 갑자기 엄청난 바람이 장내에 몰아쳤다. 광풍(狂風)이 몰아닥쳐 물건이고 사람이고 가릴 것 없이 닥치는 대로 날려 버렸다.

"우악! 이게 뭐야?!"

"날개에서 나오는 바람이다! 마나를 하체에 집어넣고 중심을 잡아! 곧 끝난다!"

여기저기서 비명 소리가 들리고 발키리스가 류센을 잡으며 소리쳤다.

거대한 드래곤이 하늘을 날기 위해서는 마법만으론 한계가 있었다. 물론 마법도 필요하지만 역시 날개가 가장 중요했다. 날개는 폼으로 달고 있는 것이 아니었다. 날갯짓을 하며 등 근육을 조종한 다음 부양 마법으로 몸을 띄우고 강력한 날개를 퍼덕거려야 하늘을 날 수 있었다.

천천히 하늘로 올라가는 가르타인. 류센을 비롯한 사람들은 또다시 입가에 침을 흘리며 그 모습을 지켜보았다.

아무튼 가르타인을 필두로 여기저기에서 폴리모프를 해제하는 드래곤들이 늘어갔다. 성이 넓다 하더라도 모든 드래곤이 한꺼번에 현신해 버리면 무너지고 말 터. 류센은 발키리스를 독촉하여 드래곤들을 성 밖으로 내쫓았다. 덕분에 근처의 산들이 수난을 당하게 되었다.

드래곤들이 일제히 날아오르는 모습은 일대 장관이었다. 그 보기 힘든 드래곤들이 모두 본체로 현신하여 천공을 활주하는 광경은.

이곳 폰파인 영지의 사람들은 죽을 때까지 잊지 못할 것이다.

"우리도 갈까?"

유일하게 인간의 모습을 한 발키리스가 류센을 보며 말했다. 류센은 기대 어린 눈빛으로 고개를 끄덕였다. 드래곤을 탈 수 있다는 생각에 가슴이 설레었다. 레시아와 락크 역시 비슷한 심정이었다. 반면 티엔과 발자크 백작은 안절부절못했다.

"쳇! 그런 눈빛으로 보지 말라고. 성질나면 확 떨어뜨려 버릴 거야."

"안 됩니다. 아무리 드래곤이라 하더라도 왕자님께 해를 입힌다면 저의 검이 용서하지 않을 겁니다!"

발자크 백작은 류센의 안전이 걱정되었다. 드래곤들이 싸우러 가는데 인간이 나설 문제가 아니라고 생각했다. 하지만 몇 번이나 간청해도 류센은 들은 척도 하지 않았다.

"허, 농담을 진담으로 받아들으면 어떡하나?"

"저 인간 원래 좀 이상해. 내버려 두고 가자."

"그건 더 안 됩니다!"

자신이 아니면 누가 류센을 지키겠는가. 사명감에 불타는 발자크 백작이 소리쳤다. 류센은 그를 떼어놓고 가고 싶었지만 나중에 황도로 돌아가 황제에게 무슨 고자질을 할지 몰라 어쩔 수가 없었다.

"으이구! 이 고지식한 양반아! 농담이라고, 농담!"

류센이 투덜거리며 발자크 백작에게 면박을 주는 사이 발키리스는 폴리모프 해제에 들어갔다. 가르타인 때와 마찬가지로 엄청난 빛이 폭사되었고, 잠시 눈을 감고 다시 떴을 땐 붉은색의 드래곤이 자리하고 있었다.

—타라.

"으잉? 지금 어디서 말하는 거야?"

갑자기 머릿속으로 파고드는 음성에 류센을 비롯한 다른 일행은 고개를 두리번거렸다.

─너희들 머릿속으로 직접 말하는 거다. 시간이 없으니 어서 타라.

그제야 발키리스의 목소리인 걸 깨달았다. 드래곤은 혀의 구조와 입 모양 때문에 단어를 제대로 구사할 수 없었다. 마법으로 뜻을 전하고자 하는 상대의 머릿속에 바로 전하는 방법을 즐겨 썼다.

어쨌든 발키리스가 바닥에 엎드리다시피 해서 자세를 최대한 낮췄다. 일행은 낑낑거리며 발키리스의 몸을 밟고 올라가 등에 안착했다.

드래곤의 피부는 딱딱하기 이를 데가 없었다. 그도 그럴 것이, 드래곤의 피부는 세상에서 가장 단단한 물질이었기 때문이다. 일반 창검으로는 아무리 찔러도 흠집조차 나지 않으며 오로지 기사들의 오러만이 유일하게 상처를 낼 수 있었다.

"으, 엉덩이 아퍼."

돌덩이 위에 앉은 것 같은 느낌에 류센은 투덜거렸다. 다른 이들은 차마 말은 못하고 그저 인상만 잔뜩 찌푸렸다.

─그런 걸 신경 쓸 틈이 있을까? 드래곤이 날기가 힘들어서 그렇지 한 번 날기 시작하면 꽤 빠르다고. 넋 놓고 있다간 금방 떨어지고 말걸.

어느새 날개를 퍼덕거리며 하늘로 천천히 상승하고 있는 발키리스. 류센 일행은 급히 몸을 납작하게 숙이며 대비했다.

—큭큭큭! 역시 인간들은 놀리는 재미가 있다니까. 진짜로 떨어지면 나도 어떻게 할 방법이 없다고. 실드를 쳐줄 테니 입 다물고 얌전히 있어.

"망할 놈! 좀 잘해주면 어디가 덧나나?!"

류센이 투덜거렸지만 안심할 수 있었다. 곧이어 류센 앞에 투명한 막이 생겨났다. 실드가 생긴 후로는 공기의 저항이 약해져 한결 편안해졌다.

하늘을 나는 기이한 경험에 류센은 기분이 좋았다. 점처럼 보이는 까마득한 아래를 구경하고 놀라서 도망가는 새들을 보고 웃음을 터뜨렸다.

"그러고 보니 신탁의 예언은 틀린 것 같군요."

"예?"

갑작스런 류센의 말에 레시아가 의아한 표정이었다.

"생각해 보세요. 이렇게 드래곤이 많은데 제가 끼어들 틈이 있겠습니까? 아마 마왕은 쉽게 물리칠 수 있을 것 같습니다."

"음, 그렇게 생각할 수도 있겠지요. 하지만 저는 류센님이 영웅이라 생각합니다."

"엥?"

이번엔 류센이 눈을 동그랗게 뜨며 의아해했다. 레시아가 살짝 미소를 머금으며 말했다.

"발키리스님을 만나지 않았다면, 캄부리츠와 이슈테리에

서 언데드와 싸워 이기지 않았다면 이런 결과는 없었을지도 몰라요. 모든 일엔 과정이 중요한 법. 결과적으로는 드래곤들이 해결하는 것 같지만 그 과정에서 류센님의 노력을 빼놓을 수가 없지요.”

“하하, 뭐, 얘기가 그렇게 되는 겁니까? 레시아님이 그렇다면 그런 거겠지요. 하하하!”

류센은 멋쩍은 웃음을 터뜨렸다. 일행은 모두 편안한 모습이었다. 강력한 드래곤들이 하나도 아니고 무려 전체가 이번 일에 개입하였으니 승리는 당연하다 생각했기 때문이다. 그동안 죽을 고비도 몇 차례 있었지만 이제는 편안하게 구경만 하면 되는 것이었다.

가벼워진 분위기로 인해 류센의 오랜 고질병(?)이 재발하게 되었다.

“흠흠, 레시아님.”

“네?”

언제 봐도 아름다운 그녀지만 류센은 오늘 따라 유난히 눈부시다고 생각했다. 이곳이 드래곤의 등이 아니라 침실이었다면 당장 덮쳐 버리고 싶을 정도였다.

“이번 일이 끝나면 엘프라도로 돌아가시는 겁니까?”

“네. 마왕이 소멸되는 걸 보고 장로님께 보고해야 합니다.”

“그렇군요. 그럼 보고한 후에는 무엇을 하실 겁니까?”

“아마도 원래의 임무인 생명수를 지키는 일을 하게 될 겁니다.”

결국 엘프라도에 남는다는 소리였다. 류센은 실망하지 않고 재차 입을 열었다.

“그것보다 저희랑 여행을 좀 더 하는 게 어떻겠습니까?”

“글쎄요…….”

고민하는 듯한 레시아의 모습에 류센은 급히 말을 이었다.

“저희가 함께 여행은 했지만 그 기간이 얼마 되지도 않고 또 언데드와 싸우기만 했지 뭔가 추억에 남을 만한 일이 없지 않습니까? 좀 더 여행을 하면서 인간에 대해 연구하시고 저희들끼리도 좋은 추억을 한번 만들어보심이 어떨까요?”

“음, 생각해 보니 류센님의 말도 일리가 있군요. 알겠습니다. 그렇게 하기로 하지요.”

“앗싸… 가 아니고… 흠흠, 탁월한 선택이십니다.”

“감사한데, 손은 놓아주세요.”

“하하, 다른 뜻이 있는 건 아닙니다.”

류센은 겸연쩍은 미소를 흘렸고, 레시아는 즐거운 표정을 지었다. 발자크 백작은 부러운 눈빛이었고, 락크는 배고프다며 투덜거렸다. 티엔은 한숨을 쉬며 고개를 돌려 주변 경관을 구경했다.

―장난칠 시간 없다. 거의 다 왔어.

화기애애한 분위기가 단번에 얼음장처럼 굳어져 갔다. 순식간에 일행의 표정에서는 긴장감이 넘쳐 났다.

류센은 안력을 돋워 앞을 바라보았다. 최전방에 있는 가르타인이 제자리에서 활공하는 모습이 보였다. 무슨 일인가 싶어 눈에 더욱 힘을 주는데 갑자기 고막이 찢어지는 듯한 고통에 귀를 막았다.

크롸롸롸롸!!

정신이 멍해질 정도로 엄청난 소리. 청력이 뛰어난 레시아는 비명까지 지르며 고통스러워했다.

―적이다!

불만을 터뜨릴 틈도 없었다. 발키리스가 그렇게 말하곤 드래곤 무리에서 빠져나왔다. 가르타인의 포효는 공격 신호였다. 아직 나이도 어리고 인간들까지 태운 발키리스는 조금 떨어져서 관전만 하였다.

슈슈슈슉!

화살이 빗발쳤다. 마치 비가 땅에서 하늘로 내리는 것 같았다. 엄청난 화살과 쇠뇌가 공중에 있는 드래곤을 향해 날아왔다. 군데군데 마법도 보이는 것이 흑마법사들도 끼어 있는 것 같았다.

"언데드!"

류센이 땅을 보고 치를 떨었다. 땅에는 수많은 언데드들이 화살을 날리고 쇠뇌를 장착하고 있었다. 언데드 때문에 죽을 고비를 몇 차례나 넘긴 류센은 분노할 수밖에 없었다.

―떨어진다! 조심해라!

"끄응……!"

―생각보단 인간 언데드가 적군. 몬스터의 수가 두 배는 넘겠는데?

발키리스가 아래를 살피고 그렇게 말했다. 류센은 그 말을 듣고 이상한 느낌이 들었다. 쉽게 잡을 수 있는 인간보다 몬스터가 더 많다면 아직 흑마법사들에게 인간적인 마음이 남아 있다는 생각이 들었다.

류센이 그런 생각을 말하자 발키리스는 코웃음을 쳤다.

―그렇지는 않아. 인간이 잡기는 쉽지만 육체적 능력은 몬스터보다 떨어지지. 아마 그런 이유로 몬스터 언데드가 많을 거야. 류센, 적에게 괜한 동정은 하지 마라.

발키리스는 언데드를 구제하려던 류센의 모습을 기억했다. 행여나 흑마법사들을 살리겠다고 설치면 곤란했다. 이곳에는 자신뿐만이 아니라 여러 드래곤이 있었다. 제국의 왕자라고 예쁘게 봐줄 드래곤은 아무도 없었다.

"알겠어. 근데 화살이나 쇠뇌를 그냥 맞아도 괜찮아?"

류센의 눈에는 화살과 쇠뇌를 몸으로 받고 있는 드래곤들

이 보였다. 한두 개도 아니고 수십, 수백의 화살을 맨몸으로
때우고 있는 드래곤이 걱정스러웠다.

　─지금 농담하냐? 저까짓 걸로 우리의 비늘을 뚫을 수 있
을 것 같아? 흠집도 안 난다.

　"그렇다고 그냥 맞고만 있는 거야?"

　─마왕을 경계하는 거야.

　발키리스의 말대로 드래곤을 지휘하고 있는 가르타인은
마왕을 경계하고 있었다. 수많은 언데드들은 눈에 들어오지
도 않았다.

　'도대체 언제 나타나려고 그러지? 설마 겁먹었나?'

　공포의 마왕이 그럴 리는 없겠지만 드래곤 백 마리의 위용
에 겁을 먹었을 가능성도 있었다. 아무래도 원래 가진 힘을
제대로 쓰질 못하니 함부로 나올 수도 없을 것이다.

　'일단 근처를 다 쓸어버리면 제놈도 별수없겠지.'

　가르타인은 공격을 결심했다. 마왕은 갑작스런 드래곤의
등장에 놀라 숨어 있으리라 생각했다. 그것도 드래곤 일족 전
체가 공격해 왔으니 아무런 대비도 하지 못했을 거란 생각도
들었다. 자신이 계획한 작전이 먹혀들자 회심의 미소를 지었
다.

　가르타인은 주변을 두리번거려 레드 드래곤을 찾았다. 뭐,
박살 내는 것은 레드족이 제일이었다. 가르타인의 지시를 받

은 레드 드래곤 세 마리가 깊이 숨을 들이마셨다. 그리곤 자신의 드래곤 하트에 저장돼 있던 마나를 레드 일족의 상징인 불과 함께 내뿜었다. 이것이 바로 레드 드래곤의 파이어 브레스.

화아아악!

마치 화산이 폭발하는 것처럼 레드 드래곤의 쫙 벌어진 입에서 불길이 치솟았다. 이건 일반적인 불이 아니었다. 모든 것을 태우고 재조차 남기지 않는 지옥의 불꽃이었다.

그 불꽃이 언데드 군대를 덮쳤다. 수많은 언데드들이 순식간에 사라졌다.

"으아아악!"

단말마의 비명은 아마도 흑마법사일 것이다. 언데드는 비명조차 지르지 못하고 사라져 갔다. 근처의 지도가 완벽하게 바뀌었다. 파이어 브레스가 쓸고 지나간 자리는 깨끗하기만 했다. 끝없이 펼쳐진 광활한 대지를 보는 듯했다.

"우와!"

류센은 입을 쩍 벌리며 경악했다. 오늘 하루 종일 놀라운 일들의 연속이었다.

문득 제국의 군대를 데리고 오지 않은 것이 다행이라 생각됐다. 근처에 있었다면 분명 사상자가 발생했을 것이다.

─뭐, 이 정도지. 후후.

발키리스는 자신이 한 마냥 으스대었다. 그 역시 브레스의 위력에 놀라움을 금치 못했다.

크롸롸롸롸!

다른 드래곤들도 포효하며 승리를 미리 자축하는 분위기였다. 하지만 가르타인은 심각한 눈빛으로 지상을 내려다보았다. 왠지 께름칙한 느낌 들어 불안하기만 했다.

쿠쿵! 쿠르르르!

그때 갑자기 바닥 한구석이 푹 하고 꺼져 버렸다. 그 순간 가르타인을 비롯한 드래곤들은 흠칫했다. 땅이 꺼진 곳에서 음산한 기운이 느껴졌기 때문이다. 그리고 그 기운은 점점 강해져만 갔다.

─드디어 나왔구나!

가르타인은 필시 마왕이 나타나리라 생각했다. 급히 다른 드래곤에게 텔레파시를 보내 전열을 가다듬었다. 속으로는 급이 낮은 마왕이기를 간절히 바랐다.

"홋! 도마뱀들이 인사가 거칠군."

드디어 모습을 드러낸 마왕. 5미터가 넘는 키에 온몸에 근육이 꿈틀거리는 장대한 체구였다. 어깨에 묻은 먼지를 툭툭 털며 중얼거리는 모습이 여유로워 보였다.

─너는 누구냐?

가르타인이 마왕을 직시하며 말했다. 마왕이라기보단 한 명의 전사 같은 분위기에 의아함을 감출 수가 없었다. 하지만 마왕은 대답하지 않았다. 몸을 푸는 듯 목을 좌우로 꺾으며 가르타인을 무시했다.

─크윽! 감히 나를 무시하다니…….

가르타인은 분노를 느꼈지만 쉽게 움직이진 않았다. 마왕은 그를 보며 히죽거렸다.

"아아, 미안하군. 오랜만에 바깥 공기를 맡다 보니 잠시 감격에 빠져서 말이야. 그동안 지하에서 지내느라 좀 힘들었거든."

─너는 누구냐? 순순히 대답해 준다면 조금은 편하게 죽여 줄 수도 있지.

가르타인은 마왕의 여유로움에도 전혀 흔들리지 않고 지금 해야 할 일만 정확히 하였다. 오히려 도발을 하여 마왕의 자존심을 건드렸다.

"이런 발칙한 도마뱀을 보았나! 좋다, 못해줄 것도 없지! 귀 파고 잘 들어라, 도마뱀들아! 이 몸은 마계 전투 집단 발록족의 왕이며, 마왕 서열 20위인 발록 마왕 브리트타칸님이시다!"

마왕의 진정한 정체가 밝혀졌다. 상위 마왕이며 순수 전투력은 열 손가락 안에 꼽히는 발록족의 왕 브리트타칸이었다.

충격과 공포.

가르타인을 비롯한 드래곤들의 모습은 바로 그것이었다.

강한 마왕이 인간계에 강림한 것이었다.

　—마, 말도 안 돼! 너 같은 상위 마왕이 인간계에 강림한다는 자체가 신의 섭리에 어긋나는 것이다! 도저히 있을 수가 없어!

　"신의 섭리? 후후, 웃기는군. 원래 마계는 신의 섭리를 깨기 위해 존재하는 법. 그래서 나는 강림했도다."

　하긴 마계에 있어야 할 마왕이 다른 차원계에 모습을 드러낸 것부터가 신이 정한 규칙에서 벗어난 것이었다. 아무튼 브리트타칸은 비릿한 미소를 지으며 가르타인을 조롱했다.

　—이익! 건방 떨지 마라, 곧 마계로 다시 보내줄 테니!

　"도마뱀 주제에 감히 이 몸에게 대적하겠다는 거냐? 가소롭군."

　—흥! 원래 가진 힘의 반의반도 못 쓰는 주제에 입만 살았구나! 어디 한번 맛 좀 봐라!

　가르타인의 주변에 9서클 최강 공격 마법인 헬파이어가 여러 개 소환되었다.

　소환 즉시 브리트타칸에게 던졌다. 하지만 브리트타칸은 가볍게 공격을 피했다. 공격이 무의로 끝나는 듯했지만 헬파이어는 유연하게 몸을 비틀어 브리트타칸을 추격했다. 9서클 헬파이어를 여러 개 조종할 정도로 가르타인의 마법 실력은 뛰어났다.

"흥, 귀찮게시리……."

브리트타칸은 발록의 전용 무기인 채찍을 소환했다. 그리고 파리를 쫓아내는 듯 크게 한 번 휘둘렀다. 길이가 자유자재로 변하는 채찍은 헬파이어를 남김없이 박살 냈다.

"겨우 이 정도로… 헉!"

가르타인을 조롱하려던 브리트타칸의 입에서 경악성이 터져 나왔다. 가르타인의 주변에 있는 드래곤의 입이 크게 벌려지면서 브레스를 뿜어냈기 때문이다.

—멍청한 마왕 같으니라고! 드래곤이 나 혼자인 줄 아느냐?

"이 더러운 도마뱀!"

브리트타칸은 이를 갈며 분노를 터뜨렸지만 상황이 변하지는 않았다. 가르타인의 헬파이어는 단순히 시간 벌기용이었다. 드래곤의 권능인 브레스만이 마왕에게 타격을 줄 유일한 무기였다. 하지만 브레스는 약간의 준비 시간을 필요로 했다. 가르타인은 시간을 잘 벌어줬고, 나머지 드래곤들은 모두 브레스를 준비할 수 있었다.

쿠콰콰콰콰!!

백 마리에 가까운 드래곤이 일제히 뿜은 브레스는 이 세상 모든 것을 집어삼킬 듯했다. 하늘이 무너지고 땅이 뒤집어지는 것 같았다. 드래곤들은 사력을 다해 브레스를 뿜어댔다. 지금이야말로 절호의 기회라고 생각했기 때문이다. 드래곤으로서는 경험하기 힘든, 숨이 턱까지 찰 때까지 브레스를 뿜어댔다.

각기 속성이 다른 드래곤이 뿜어대는 브레스에 의해 일대의 기후는 마치 천지창조(天地創造)를 보는 듯했다. 하늘은 먹구름이 가득하고 구름 사이로 천둥번개가 쳤다. 대지는 지진이 난 것처럼 요동치면서 갈라졌다. 그 갈라진 틈 사이로 용암이 폭발했다.

쿠르르르!

땅이 용트림을 하는 듯했다. 드래곤들의 브레스는 멈췄지만 여전히 주변 일대는 엉망진창이었다. 발키리스의 등에서 이 광경을 지켜본 류센 일행은 턱이 아픈 줄도 모르고 입을 쩍 벌렸다. 하긴 드래곤인 발키리스 역시 놀라워하는데 그들이 차분할 리가 없었다.

"…이거 폐하의 진노가 두렵습니다."

발자크 백작이 상황에 맞지 않는 엉뚱한 말을 꺼냈다. 하지만 류센은 농담으로 치부할 수가 없었다. 이 근처는 완전히 초토화되어 앞으로 수백 년은 지나야 복구될 것 같았다. 몬스터의 땅과 접경 지역이긴 하지만 어쨌든 제국의 영토이다. 다른 일행은 웃고 있었지만 류센은 속으로 눈물을 흘렸다.

─허헉헉!

드래곤도 힘들면 숨이 찬다는 걸 증명하고 있었다. 가르타인을 비롯한 드래곤들은 모두 기진맥진하여 거친 숨을 토해 내고 있었다. 하지만 그들의 눈동자는 승리감으로 반짝였다. 제아무리 마왕이라고 해도 절대 살아남을 수가 없었다.

가르타인 역시 확신했다. 마왕의 기운은 어디에서도 느껴지지 않았다. 힘들었지만 작전대로 성공했다. 더욱이 드래곤의 희생은 단 하나도 없다는 것에 승리의 기쁨이 두 배로 커졌다.

─이겼다!

크롸롸롸롸!

가르타인은 승리의 포효를 질렀다. 로드의 명을 기다리고 있던 다른 드래곤들도 일제히 포효를 터뜨렸다.

"이겼다! 우하하하하!"

"우리가 이겼어요!"

"진짜, 드래곤 만세다! 이겼어!"

류센 일행은 서로 얼싸안으며 승리를 자축했다. 이길 거라 예상은 했지만 완벽한 승리에 모두들 기쁨을 감추지 못했다. 발키리스 역시 포효를 지르며 기쁨을 나타내었다.

모두 그렇게 승리를 확신했다.

─꾸에에엑!!

그때 들려온 가슴을 후벼 파는 듯한 섬뜩한 비명 소리. 너나 할 것 없이 모두 고개를 그쪽으로 향했다. 그곳엔 화이트 드래곤 한 마리가 비명을 지르며 땅으로 추락하고 있었다. 날개가 찢어지고, 배에 난 큼지막한 구멍에서는 피가 폭포수처럼 쏟아져 내리고 있었다.

쿠웅!

대지가 다시 한 번 흔들렸다. 그런 부상을 입고 하늘에서 떨어졌으니 드래곤이라 해도 필시 죽음을 면치 못했으리라. 가르타인은 믿을 수 없다는 듯 두 눈을 부릅떴다.

승리를 자축하는 분위기에서 갑자기 죽어버린 드래곤. 분위기는 찬물이 끼얹어진 듯 싸늘해져 갔다.

─도, 도대체 무슨 일이야?

"크하하하하!"

가르타인의 의문에 광소로 화답하는 존재. 마왕 브리트타칸이었다. 그의 모습을 본 모든 이는 도저히 믿을 수 없다는 듯 눈을 크게 뜬 채 경악했다. 드래곤들의 브레스를 맞고 마계로 강제 소환되었어야 할 마왕이 버젓이 살아 있었던 것이다.

"큭큭큭, 궁금한가?"

브리트타칸은 여전히 웃음을 흘리며 가르타인을 바라보았다. 가르타인은 자존심도 잊은 채 고개를 끄덕거렸다. 마왕이 살아 있는 이유를 아무리 생각해 봐도 알 수 없었다.

브리트타칸은 자신의 턱을 쓰다듬으며 거만한 표정으로 말했다.

"흠, 브레스 공격은 정말 훌륭했지. 나라도 그 속에 있었으면 역소환이 되었을 거야."

—어떻게 빠져나올 수가 있었지?

"아니야. 빠져나온 것이 아니야. 난 애초에 그 안으로 들어가지도 않았어."

—말도 안 돼! 분명히 완벽하게 브레스의 범위 안에 들어갔다!

가르타인이 바보가 아닌 이상 그런 초보적인 실수를 할 리가 없었다. 브리트타칸은 고개를 끄덕이며 동조해 줬다.

"맞아, 그 안에 발록 한 마리가 들어가긴 했지."

—그럼 그렇지. 내가 실수를 했을 리가…….

가르타인은 문득 이상함을 느꼈다. 브리트타칸의 말 중에서 이상한 단어를 찾아낼 수 있었다.

—바, 발록 한 마리?

"그래. 마계에서 세 마리의 발록을 데려왔는데 그중 한 마리가 안타깝게도 도마뱀의 브레스에 녹아버렸지 뭐야? 큭큭큭."

가르타인은 그제야 모든 것을 이해할 수 있었다. 그리고 허무했다. 마왕의 간계에 속은 자신이 너무나 한심스러웠다. 가짜인 것도 모르고 모든 마력을 쏟아 부었으니 이젠 진짜 마왕을 어떻게 상대한단 말인가.

"자자, 몸도 풀었겠다, 이제 2라운드를 시작해 봐야지? 어서 준비하라고. 숨거나 도망가지 않을 테니 어서 덤벼봐."

가슴을 쭉 내밀며 도발하는 브리트타칸. 가르타인은 분노하기보단 다른 드래곤들의 상태를 살폈다. 모든 마력을 브레스로 토해내느라 이젠 무거운 몸집을 유지하는 것도 힘들어 보이는 모습이었다.

가르타인은 죄책감에 빠졌지만 쉽게 포기할 수 없었다.

─더러운 마왕 놈! 절대 이대로 이 세계를 내줄 수 없다! 세상에서 가장 위대한 종족 드래곤이여, 우리의 저력을 보여주자!

"그래, 어서 덤벼."

브리트타칸의 양옆으로 발록 두 마리가 호위처럼 서 있었다. 가르타인은 그 모습에 움찔했지만 이미 주사위는 던져졌다. 최선을 다해 싸우는 수밖에 지금은 다른 방법이 없었다.

─내려.

발키리스가 땅에 착지하며 말했다. 류센은 걱정스런 눈빛으로 그를 바라보았다.

"싸우러 갈 거야?"

─응. 나라도 힘을 보태야지.

"못 도와줘서 미안하다. 우리 살아서 다시 볼 수 있겠지?"

─당연하지.

발키리스는 그 말을 끝으로 다시 날아올랐다. 류센 일행은 그 모습을 안타까운 시선으로 바라보았다. 평소라면 발키리스의 말을 믿겠는데 지금은 상황이 너무나 안 좋았다.

"흑! 어쩌다 일이 이렇게 되었는지 모르겠어요."

마음 약한 티엔이 결국 눈물을 보이고야 말았다. 발키리스의 모습이 마치 죽으러 가는 사람처럼 느껴졌다. 류센 일행은 모두 침묵한 채 저 멀리 펼쳐지고 있는 치열한 전쟁을 지켜보기만 했다.

"왕자님, 일단 돌아가시는 편이 낫지 않겠습니까?"

언제나 류센의 안위를 우선하는 충성스런 신하 발자크 백작이 조심스레 운을 떼었다. 하지만 류센은 단호히 고개를 저었다.

"무슨 소리! 이 전투의 향방이 대륙의 미래를 결정짓는다는 걸 모르나? 끝까지 지켜볼 거야!"

"하지만 너무 위험합니다."

"지금 발키리스가 목숨을 걸고 싸우고 있는데 나 혼자 살겠다고 도망치라는 거야?"

"도망치는 것이 아니라 후일을 대비하자는 것입니다."

"후일? 그런 건 필요없어! 드래곤들이 이길 테니까!"

"왕자님!"

류센과 발자크 백작이 서로 언성을 높이며 말다툼을 벌였다. 티엔은 그저 울기만 했다. 레시아는 드래곤의 전투를 지켜보느라 정신이 없었다. 락크는 지루한 표정으로 하품을 하다 이상한 것이 보여 중얼거렸다.

"저게 뭐지? 음… 어? 언데드?"

락크의 음성에 다른 일행의 행동이 딱 멈췄다. 언데드라면 자다가도 벌떡 일어날 정도로 류센 일행에게는 공포였다.

"무슨 헛소리야! 언데드라면 아까 드래곤이 브레스로 모두 쓸어버렸잖아!"

"하지만 저걸 봐."

깜짝 놀란 류센이 락크에게 호통을 쳤지만 락크는 아랑곳하지 않았다. 손가락을 들어 한 방향을 가리키며 말했다. 일행의 시선이 락크의 손가락을 따라갔다.

"허억!"

대지를 까맣게 메운 언데드 무리가 다가오고 있었다. 도무지 끝이 안 보일 정도로 엄청난 대군이었다.

류센 일행은 어찌할 바를 몰라 하며 허둥거렸다.

"도망쳐요."

레시아가 간신히 정신을 수습하고 도주를 제시했다. 하지만 류센은 발키리스가 걱정되어 발이 떨어지지 않았다. 그러나 계속되는 레시아와 발자크 백작의 부탁에 결국 도주를 결심했다.

슈슈슝!

막 몸을 돌리려는 찰나에 수천 발의 화살이 류센 일행을 덮쳤다. 기겁한 일행은 급히 검과 마법으로 화살을 걷어내기에 바빴다. 그러나 화살은 끊임없이 날아왔고, 어느새 다가온 언데드 무리들에게 포위되고 말았다.

"젠장! 도대체 어떻게 된 거지? 아까 언데드는 모두 소멸되지 않았나?"

"모두 소멸되었지."

그때 언데드 무리가 갈라지면서 흑색 로브를 뒤집어쓴 인물이 나타나 류센의 궁금증을 풀어주었다. 류센은 그를 보고 무언가 생각난 듯 성난 어조로 소리쳤다.

"네놈이 인간을 언데드로 만든 흑마법사 르케도스냐?!"

"그렇다."

류센의 물음에 르케도스는 순순히 대답했다. 르케도스는 지금 기뻐 미칠 지경이었다. 모든 것이 계획대로였다. 마왕과 자신이 머리를 맞대고 수립한 작전이 완벽하게 먹혀들었다. 마왕은 드래곤을, 자신은 류센을 맡기로 한 작전이. 이제 류센은 독 안에 든 쥐나 마찬가지 신세였다.

마왕이 가르타인을 속인 것처럼 르케도스 역시 류센을 속였다. 처음 보여준 언데드는 약 삼만 마리. 십만의 언데드 중 삼분의 일을 미끼로 써버린 것이다.

"같은 인간으로서 인간을 언데드로 만들다니, 아무리 저주받은 흑마법사라고 해도 하늘이 무섭지도 않느냐?"

류센은 죄도 없는 사람들을 언데드로 만든 장본인이 나타나자 분노를 참을 길이 없었다. 지금의 상황이 아무리 암울하다고 해도 그냥 넘어갈 수가 없었다.

"하늘이 무섭지도 않냐고? 하! 웃기는군! 그럼 크라이드 제국은 하늘이 무섭지 않다는 소리냐?!"

"뭐? 거기서 제국이 왜 나와?"

"큭큭큭! 아직 어려서 모르는 건가, 아님 모른 척하는 건가? 제국이 해온 그 더러운 짓거리를 정녕 모른단 말이냐?"

"더러운 짓거리?"

류센은 르케도스의 말과 비슷한 말을 어디선가 들어본 적이 있었다.

'세이렌 왕국의 로슈마하!'

그렇다. 류센은 세이첸 영지에서 자신을 핍박한 로슈마하를 기억했다. 르케도스가 그와 비슷한 말을 쏟아내고 있었다.

"설마 너도 카센 황제에게 멸망당한 왕국의 사람이냐?"

"아니. 난 멸망한 왕국의 복수를 하려고 하는 게 아니야."

"그럼?"

"나는 원래 마탑 소속이었다. 하지만 마탑에서 나와 세피로스 왕국에 정착했지."

"세피로스 왕국?"

"25년 전 제국에 의해 멸망당한 왕국입니다."

발자크 백작이 류센의 뒤에서 조용히 속삭였다. 그러는 가운데에서도 르케도스의 말은 계속되었다.

"내가 세피로스 왕국에 정착한 이유는 그 왕국의 공주 세르나를 사랑했기 때문이야."

"그래서?"

"그래서? 큭큭, 전혀 반성의 기미가 보이지 않는군. 네놈들이 죽였다! 그것도 어떻게 죽였는지 아나?! 기사들에게 전리품으로 하사되어 노리개가 되었지! 며칠 지나자 지겨웠는지 병사들에게 주더군! 병사들 역시 세르나 공주를 겁탈했지! 결국 간살(姦殺)당했다!"

"……."

류센은 등골이 오싹했다. 르케도스의 말 한마디 한마디에 깊은 원한이 느껴진 것이다. 원한에 사무친 르케도스의 음성은 뼈골이 시릴 정도로 엄청났다.

"그래서 나는 세르나 공주의 복수를 결심했다! 바로 이렇게!"

르케도스는 뒤집어쓴 로브를 벗었다. 그리고 드러난 모습. 살점 하나 없는 해골의 리치. 두 눈만 광망이 번뜩이는 공포스런 모습이었다.

"리, 리치!"

레시아가 경악했다. 마물 중에서도 상위에 꼽히는 리치. 본신이 박살나도 라이프 베슬만 무사하다만 다시 재생될 수 있는 존재. 최소 6서클 이상의 상위 흑마법사들이 영생을 누리기 위해 선택하는 수단이었다. 즉, 르케도스가 상당한 마법사라는 걸 증명하는 모습이기도 했다.

"큭큭, 난 인간이길 포기했다. 살아도 산 것이 아니며 죽어도 죽은 것이 아닌 세월 속에서 오로지 난 복수만을 생각했다. 드디어 고대하던 복수의 시간이 도래했다. 절망해라! 고통에 겨워 몸부림을 쳐라! 그렇지 않고서는 도저히 이 뜨거운 분노를 잠재울 수가 없다!"

"제기랄! 내가 한 게 아니라고! 그렇게 복수하고 싶으면 죽어서 저승에 있는 카센 황제한테 해!"

류센은 발작적으로 소리쳤다. 자신이 무슨 죄가 있는가. 그저 제국의 왕자로 태어난 것뿐이었다. 왜 다들 자신에게 복수를 하려고 하는지 이해를 할 수가 없었다.

"훗! 그렇지 않아도 네놈을 죽이고 제국으로 진격해 카센 황제의 묘를 파헤쳐 엉망으로 만들어줄 생각이다!"

"흥! 제국이 이깟 언데드에게 당할 것 같으냐?!"

이번엔 발자크 백작이 소리쳤다. 이미 검을 뽑아 오러 블레이드를 일으켰다. 이 자리에서 최대한 많은 언데드를 죽여 제국의 피해를 최소화시킬 작정이었다.

다른 일행도 전투 준비를 했다. 레시아는 상대의 마법 실력을 경계하며 조용히 주문을 외웠고, 락크는 거대한 바스타드 소드를 풍차처럼 휘두르며 무시무시한 기세를 뿜었다. 류센 역시 긴장한 표정으로 검에 오러를 씌운 채 굳게 잡았다. 티엔마저도 양손에 작은 단검을 꺼내 들었다. 비록 발키리스가 빠졌지만 소드 마스터인 발자크 백작을 비롯해 일행 하나하나의 실력은 상당했다.

그러나 르케도스는 전혀 겁먹은 모습이 아니었다. 9서클을 마스터한 마법 실력과 아직 열 명이나 남아 있는 흑마법사. 굳이 언데드가 없어도 충분히 류센 일행을 상대할 수 있는 전력이었다.

"큭큭큭! 어디, 마음껏 덤벼봐라! 하지만 아무리 노력해도 소용없을 것이다!"

"닥쳐, 이 해골바가지야!"

류센이 소리쳤다. 사실 겉으로는 드러내지 못했지만 가슴이 떨렸다. 아무리 생각해 봐도 이건 싸움 자체가 안 되었다. 저 많은 언데드를 무슨 수로 물리친단 말인가. 그러나 포기할 수도 없는 싸움이었다.

"후후, 입은 살아 있군, 류센 왕자. 그럼 시작하기로 할까? 헬파이어!"

르케도스는 지옥의 불을 소환했다. 모든 것을 녹여 버린다는 지옥의 불꽃 헬파이어. 류센 일행은 경악을 금치 못했다. 드래곤만이 가능한 9서클 마법을 사용하는 르케도스를 상대할 비책이 없었던 것이다. 더욱이 그 뒤로도 수많은 언데드가 있었다.

"아직 시작도 안 했는데 벌써 포기하는 건가?"

르케도스의 비아냥거림에도 반박할 수가 없었다. 절망이란 단어가 류센의 가슴속에 닿았다.

'나 말고도 제국에 원한을 가진 사람들이 많다. 큭큭큭! 너를 죽일 수는 없었지만 내 대신 복수해 줄 사람이 반드시 나타날 것이다. 지, 지옥에서 너를 지켜보고 있겠다. 잊지 마라, 류센 왕자!'

환청일까? 문득 류센의 귓가에 로슈마하의 음성이 들려왔다.

류센은 과연 르케도스를 이길 수 있을까? 그리고 발키리스는 마왕을 무찌를 수 있을까? 상황은 지극히 암담하기만 했다.

『류센 크라이드 전기』 4권에 계속…

고검추산

허담 新무협 판타지 소설
FANTASTIC ORIENTAL HEROES

두 사형제가 난세(亂世)를 헤치며 만들어 나가는
기이막측(奇異莫測)한 강호(江湖) 이야기!

천하가 사패(四覇)의 대립으로 혼란스러운 시기,
세상이 혼탁해지자 강호(江湖)에는 온갖 은원(恩怨)이 넘쳐난다.
그러자 금전을 받고 은원을 해결해주는 돈벌레[黃金蟲]가 나타난다.
그런데… 비천한 황금충(黃金蟲) 무리 가운데 천하팔대고수(天下八大高手)가
나타나니…

천검(天劍) 능운백(陵雲白)!
천하팔대고수이자 강호제일 청부사의 이름이다.

그리고… 그가 두 제자를 들이니, 고검(孤劍)과 추산(秋山)이 그들이었다.
훗날 강호제일의 해결사가 되어 무림을 진동시킬 이들이었다.

潛行武士
잠행무사

김문형 新무협 판타지 소설

"흑랑성에 들어간 사람 중에
다시 강호에 나온 이는 없다."

서장 구륜사와의 결전을 승리로 이끌며 중원무림에
홀연히 나타난 문파 흑랑성(黑狼城).
그러나 흉흉한 소문이 사실로 드러나 무림맹으로부터
사파로 지목받고 멸문당한다.

그로부터 일 년 뒤.
강호의 은원을 정리하고 금분세수를 하려는 청위표국의 국주 송현은
마지막으로 무림맹의 의뢰를 받아들인다.
그것은 바로 금지 구역 흑랑성에 잠행하는 일.

송현은 무림에서 외면받는 무사 네 명을 선출하여
소림승 진광과 함께 흑랑성에 들어간다.
흑랑성의 비밀이 하나씩 드러나면서 밝혀지는 진실은
그들을 목숨을 건 사투로 끌어들여 가는데……

**액션스릴러로 만나는 무협
잠행무사!**

유행이 아닌 자유추구 –
WWW.chungeoram.com

Book Publishing CHUNGEORAM

무영무쌍

김수겸
新 무협 판타지 소설

그림자도 찾기 힘들고[無影],
가히 대적할 자도 없다[無雙]!
강호의 절대고수 무영무쌍!

청설위국의 위사 진세인,
그를 찾아오는 수많은 사람들.
그를 원하는 수많은 세력들.

거대한 음모의 소용돌이 속에서
그는 그를 버렸던 용부를 지켰고,
그에게 검을 겨눴던 무림맹과 십만마교를 구해냈다.

모든 것을 가졌던 황제가 끝까지
갖지 못했던 단 한 사람!
위사 진세인과 동료들의
강호행이 시작된다!

유행이 아닌 자유추구 -
WWW. chungeoram.com
Book Publishing CHUNGEORAM

몽월
新무협 판타지 소설

대법왕

大法王

'중놈이 될 바에야 차라리 죽겠다!'

소주의 개고기[狗肉]라 불리는 동천몽.
십육 세 생일을 맞아 거하게 놀려던 찰나, 네 명의 승려가 난입한다.
그렇게 본의 아니게 활불이자 영생불사의 존재인 대법왕이 되어버리는데……

절대 중놈으로 살 수 없다는 주인공 동천몽과
악착같이 대법왕으로 모시려는 포달랍궁 사이의
밀고 당기는 싸움.

**과연 그는 대법왕이 되어 군림할 것인가,
아니면 소주의 개고기로 돌아올 것인가!!**

유행이 아닌 자유추구 -
WWW.chungeoram.com

Book Publishing CHUNGEORAM

검이라는 지휘봉을 바람에 흩날리며, 피의 악보와
비명의 화음으로 죽음을 지휘하는 자… 마에스트로.

최초의 가상현실 게임의 뒤를 잇는 뉴 월드의 출현.
마법과 기사, 신관, 몬스터의 서대륙. 주술과 검사, 무녀, 요괴의 동대륙.
현실과 또 다른 현실, 그 경계선에서 숨 쉬는 유저들.
그런 뉴 월드에 한 유저가 나타났다!

레벨 업을 위해서라면 잠도 포기한다!
아이템을 위해서라면 한자리에서 보름 내내 움직이지 않는다!
자신을 위해서라면 아부는 필수! 꼼수는 센스!

그가 뉴 월드에서 얻게 된 직업은 죽음의 지휘자…
마에스트로.